転生少年の錬金術師道

1

…f the
…ated Boy
to be the Alchemist

…井てら

Contents

the way of the Reincarnated Boy to be the Alchemist

プロローグ　○歳　産まれましたよ　9

第1章　子ども編

第一話　二歳　錬金術師を志しました　12
第二話　本を読んで初めての素材採取をしました　20
第三話　素材をザックザク、初めての錬金アイテムを買いました　43
第四話　初めての中金貨、お祈りを始めました　55
第五話　冒険者ってこんな人たち　73
第六話　もしかして、冒険者の質って低すぎ　83
第七話　農家背中で語る、まともな冒険者との邂逅、魔械時計買いました　91
第八話　三歳　シャルロ兄星を振られる、エドヴィン兄初めての採取　114
第九話　速車便襲来、大量高価買取　122
第十話　ヘルマン傲慢に呑まれかける、マルマテルノロフの大発見　137
第十一話　四歳　エドヴィン兄星を振られる　156
第十二話　七歳　ヘルマン星を振られる　162

第2章　少年編

第十三話　七歳　カウツ町にやってきた、ヘルマン冒険者になる　184
第十四話　才能に愛される?　207

第十五話　初めての戦闘、初めての錬金術ギルド――217
第十六話　来ましたカンパノの森、錬金アイテムを盗まれる――238
第十七話　雨の中行商人に素材の値段を聞く、錬金術ギルドって錬金術師の位置把握してない？　子供たちの指導――247
第十八話　領都セロニアにおかえり、次の霊地の準備、お宿のご飯が美味しい――259
第十九話　八歳　冒険者よネズミを狩れ、やってきましたラーラの沼地――281
第二十話　雨の日、村の子供たちと交流――290
第二十一話　霊地に漂う大水蓮、幻獣タルタランドラン――296
第二十二話　村人襲来、良い冒険者になるには――303
第二十三話　領都セロニアに帰りたい、才能を超えた先に技がある――309
第二十四話　錬金術ギルドに駄弁りに来ました、初めて来ました代官屋敷――317
第二十五話　魔法使い・魔術師って何？　居なくならないネズミの秘密――325
書き下ろし
ヘルマンだけずるいぞ――338
冒険者ヒューイのちょっとどころではないおかしな出会い――343
あとがき　348

プロローグ　○歳　産まれましたよ

……誰かの泣き声が聞こえる。

……誰だろう。

……暖かい物に包まれている感覚。

……何だろう。

……喉を伝う、何かが入ってくる。……これはあれか、多分夢を見ているんだろう。随分はっきりとしない夢だな。

でも、この分だと目が覚めるまで長そうだ。真っ暗で、暖かい。

何の夢だろうか。まあいいさ。どうせすぐに朝がやってくる。

……いつの間にか泣き声が止んでいる。視界が開く。真っ白い光が差し込んでくる。

何かがいるのはわかる。ぼやけて見えない。

三つ程いる。

……何だろう。

あ、また視界が暗くなっていく。……この夢は一体何なんだろう。

the way of the
Reincarnated Boy
to be the Alchemist

第1章
子ども編

第一話　二歳　錬金術師を志しました

1

僕の名前はヘルマン。

父のアツィオと母のノエリアから産まれた、農村の農家の三男だ。

今は二歳だが、実は前世の記憶が残っている。

前世は日本という国でサラリーマンをやっていたようだが、詳しくは覚えていない。

でもここは記憶にある前世の世界とは違う、それだけは間違いない。

前世では見たこともない動物を見つけたり、魔法使いがいたりと色々違う。

何の因果なのかは知らないが、僕は転生した事になったみたいだ。

前の世界のことは置いておいた方がいいだろうというのが、現世の僕の結論だった。

だって常識から何から違う世界に産まれてきたのだ。この世界には、この世界の常識というものがある。それを狂わせると、碌な大人にならないだろうとの考えだ。

しかし、今さら童心に返って他の子たちと泥遊びという訳にはいかない。

事実僕は、村の子供たちと遊ばない。楽しそうに何かをしているが、何が楽しいのかよくわからない。しかもこの世界、娯楽らしい娯楽が無い。

見るもの全てが新しいが、見るものの大半は感動を覚えない。知らない生活、でも結果の見える生活。

しかし、この世界には前の世界にはない色があった。前の世界には無かったもの。この世界で初めて感動を覚えたもの。

それが、「魔法」だった。

2

初めて見た魔法は、行商人のゴーレムだった。

ゴーレム車とでも言えばいいのだろうか、ゴーレムが馬車を引いていたのだ。

初めて見たときは「おぉ～」と思わず声が出た。

四足歩行するケンタウロスのような荷運びをするゴーレム。どうすればこんなことが出来るのか。

行商人に聞くと、答えは錬金術師になるといい、ということだった。

では、どうすれば錬金術師になれるのか。

この世界では六歳になると、「星振りの儀」という儀式を行う。

これは、人には十個の才能の星があって、それを神様が振り分ける儀式で、錬金術師になるには、その十個の才能の星全部を錬金術師に振り分ける……要するに才能というガチャで錬金術師を引かなければならない。

そのうえ、錬金術師を目指すのなら、王都の学校に行くお金も必要だ。

まず、ガチャを当てないと話にもならないが、ガチャが当たってから準備しても遅いだろう。

であれば早速行動だ。

3

両親に聞くと、村はずれに錬金術師がいるという。

善は急げ、早速朝から突撃した。

自宅から走って十五分、林の前に土造りの家があった。

怖い人で無いことを祈りながら扉を開ける。

「ごめんください」

「ちょっと待っとくれ！」

奥から女の人の声がした。

カウンターの向こうから、三十歳になるかどうかの女性がやってきた。

「あら、いらっしゃい、坊や。お使いか何かかい？」

「違います！　あの、錬金術師になるにはどうしたらいいですか？　何を準備すればいいですか？　幾ら必要になりますか？」

「ちょ、ちょっと待っておくれよ。……坊や、星振りの儀をしてからの方がいいんでないかい？　まだ終わってない歳だろう」

「終わってからじゃ遅いんです。お金も貯めないといけないから。何か出来ることはありませんか？」

「お金って、親からもらえば……無理か。平民だものね。わかったわ、まずはこれを出来るようになりなさい」

そういうと、女性の右手の辺りが白く裂けた。そして中から瓶や何やらを取り出し、戻した。

「これは『エクステンドスペース』という魔法よ。まずはこれを使えるように頑張りなさい。魔力は……ちょっとこっちに来て両手をカウンターの上に載せなさい」

そういわれたので、両手をカウンターの上に載せる。

すると両手を握るように持たれ、その手と手の間にエクステンドスペースを発生させた。

「これが魔力の感覚よ、覚えたわね。それでさっきの魔法を発動させなさい。後は教会に行って文字を教えて貰いなさい。文字を覚えたらまた来なさい。それまでに魔法を発動出来ていたらなおいけど、先に文字よ。……頑張りなさいな」

最後に小さく応援してもらった。

とりあえずやることはわかった。『エクステンドスペース』の魔法を覚えることと、文字を覚えること。

……まだまだ時間は午前中。次は教会に行って文字を教えて貰わなきゃ。

教会の場所はわかる。十字に丸が付いているものが屋根にあるのが教会だ。行ったこともある。さっき走って来た道をまた戻り、今度は教会に向かった。

教会は村の真ん中にある。村長の家の井戸を挟んで前が教会だ。

立派な石造りの教会で、扉は大人よりも倍ほど大きい。観音開きの門は両方開いており、出入りが自由になっている。

中に足を踏み入れると、掃除をしている神父さんとシスターさんが居て、足音で気付いたのだろう、こちらを見た。

「ようこそ教会へ、お使いか何かかな？」

「あの！　文字を教わりに来たんですけど……どうしたらいいですか？」

神父さんもシスターさんも驚いたような顔をしたが、すぐ優しく神父さんが言った。

「なるほど、文字のお勉強ですね。シスターカミラ、説教室に案内してあげてください。そこで文字の読み書きを教えてあげてください」

「わかりました、神父シモン。さあ、こちらにいらして」

そういったシスターに付いて、礼拝堂の前を曲がり、奥へと続く道の直ぐ近くの部屋に入った。

そこには、何組かの椅子と机があるだけで、中を見まわしながら待っていると、シスターが教本をもってやってきた。

「さあ、こちらに座って。では、初めから読み聞かせていきます。文字のところを指さしながら読んでいくので、何度も聞いて覚えましょう。ではまず最初から。かみは――」

聖典の文字を追いながら文字を覚えていく。どうやら表音文字らしく、日本語のひらがなを覚えるのに近い感じがした。

……これなら早い段階で文字を覚えられそうだ。後は文字が何文字あるかだが……とりあえず一つずつ覚えるしかない。

……何も言わずに勉強していると、あっという間に夕暮れ時になっていた。

4

「今日はこの辺りで終わりです。よく長時間頑張りましたね。またお勉強がしたいときは、教会に来てくださいね」

　シスターさんからまた来ていいとの言質をもらい、教会を後にする。

　家に帰って、今日あったことを両親に伝えた。

　錬金術師さんには頑張れと言ってもらえたこと。課題を与えられたこと。教会に行って文字の読み書きを教えて貰う予定のこと。今日あったことと明日からの予定も全部話した。

「……どうせいつかは独立せにゃいかんのだ。頑張ってみろ」

「そうね。ちょっと早すぎるとは思うけど、昔から手のかからない子だったものね。頑張りなさい」

「わかりました。精一杯頑張ってみます」

　ちょっと人より早いかもしれないけれど、独立のために、今から頑張ることにしますか。

　あ、『エクステンドスペース』の練習は寝るまでみっちりとやったけど、欠片もできる気がしなかった。

第二話　本を読んで初めての素材採取をしました

1

あれから一か月が経った。

昨日シスターさんから、読み書きについては合格を言い渡された。

ついでに計算の方もしっかりと教わった。前世と同じ十進数だったから、数字さえ覚えてしまえば簡単だったけどね。

そんな訳で、今日は錬金術師さんの所に行く。読み書きができれば来いって話だったからね。

『エクステンドスペース』については、なんとなくだけど摑みかけているといった感覚だ。

……感覚だから何時くらいに使えそうとかわかんないんだけど、そう遠くない気がする。

「ごめんください」

「ちょっと待っとくれ！」

前回も店の奥にいたような気がするが、何か錬金術でもしているのだろうか。しばらく待つと一月前と変わりない女性がカウンターまで来た。

「あら、こないだの坊やじゃない。どうかしたの？」

「文字を覚えましたので、約束通りにやってきました」

「……意外と早かったわね。わかったわ、ちょっとそこの椅子に座ってて頂戴」

そういって、また店の奥に戻っていった。

多分何かを、恐らく本を取りに行ってくれたのだろう。文字の読み書きをってことは本を読ませる位しか思い浮かばない。

……しばらく待っていると、錬金術師さんがカウンターの方に来て、本を置いた。

「これは植物図鑑よ。錬金術師として勉強をするなら、本を何冊も買うことになるけど、本は高級品だから、しばらくはここに通いながら何冊か読み込んでもらうわ。……読み込んだ後にまた課題を出すから、しっかりと頭に入れておきなさい。また読むことはできるけど、なるべく一回で済ませるように」

そういって一冊の本を手渡される。……ほんとうに植物図鑑の様だ。

まずは適当にぺらぺらと捲っていく。どうやら錬金術の素材になる植物の図鑑の様だ。

収穫の仕方から保存処理の方法まで詳しく書いてある。……干したりするものもあるみたいだ。

「それを覚えたら、採取をしてもらうわ。偶に行商人として錬金術師が来るでしょう？　彼らに売りなさいな。他の連中だと安値で買い叩かれるわよ。錬金術の素材のことなんて知らないはずだから」

なるほど、これを読み込んだ後はこの林で採取ですか。

図鑑には処理方法と、おおよその素材価格も書いてある。

……保存瓶一つで大銀貨なんて素材もあるのか。そんな素材がこの林にあればいいのだが。

……無いなら読ませないだろうな。多分あるのだろう。珍しいから見つからないなんてことになりそうだが。

「この林ね、ヨルクの林って名前なんだけど、結構いい素材がとれるのよ。特に苔ね。珍しい苔や便利な苔が沢山あるわ。それを採取して行商人に売るのがあなたの仕事。保存瓶は私が売ってあげるから、何時でも言いなさい。……最初のうちは行商人に売った後に払ってもらえればいいわ。幾つか保存瓶を融通してあげる。……ただし、採取は『エクステンドスペース』を使えるようになってからね。でないと採取物を仕分けできないでしょ？」

『エクステンドスペース』は荷物持ちのためか。それ用の魔法なんだろう。

……それに保存瓶なんかもこの体だと一つしか持てなさそうだ。『エクステンドスペース』の習得は急務だろう。

それと同時に、この本の内容も覚えないといけない。図鑑を持ちながら採取というのは無理がある。しっかりと読み込んで覚えておかなければ。

本の内容は、ものすごく難しいということはない。

絵図もあり、細かな注釈もありで正しく図鑑となっている。

季節ごとの特徴や、花の色、採取方法、保存方法、栽培方法なんかも載っている。絵図があるのは有り難いな。色は無いが、それは仕方ないだろう。

細かな注釈なんかもしっかりと記憶していく。

「ちょっと林に出てくるわ。ここで読んでいていいから、お客さんが来たら出て行ったということを伝えて頂戴。……喉が渇いたら裏に井戸があるからその水を呑みなさいな。じゃあ、行ってくるわね」

「わかりました」

……わかったと返事をしたのはいいものの、本当にここに一人置いておいてもいいのかって思うが、まあいいならいいいんだが。

錬金術師さんも採取に行ったのだろうか。貴重なものもあるらしいし、採取で生活しているのなら、生活費を稼ぐために採取に行っていても不思議じゃないし。

それにここの錬金術師さんはいないことも多いと聞いているから、今日の様によく出かけているのだろう。

しかし、図鑑の一ページ目に載っている快命草っていう植物。父さんが麦の生育に悪いということでよく抜いている草が、回復ポーションの材料だったなんて……。すさまじい生命力で何処にでも生えるとあるが、本当に何処でも生えるんだな。

……これは金になりそうも無いけど、しっかりと覚えておこう。保存方法も簡単だし、本当に売れなさそうだけど。

一日中、図鑑を見ていたと思う。そんなに分厚いものでもなかったため、今日だけで二回も読んでしまった。完璧かどうかと言われたら、うろ覚えの部分もあるが、おおよそ覚えてしまった。

……もう夕方になりかけているが、錬金術師さんは帰ってこない。

僕ももうそろそろ帰らないといけない時間が来る。

……流石に夜となる時間に出歩くのは許可が下りていない。太陽が出ているうちに帰らないといけない。

若干焦っていると、漸く錬金術師さんが帰ってきた。

「……ただいま。もう遅いからそろそろ帰りなさい。今後は時間になったら本をおいて帰っていいからね」

「わかりました。ありがとうございます。今日はもう帰ります」

「ええ、また明日ね。……ああ、そうそう。ここから家までは休まず走り続けなさい。体力がないと錬金術師には向かないわ。それじゃあね」

そういう訳で、子供の足で走って片道十五分の道を走って帰ることにした。

……別に言われずとも走ってはいたのだが、体力がいるということで、今後はそれも考慮に入れて走ることにしよう。

何事も今は準備だ。今は全てが全て準備の時間だ。

……母さんから少しお説教も貰ったが、後悔はしていない。

2

次の日もご飯を食べて、糞尿の処理をしてから錬金術師さんの店に向かう。

林の前の店に続く土の道をしっかりと走って向かう。昨日の今日で課題を忘れたりはしない。

「ごめんください」

「ちょっと待っとくれ！」

昨日と同じように待つ。ただ今日は昨日使っていた椅子に座って待つことにした。

どちらにしても、ここで本を読むのは変わらない。偶に『エクステンドスペース』の練習もしているが、基本的には図鑑を読み込む時間なのだ。

ただ、昨日の本の内容はあらかた覚えたので、昨日とは違う図鑑がいいな。

そう思っていると、錬金術師さんが机の上に違う本を置いた。

「今日はこの本を読んでもらうよ。昨日の本は全部読んでたみたいだし、今日はこっち。頑張って覚えな」

「はい！　ありがとうございます」

新しい本を受け取って早速開く。今回の本も絵図が入った図鑑調の本だ。

昨日の本は『薬草学大全』という題名だったが、今回のは『ヨルクの林網羅集』となっている。

ヨルクの林とはこの林のことだと昨日聞いた。過去にこの林で図鑑を描いた人がいたということだ。恐らく他の錬金術師の方が描いたと思われる。

……これは、本格的に金になる本だ。この林にしかないものというのは無いかもしれないが、この林にある貴重なものなら沢山載っていることだろう。

目を皿のようにして、全てを受け入れ、植物が水を吸収するかの如く読み込む。

これさえ覚えてしまえば、ここでの採取に非常に有利になる。村の人たちが知らない知識。この錬金術師さんくらいしか知らない知識を頭の中に叩き込む。

知識は力だ。知識は金だ。錬金術師を目指すのならば、こんなところでなんか躓いていられない。

こんな優しい錬金術師さんに会えたのは幸運だった。

普通ならば追い返されても仕方なかっただろう。ただ、ここの錬金術師さんは受け入れてくれた。

星振りの儀も終わっていない子供を。

ならばこそ努力は惜しまない。自分の才能を、星振りの儀を信じてやり抜くしかないのだ。

夕方、集中して読んでいた所為で背中が痛い。

だがその成果は大きいものだった。

このヨルクの林には貴重な採取物が沢山あることがわかった。

なんでも闇属性が一番強く表れていて、次いで土属性と風属性の三種類の採取物があるということがわかった。

中でもやはり闇属性素材が沢山採れるそうなので、今から『エクステンドスペース』が使えるようになるのが待ち遠しい。

あともう少しだと思うんだけどな。こう、なんといいますか、手までは来てるような気はするんだよ。そこから奥に空間が出来ないんだよなあ。イメージが悪いのか何なのか。

……もう一度やってもらおう。

「すみません。その、もう一度『エクステンドスペース』を使って欲しいんですけど」

「ん？　ああ、いいよ。何か掴めてきた感じかな。ほら、両手を出してごらん」

そういわれたので、両手を出す。

……っ、この感覚なんだよな。目の前に『エクステンドスペース』が発動している。

……閉じた。

……なんというか、ファスナーを上げたり下ろしたりする感覚に近いと思うんだけどな。

感覚を忘れないうちに何度か試してみる。

……だめだ、まだできない。

「焦ると上手くいかないよ。一日ずつ丁寧にやってごらんなさいな」

「はい……。わかりました」

掴みかけている感覚に、がっくしと肩をおとして今日は帰るとする。

ちゃんと走って帰りますよ。体力づくりも課題のうちだから。

3

十五分間しっかりと走って帰宅。そしてそのまま、晩の糞尿処理に出かける。

四輪の台車をトイレの下から引き抜き、代わりの台車を引き入れる。そして台車の糞尿を錬金術師が用意したといわれている、ねばねばの所に捨てに行く。

ねばねばは畑に近いところに用意されていて、台車をねばねばの近くまで持っていく。するとねばねばから触手のようなものが伸びてきて糞尿を喰らう。

ねばねばが離れたら綺麗になった台車だけが残り、その台車をまた家まで持っていく。

朝と晩の二回、これが僕の仕事だ。

このねばねばも一体何なのかよく分かっていない。

ただ、糞尿を喰らい、肥料を吐き出す錬金生物だということは分かっている。

昔、この村を作るときに、錬金術師が作ったとされるものだ。

あれも、糞尿を一定期間与えないと死ぬのだそうだ。だから一応生物なんだろう。不思議ではあるが。

そして、仕事のついでに、村のゴミ捨て場に行く。

村のゴミ捨て場には沢山のスライムがいる。

これは、テイマーの才能に星を振られた者の義務としてスライムを飼う必要がある。

そしてゴミ捨て場にあるゴミをスライムに食べさせ、スライムからはスライム状の燃料が生まれる。

これもよく解らないんだけど、とりあえず、スライムはゴミを食べて燃料になる物を出す生き物なのだ。

で、ゴミは多種多様色々あるが、中でもスライムが好むのは生ゴミだ。

……それ以外もゴミは出るから、ゴミ捨て場に捨てる。

村ではよくあることだが、テイマーの操るスライムの処理能力を超える量のゴミが出るのだ。

テイマーが多いとゴミが無くなっていくんだけど、この村では今の処理能力とゴミの出る速度は、若干ゴミの出る量の方が多いらしく、ゴミ捨て場にいっぱいのゴミがある。

そのうち、ゴミが溢れ出したら、村長がテイマーギルドに依頼を出しに行くだろう。

なんでもテイマーギルドにはビッグスライムをテイムした人がいるらしく、お金を払ってゴミを一掃してくれるのだという。

……でもそんなのはまだまだ先の話。今はゴミ捨て場から有用なものを掘り出しに行かないと。

僕は麦藁編みの笊が幾つか欲しい。

採取する素材の中には、天日干ししてから保存瓶に入れることとなっているものが幾つかあるから、天日干し用に麦藁編みの笊が欲しいのだ。

ゴミに群がっているスライムの間から、まだ使えそうな笊を五つほど取り出した。少し欠けているが、まだまだ使える。『エクステンドスペース』がまだ使えないから家の外に置かせてもらうが、捨てない様に両親に言っておかないと。


仕事を終えて、家に帰ると今日の晩御飯だ。

まあ、メニューはいつも殆ど変わらない。麦粥と焼き野菜だ。

うちは両親ともに農業スキル持ちだから、麦畑の世話と野菜畑の世話が主な仕事だ。

まあ、麦畑も結構な広さがあり、日々の快命草の引き抜きだけでも結構な手間なのだ。冬の農閑期は麦藁で帽子やら靴やらを編んで小銭を稼いでいる。

一つ当たり鉄貨二枚程度のほんの小さな金だが、現金なんて殆ど村では使わんからな。大体が物々交換だし。

うちが出せるのは冬の間に編んだ帽子と靴、それから野菜くらいか。

それを猟師の肉や皮と換えるといった感じだ。

基本的に村は村で完結していて、偶に来る行商人もこの村の物を買い取って、塩を売るのが仕事みたいなもんだ。塩が無いと生活できないからな。

そして、この行商人には錬金術師が混じっている。

前に見たケンタウロスのようなゴーレムを使う行商人だ。

錬金術師さんに聞いたところによると、錬金術師さんはその錬金術師の行商人に素材を売って生活しているということが分かった。

ついでに言うと、錬金術師さんの名前はジュディさんというらしい。

そして、素材は中抜きありだが、まあまあの値段で買ってくれるらしい。

……僕のこれからの仕事の一つがこの素材採取だ。

両親の農業での稼ぎは、雀の涙ほどの金にしかならないらしい。

……両親の収入はよくわからないが、いって年に大銀貨数枚程度だろうと言われた。錬金術師になりたいならその一〇〇倍、中金貨数枚は入学金で飛んでいくだろうとのことだ。

詳しくは王都に行って確かめろと言われてしまった。

まずは、星振りの儀までに欲を言えば中金貨数枚は貯めたい。

毎日林に入って何かしらの物を、中銀貨数枚レベルで貯めていけば何とかなるはず。

……因みにジュディさんからは保存瓶は小銅貨二枚で売ってくれるとのこと。魔力で作り出すだけだから安くていいとのことだった。

まず最初に探すのは雲母茸。なんでも飼っている幻獣マルマテルノロフの好物らしい。

保存方法は水いっぱいの保存瓶の中に入れることと書いてあったが、半日なら笊の上でもいいらしい。

だから明日からは半日勉強、半日ヨルクの林の中に入ろうと思う。

そして、雲母茸を探して保存瓶の代金を稼ぐのだ。

何処までこの企みが成功するかは解らないが、成功さえすればお金が稼げる。何とかして錬金学術院に入って錬金術師になるのだ。

因みに寝るまでに『エクステンドスペース』は成功しなかった。

4

次の日の朝、いつも通りの朝飯を食べて糞尿処理のお仕事。そしてそのままの勢いでジュディノア（ジュディさんのお店の名前）に突撃する。

いつもの返事を聞き、定位置に行く。

まだ数えるほどしか来ていないが、普段はお店に誰も来ない。このジュディノアに用があるのは僕位なものだ。

……錬金術師のお店として成り立っているのかどうか怪しいところだが、どうなんだろうか。

「はい、昨日と同じ本だ。ここの林で稼ぐんならこの本が一番だからね」

「あの、今日は昼から採取に行ってもいいですか？　保存瓶のお金が少しでも欲しいので。雲母茸でしたよね。それ探してきます」

「ん？『エクステンドスペース』はまだだろう？　もう少し後でもいいんじゃないかい？」

「いえ、先に少しでもお金になる物が欲しいんです。瓶の代金が払えないのは嫌だし、『エクステンドスペース』ももう少しのような気がするので。……それに、先に林の中も見ておきたくって」

「ん〜、まあいいだろうさ。一回林の中を見るのも悪くないと思うからね。あそこはマルマテルノロフ以外は魔物はスライムくらいしか出ないから、逃げるのも簡単だろうしね」

マルマテルノロフは昨日見せてもらった。この店で飼っているのだ。

それでその餌を採りに何日かに一度林に入っているのだそうだ。

マルマテルノロフはアルマジロみたいな幻獣で、大変温厚な性格をしているのだとか。

この店はマルマテルノロフのために建てたようなものだと言っていたし。

「ありがとうございます。早速今日の午後に行ってきます」

「少しでも危ないと思ったら直ぐに帰ってくるんだよ。……まあ、大丈夫だとは思うけどね」

そういって林行を許可してくれた。

さて、そうと決まれば、『エクステンドスペース』の練習をしながら本を読み進める。

昨日一日全部のページを読んだが、見落としがないかチェックしながら読んでいく。

今日の狙いは雲母茸。傘が白い雲のようにふわふわなキノコで、風属性を持っている。そして属性が濃いキノコの傘は水色になるのだそうだ。

保存方法は、保存瓶に綺麗な水をいっぱいにしてその中で保存するのだが、半日くらいならそのままでもいいとのことなので、今回は瓶なしで採取に向かうという訳だ。

5

本を舐めるように読んで午前が終わった。

そして午後からは初めての採取だ。林の中で白いキノコを探すのだからそんなに難しくはない。高いキノコは黒色なので探しにくいそうだが、高いキノコを狙わねば学校の入学金すら危ういのだ。白いキノコくらいは直ぐに見つけてやるさ。

林の中を北に北に進んでいく。帰りは南に帰ればいい様に、迷わない様に進んでいく。

林の中は時間が分かりにくいとは聞いていたが、確かに分かりにくい。太陽が見えないのがこんなに不安になるとは思わなかった。

辺りを見まわしながら速足で林の中へ進んでいく。

見えるのは木木木木木木ばかりだ。地面を見ながら速足で歩いているが、白いキノコなんて全然見当たらない。

まだまだ三〇分も経ってないが、若干不安になってきた。

同じところをぐるぐると回っているような錯覚を覚える。

後ろを見ると、もう林の切れ目も見えないところまで入ってきている。辛うじて見える太陽が、南をどっちか教えてくれる。

まだ大丈夫。そう言い聞かせて林を進んでいく。

もう林に入って一時間くらい歩いただろうか。なかなか目的のキノコが見つけられない。

三〇分程前から歩速を落として下を重点的に見ながら進んでいるが、目的のキノコは見つからない。

……少し東にずれてみよう。南東に向かってゆっくりと歩いて行く。

……一〇分ほど歩いただろうか。遂に目的のキノコを見つけた。

「よかった。あった」

直ぐに駆け寄り、キノコを収穫する。

数は……七個もあった。

真白だから属性はないけれど、七個もあれば今日の目標としては十分だ。朝、家から持ってきた麦藁編みの笊にキノコを入れて辺りを見渡した。

「あれ？　どっちから来たっけ？」

自分は北に向かった。そして一時間くらいしてから南東に向かった。キノコが見つかった。

……どっちの方向に走った？　解らない。キノコに見とれていて覚えていない。

「っ!!　そうだ、太陽！」

太陽は必ず東から昇って西に沈む。つまり太陽の方向に行けば大丈夫のはず……だが、太陽の方向がおおよそでしか解らない。

見慣れたような、見慣れない道を半べそを掻きながら三〇分程歩いた。

……本当に道はあっているのか？　自分は本当に間違っていないか？　解らない。解答がない。

それでも歩いて行かねば結果は出ない。間違っていようともあっていようとも、止まっている限りは進展しない。

絶望してはいけない。諦めてはいけない。きっとあっている。そう信じて進むしかない。

道なんてない。ずっとけもの道だ。

太陽の方向を見る。……あっているはずだ。

そう信じて歩いて一時間後、やっと林の切れ目が見えてきた。

よかった。遅かった歩みが急ぎ足になる。そして林を抜けた。

「どこだろうここ」

街道はあった。馬車が通った跡がある。

ヨルクの林沿いに街道が通っている。

……西に来すぎたか？　ならば東に向かおう、ここまであっていたんだ。ここからもそう遠くないはずだ。

6

三〇分ほど歩いて、漸くジュディノアまで戻ってきた。

「お帰り。……ああ、そうか。迷ったのね。そうね、人間だもの。よく帰ってきたわね。……少し大人びてると思ってたけれど、その顔を見る限りまだまだ子供ね」

酷い顔をしているのだろう。半べそを掻きながら帰ってきたんだもの。

初めての林探索。怖いもの知らずといった感じで出発していって結果迷子。

流れる涙を拭き取り、精一杯歩いた、子供一人の大冒険。

無事帰ってきたのは良いものの、下手をすれば一晩明かす覚、悟……。

「あの、いま人間って……」

「ん？　ああ、私はハーフエルフなのよ。エルフに連なる者はみな森人の加護を才能とは別に持っているから、この林の中でも迷わないわ。人間って不便よね。……まあ迷ったら太陽を目印に歩きなさいな。そうすれば必ず帰ってこられるから」

なんと、チート持ちでしたか。

エルフは前世の記憶に少しだけある。寿命が人間よりも長く、森と共に生きているような種族だったはずだ。

……前世の記憶がどこまで当てになるかわからないけれど、今のところ外れていない様に思う。

「まあ、森に迷わない方法は無くもないわね。……お金がかかるけれども、錬金術でアイテムを作ってあげられるわ。ただし、素材は持ち込みでないといけないわね。私もストックしていないし。そうねえ、小銀貨三枚で受けてあげるわ。……どうする？」

「あの、先にこれを精算してほしいです。……お金についてはそれから考えます」

そう言って、採取してきた雲母茸、七本全てを出す。今の僕にはストックしている余裕なんてないし、ストックできる『エクステンドスペース』がまだできない。全てお金に換えるしか選択肢がないのだ。

「あら、沢山採れたじゃない。そうねえ、小銀貨三枚と大銅貨五枚で買い取るわ。……マルマテルノロフの餌になるから数があればあるだけ欲しいのよ。採ってきたらまた買い取るわ」

「ありがとうございます。……森で迷わないためのアイテムが欲しい時は、何の素材が必要ですか？」

「そうねえ、この林の材料で作るとなると、土竜の爪草が二本と網目蔓茸か黄鐘茸が合計で三本必要ね。キノコの種類はどの組み合わせでもいいわ。森で迷わないというより、帰る場所がわかるようになるアイテムね」

お金も欲しいけど、安全に帰ってくる手段は絶対に必要だ。何とかして素材を見つけなければ。

……それ以前に『エクステンドスペース』も使えるようにならないといけない。

もどかしいけど、今最低限必要なのは『エクステンドスペース』だ。これが使えない事には素材を見つけても保存すらできない。

「……もう一度『エクステンドスペース』の感覚を教えて欲しいです」

「そうね、その選択がもっとも正しいわ。ほら、両手を出しなさい」

そうして、両手を握って『エクステンドスペース』を使ってくれる。何度か開閉してくれて、なんとなくだけどいける気がする。

手の前にファスナーがある、そう思ってそれを下ろす。そうすると亜空間が目の前に現れるはず。

……まだ、まだ駄目なのか。

肩を落とし落胆しているとカラカラと笑いながらジュディさんが声をかけてくれる。

「その様子を見ると、今日中か明日には使えそうよ。……随分早いような気がするけれど、本当は一年かけてゆっくりと学ぶものなのよ。あなたは人間という以上に生き急いでいる気がするわ。もう少しゆっくりすることを覚えなさい、早死にするわよ」

「ありがとうございます。でも、目標には向かっていきたい質なので」

「そう。まあ、頑張りなさいな」

そう言われて、『エクステンドスペース』の練習に戻る。

まだ夕方には少し早い。今日明日中という言葉を信じて、繰り返し練習する。

ファスナーを下ろすように空間を裂くイメージ。

手に魔力を纏わせてファスナーの形に魔力を前に固定する。この魔力の固定がなかなか上手くいかない。

自分の中の魔力の制御は自分なりには上手くいっていると思う。体の外の魔力の固定が難しいのだ。

何もない空間に固定するのが難しい……ならば壁を媒体にしたら出来るのではないか。

そう思い、机の上に手を置き、ファスナーを下ろすように空間を裂いていく。

「っ！　やった、出来た！」

机の上には三〇cm程の空間の裂け目が、白くあいている。

漸く出来た。

この一か月集中してやってきたことの集大成だ。これで保存瓶を持ち運んで採取に行ける。

……空間にはまだできないが、林の木なんかを媒体にすれば林の中でも使える。

「おっ、やっと気付いたようだね。そうだよ、空間に『エクステンドスペース』を出すのは高等技術。本来は壁なんかを媒体にして事象を起こすのが普通さ。それに気付けたら後は何のことはないのさ。難しい方を練習してたんなら、簡単な方は直ぐに出来るようになるってもんだよ」

昔の自分もそうだったとでもいいそうな顔で、ジュディさんはこちらを見ていた。

……少し恥ずかしい。年甲斐もなく、いや、年相応にはしゃいでいる姿を見せるのは、ちょっとごめん被りたい。

これでも中身はいい大人だったのだ。生暖かい目を向けられている現状が凄くぞわぞわする。

しかしながら、これで採取の準備は整った。いや、まだ帰ってくるためのアイテムがないから完璧とは言わないが、保存瓶を持ち運ぶ手段は出来たのだ。

……感覚的には八畳一間程の荷物を入れられる感じがする。

保存瓶換算で少なくとも三〇〇〇本は入るんじゃなかろうか。限界は解らないけど。

「あの、ジュディさん。保存瓶を売って欲しいんです。とりあえず五〇個、大銅貨一枚分」

「……今すぐには無理だから、明日の朝取りに来なさい。保存瓶を作っておいてあげるわ」

「ありがとうございます！　あの、今日はこれで失礼しますね。あ、先に大銅貨一枚払っておきます」

「はいはい。また明日ね」

ジュディさんに見送られながら、自宅まで走って帰った。

明日からは独立資金を貯めるために林に朝から入る。漸く錬金術師への次の一歩が踏み出せる。

自宅に帰ってご機嫌に仕事を終わらせ、夕飯を食べて寝た。

明日からも頑張るぞ。

第三話　素材をザックザク、初めての錬金アイテムを買いました

1

朝、いつも通りに起きて、朝ご飯を食べる。そして朝の仕事をとっとと終わらせ、ジュディノアまでダッシュで行く。

今日からは時間が金だ。頑張って採取をしよう。

目標は六歳までに入学金を揃えたいけど、そもそも入学金が幾らか解らないから、とりあえず目標は大金貨一枚としよう。現金でもいいし、素材の状態でもいい。

ジュディさんはここの素材は雲母茸以外は要らないらしいし、それ以外は錬金術師の行商人さんが来た時にまとめて売り払えばいいとのことだったが、なんでもこの林には闇属性の高価なキノコや苔が多くあるらしい。

一部の素材はマージンを取られるよりも特定の錬金術師に売りに行った方が高く買い取ってくれるらしい。

……なんか錬金術師には派閥があるそうだ。

その中でも幽明派と呼ばれる派閥はアンデッドなんかの研究をしているらしく、闇属性の素材なら高値で買い取ってくれるとのことだ。

難しいことは解らないが、その判別くらいは出来るようになれと言われたので、高値の素材は一通り覚えている。

林の浅い所にも探せば結構あるらしく、僕はその高値の素材を狙ってしばらくは浅い所で頑張る予定だ。

帰ってくるためのアイテムを確保するまでは、油断は禁物である。早いところ素材を集めてアイテムを作ってもらわないと。

そんなことを考えているうちにジュディノアまで来た。

今日は保存瓶を貰って、それに井戸水を満杯にして『エクステンドスペース』に保管して、頑張って採取だ。

カウンターの前には一リットルくらい入りそうな保存瓶がずらりと並べられている。

これが僕の注文したものだと分かっていても、まだ流石に手は付けない。勝手に作業してたら怒られそうだもの。

……カウンターの前というのが何とも優しさを感じる。上だと手が届かないからね。

「ああ、保存瓶は約束通り五〇個用意しておいたから、確認しながら『エクステンドスペース』に仕舞っておくれ」

　僕は一つ二つと数えながら保存瓶を回収していく。……丁度五〇個確かに受け取りました。

「あの、井戸だけ貸してもらってもいいですか？」

「ああいいよ。裏の庭のところにあるから、今後も好きに使ってくれ。……魔力を体に流しながら作業してみな。身体強化が出来るから。滑車があるとはいえ、井戸の水汲みは大変だからね。後はこれはおまけ、普通の鉄の短剣だけどあげるわ。採取には必要だからね」

「あの、ありがとうございます」

　お礼を言って、そそくさと井戸のある裏庭に回る。

　そう言えば、この体のことを考慮していなかった。

　身体強化を教えて貰わなければ、……教えて貰っても井戸で作業出来るだろうか。

　案の定裏庭の井戸の壁が身長ほどあって、水汲みに大変苦労しましたとも。何回か井戸水をぶちまけたけど、被害は無かった。

　ちょっと濡れただけだ。この季節だし問題ない。

2

　林の中に入ると、朝早くなのに夕方のような暗さだった。

初めての時は興奮してたからすいすいと入っていったけど、よくこんなところを速足で入っていったなと思う。

薄暗いし、日が射さないから若干じめっとしているが、早速採取開始だ。

今日の目標は再度確認するが、土竜の爪草二本と網目蔓茸か黄鐘茸を三つだ。

だから木の根や蔓を中心に見ていく。

後は、木の根の北側、日の光が絶対に当たらない場所の確認もする。そういうところには、闇属性のいい素材があることが多いと本に書いてあったから。

林の切れ目が見えるところくらいまでしか入らずに、探索をしていると、木の根の裂け目から生える草を見つけた。

……図鑑の絵に間違いがなければ、これが土竜の爪草のはずだ。

花の色は白、土属性が濃くなると黄色い花が咲くそうだが、ここのは白だ。

……一か所に三本も生えていたので、全部短剣で削り取り、とりあえず三本とも保存瓶の中に入れる。

順調順調。

土竜の爪草の採取を終え、周りを見る。

まずは素材の近くにまだないかを確認する。

キノコなし。苔なし。花……赤のみ。赤い花は快命草だ。お金にはならない。

よし次の採取物を探そう。辺りを見渡す。木の周りにある蔓も確認する。

……あれはキノコか？　近づいてみたらキノコだが、素材ではなかった。

……素材かどうか解らなかったというべきか。

このキノコは図鑑には載っていなかった様に思う。

……一応、採取して笊の上に置いて『エクステンドスペース』の中へ。

その後も、図鑑にないキノコや花も一応採取しながら進む。

後で素材になるかどうかの判断はジュディさんにお任せだ。素材に、金にならないなら捨てればいいだけだ。

なるべく慎重に、こまめに林の切れ目を確認しながら採取をしていく。

……あれは、知っているキノコだ。近くに寄って再度確認する。

やっぱりそうだ。魔力茸だ。

魔力茸はヨルクの林のような魔力の高い所に生えるキノコらしい。傘は青く、真ん中に星型の黄色い模様が特徴の一つだ。

ただし、この黄色が変色している場合は特定の属性の魔力を帯びている証拠らしい。

ここにある魔力茸は六本、内二本は黒っぽく変色しているから、これは高値のキノコだ。

やったぜ。機嫌よく保存瓶の中に入れる。高値の魔力茸と通常の魔力茸は分けて保存しておく。

こうしておけば分かりやすいだろう。

そして、採取した場所を再度見渡す。そこにいたのに採取し忘れたなんて事は犯したくないから。

苔も花も蔓も。

お？　これは網目蔓茸ではなかろうか。

蔓から生ってるし、網目模様だし間違いないだろう。数は……二本か。いや、こっちの蔓にも生えてる。

五本、今日の目標は達成だ。これでアイテムを作ってもらえるだけの材料は揃った。

……太陽を見る限り恐らくまだ午前中だな。幸先がいいな。順調なことはいいことだ。

その後も土竜の爪草や魔力茸、雲母茸を順調に採取。基本素材は採りつくして問題ないとの事なので、一本も残さずに採取。

魔力茸なんかは瓶に一〇本は入れたものが四つもある。

高値の方の魔力茸はまだ瓶に空きがあるが、それでも何本かは見つけた。

うむむ、一日目がこんなにも順調だと、後の揺り返しが怖いな。

……お？　また新たな素材を発見したぞ。

泥の上に浮くように生える紫色の苔。泥濘蔓苔だ。

苔の上にコイルのような蔓があるのが特徴……うんちゃんと蔓もある。

……ただこいつは保存方法が面倒だったはずだ。三日以上天日干しをした後に保存瓶に入れると本に書いてあったはずだ。

ぐぬぬ、持ってきていた麦藁編みの笊が四つ全て埋まってしまった。

一つは素材になるかも解らない物をまとめてある奴だから、苔を採りつくせたのはよかったが、また笊を調達しないといけないな。

あれは……多分黄鐘茸だな。

鐘のような黄色のキノコ。土属性が強いと何故か傘が小さくなるという、不思議なキノコ。

ここのは傘が小さい……のか？　よく解らんな。通常のサイズが解らんからな。

しかしこれも、八本もあるのか。一か所に多くあってくれるのは有り難い。

これも保存瓶にそのままでいいから楽でいいな。この調子で見つかるといいんだけどね。

3

採取は順調も順調。

昨日は三時間半程さまよって、雲母茸が七つだったとは思えないほど順調だ。

特に魔力茸は沢山といっても過言ではない程には採れた。

……保存瓶に一〇本入れるようにしているんだが、それでもこの採取地で八瓶目だ。闇属性を帯びた魔力茸でさえ二瓶目に入っている。

……これほど採れていいのだろうか。土竜の爪草も五瓶目だし、雲母茸も四瓶目だ。網目蔓茸はまだ二瓶目だが、泥濘蔓苔も笊四つ分、恐らく瓶四つ分くらいはある。黄鐘茸も三瓶目。この林は金の生る木の林だったのではないか？

……そろそろいい時間だし、いったんジュディノアまで帰ろう。帰ってこの成果を報告してみよう。

帰りながら採取をしてきて……一時間くらいかかった。

林の切れ目が見えているってのに、この林、魔力茸が多すぎる。両親が一年で稼ぐ収入をかるく超えている自信がある。

魔力茸が普通のが一〇三本、闇属性のが一六本。土竜の爪草が六四本、黄色い花が一二本、泥濘蔓苔が凡そ四瓶分。黄鐘茸が三六本、雲母茸が五二本、水色のが九本、網目蔓茸が二八本。

持っていった瓶の半分以上を使ってしまった。

こんだけ毎日のように採れるんならお金に困る奴はいないんじゃないかってくらいの量が採れる。

……いいのかなこれ。採れすぎじゃない？

「お帰り。おっ、なかなか採れたじゃないかい。……ふーん、大銀貨五～七枚って所かね。一日にしてはまああじゃないかしら」

!?　これだけ採れて大銀貨五～七枚!?　もっといっていると思った。

……そうか、大金貨一枚と目標を立てたからには、この成果で二〇〇日はかかる。今二歳だから、一年は三六〇日、六歳までは凡そ一四四〇日。

……あれ？　毎日この成果なら余裕か？

いやいや、今日が採れすぎって可能性もある。それに値崩れしたりしたら……余裕があっても難しくないか？

「あの。えっと、これだけの成果物なので、値崩れをおこしたりはしませんか？」

「値崩れ？　この程度の成果で値崩れなんかおこしやしないよ。値崩れさせるんなら、この後一〇万倍は毎日採ってこなきゃ」

「そんなに!?　でも、今日が採れすぎって可能性はないですか？　このペースだと明日にも瓶が五〇個は欲しいんですけど……」

「ヨルクの林でしっかりと勉強した奴が採取したんだ。この位は採取の成果としては普通さ。……保存瓶を毎日五〇個も作るのはめんどくさいね。一日に五〇〇個くらいは用意してあげるから何日かに一回にしとくれ」

「……わかりました。あと、これ図鑑に載ってなかったんですけど、素材になりますか？」

「なるのもあるけど、買い取り価格は中銅貨以下よ。そんな小銭よりも、魔力茸を採っていた方が何倍も儲かるわよ？　いい？　魔力茸は行商人相手でも一律小銀貨二枚からよ。属性付きは中銀貨一枚って所ね。属性の無い土竜の爪草や泥濘蔓苔も小銭よ。黄鐘茸と網目蔓茸は大きさに因るから小銀貨一～五枚、行商人は多分一律小銀貨一枚で買い取ると思うわ。雲母茸は私が買い取るから、大銅貨五枚でも採ってきて欲しいわ。これは錬金術ギルド価格よ。属性付きは小銀貨二枚位にはなると思うからそっちは行商人に売っちゃいなさい」

キノコ、ヤバい。小銀貨が飛び交うくらいにはヤバい。キノコ儲かる、凄く儲かる。

「本当に高いのはこれよ。漆霊闇苔っていうの。図鑑にも載ってたでしょう？　行商人相手でも瓶いっぱいで中金貨五枚からよ。出すとこに出せば大白金貨数枚って所かしら。少なくとも幽明派に出せば大白金貨三枚は堅いわね。後は、黒いキノコは高いわ。真っ黒な奴ね。図鑑にも載っていたはずだから詳しくは言わないけど」

……僕はまだ、本当に高値のものを手に入れてなかった、それまでですら大銀貨五枚にはなる。

……知識は力、知識は金だ。知らないと何の変哲もない林だが、知ってしまえば大金が転がっている林なのだ。

これは勉強した、『エクステンドスペース』を使えるようになった僕の特権だと思うことにしよう。

4

「それじゃあ、ここにあるものでサクッと作っちゃうわね」

そういうと、土竜の爪草二つと網目蔓茸三つを持って奥に行ってしまう。

……そう言えば、そもそも今日の目標は森で迷子にならないためのアイテムの素材集めだったな。大銀貨を前にして我を忘れていた。目の前の目的は遠くの大きな金の力に追いやられていたようだ。

……そういや、明日瓶を五〇〇個貰えば、しばらくはここに来なくても、村から林に入ればいいのか。保存瓶を取りに来るときは来なきゃならないが。

ともかくこの場をいったん片付けよう。

片付けて五分くらいして、奥からジュディさんが出てきた。

「はい、これ。指方魔石晶の首飾りよ。片方が片方に常に引き寄せられるから、この村の誰かに持っておいてもらえば、絶対に帰ってこられるわよ。使うときは魔力を流しなさい。そうしたら――ほら、こんな感じに水晶のある方向に動くから」

おお、水晶が何かの力に引き寄せられているかのように動いている。

……母さんに渡しておこうかな。母さんなら村から出ないだろうし。アクセサリーにもなりそうだしな。

「じゃあ雲母茸を買い取るわよ。五二本とアイテムの小銀貨三枚を引いた中銀貨二枚と小銀貨三枚ね。これからも雲母茸を頼むわね。じゃあまた明日ね」

そういわれ、保存瓶の中にお金を仕舞い、家の方に帰るのだった。

帰ってすぐに自分の仕事をして、母さんに指方魔石晶の首飾りを渡す。

魔力を流すと、対になる水晶に引っ張られるのを見せたら母さんも驚いていた。迷子にならないために身につけることを了承してもらう。

第四話　初めての中金貨、お祈りを始めました

1

あれから二〇日ほどたっただろうか。今日も沢山採ってきたぞと村に帰ってくると、一台の幌馬車が置いてあった。

……よく見ると、馬のかわりにケンタウロスのようなゴーレムがつながれている。

間違いない、錬金術師の行商人だ。

さっさと成果物を売ってしまいたい。『エクステンドスペース』の容量はまだまだあるんだけど、小心者なので、捌けるのならば捌いてしまいたい。

それにお金になるのは初めてではないが、まだ大銀貨までしか見たことがない。今の手持ちの量なら間違いなく小金貨まではいくのだ。

初めての金貨獲得に心を躍らせながら、錬金術師の行商人の元まで向かった。

「すみません。錬金素材を売りたいんですけど」

「手ぶらの様だが、その歳で『エクステンドスペース』持ちかい？」

「『エクステンドスペース』は使えます。大量にあるので――」

「ちょいと待ちな。大量にあるんなら明日にしておくれよ。今から一時間も二時間もだと日が暮れちまうよ。明日から数日この村にいるから、明日またおいで」

「そう……ですね」

……そうか。今のこの量の検品を済ますだけでかなりの時間を喰うのか。

僕的には頑張って採取した物の成果が見たかったが、時間も時間だ。多分あの量を検品してたらすっかり夜になってしまう。

逸る気持ちを抑え、帰路へと就く。

家に帰ったらまたいつもの仕事だ。こればっかりは末っ子の仕事なので、弟か妹が出来ないと代われない。

仕方ない、六歳の星振りの儀まではこれも試練だ。試練を乗り越えた先には、必ず錬金術師の才能に少なくとも星一つは振ってもらえるだろう。

2

翌日、朝食を食べて朝の仕事を終え、初めての大規模買取に冷めやらぬ興奮を抑えながら、錬金術師の行商人の元にやってきた。

「おはようございます。錬金術師の行商人さんいますか？」

「ああ、いるよ」

よいしょっとっとという掛け声とともに幌馬車の奥から顔を覗かせた。

髪がぼさぼさで今起きましたと言わんばかりの顔だったが、問題なく買い取りは行ってくれるようだ。

安心して素材を出そうとすると「ちょいと待っておくれよ」と僕の首に何かを掛けた。

「これは嘘を吐くと赤くなるアイテムだ。大量の検品の時は一応着けさせるのさ。万が一嘘を吐かれると、こっちが大損をこいちまうからね。さあ、沢山あるんだろう？　さくさくいこうか」

「はい。えっと、順番に出していきますね。まずは魔力茸から――――」

全部一〇本ずつ入っていると説明しながら、『エクステンドスペース』から保存瓶を出していく。

土竜の爪草、黄鐘茸と、次々に楽しそうに出す僕と、これまた楽しそうに数を数える行商人。

最後の網目蔓茸の保存瓶を出して、「以上です」と言うと、やり切った感が出た。

「いやー、久しぶりの大商いだねえ。やっぱり霊地ヨルクの林の採取物って言えば、こうでないとね。……さて、これ全部で中金貨一枚と小金貨二枚で手を打とうじゃないか。特中の特は無いにしても、これだけの素材だ。多少は色を付けておいたよ」

「中金貨！　それでお願いします！」

首に掛けられたアイテムを返しながら、中金貨一枚と小金貨二枚を貰う。

おお、これが金貨か。初めて見たな。と悦に入りつつ、保存瓶にお金を入れる。

もうこの保存瓶が財布のような物になってしまっているが、しょうがないじゃないか。便利なんだから。

現に行商人さんも、各瓶にお金を分けて入れているらしく、中身いっぱいの中金貨の保存瓶からお金を出していた。

……この錬金術師の行商人さん、凄く儲かってるんだね。


無事売買を済ませたので、今度は気になったことを聞いてみた。なんで錬金術師が行商人をやっているのか？

「それが親との約束だったからね。僕は商家に生まれたんだけど、錬金術師の才能に星が振られてね。舞い上がった父が、錬金術を学んで商売に活かせっていって、王都の錬金学術院に僕を入れたんだ。元々旅行を趣味にしたいと思っていたから、今は旅行をしながら商売をやっているって感じだね。でも、商売も本気でやっているよ。錬金術は使うのにも維持するのにも金次第だからね。貴族でもない限り、何か商売をやっていかないと食っていけないのさ」

ふーん、商家に生まれたから行商人ねえ。将来錬金術師になって、何がしたいかってのも考えとかないといけないな。

3

今まで採取のために北にしか行けなかったのが、今は指方魔石晶の首飾りがあるおかげで、東や西にずれても問題ないし、林の切れ目も気にする必要がなくなった。

それに、採取の要領だって二〇日もしていれば覚えるってもんだ。

さしあたっては、干すのが面倒なうえに金にならない泥濘蔓苔の採取はやめた。

魔力茸は比較的遠くからでも見つけられるようになったので、さくさくと収穫している。

行商人が特中の特が無いって言っていたが、実はそれは高値が予想されるものは売らずにキープしておいたからだ。

たとえば太陽が当たらない場所に生える闇暗中苔は、瓶一つで行商人価格で大銀貨二枚から、幽明派に売れれば金貨にでもなるかもしれないと言われたので、一瓶だけとっておいた。

また、闇甲穴茸という真っ黒な傘に白の斑点があるのが特徴のキノコは、闇属性が強いらしく、幽明派に高く売れる。行商人価格では、一本当たり大銀貨四枚ということなので、これも五本ほどキープしてあるのだ。

……この林は幽明派の聖地なんではなかろうか。

まあ、そんな訳で必然的に魔力茸を大量に採取するのだが、一向に無くなる気配はなし。沢山湧いてくるお金を瓶に詰め、今日も木の北側に目を向ける。

もうこれは癖の領域まで昇華させた。採取からの確認。これさえ怠らなければ、この林で億万長者も夢じゃない。

……そろそろまた保存瓶のストックが心もとなくなってきたから、明日辺り、ジュディノアに顔を出そう。そして保存瓶を注文して、またその次の日に顔を出そう。ここのところそれの繰り返しだ。

保存瓶の注文と同時に雲母茸の買い取りも行うのだが、毎回かなりの量を納品しても、余裕の表情で買い取りを行ってくれる。大変有り難いことだ。

錬金術師は金が要るということは、行商人さんからも聞いた。錬金術師だけじゃない。何をするにしたって金は必要だ。……この村で生きていくというのなら、もう十分に稼いでいるに違いない。だが、錬金術師として生きると、星振りの儀が終わる前から決めているのだ。この努力は、必ず神様も見てくださっているはず。必ず錬金術師の才能をくれるはずだ。

そう信じながら、いそいそと魔力茸を回収する作業に戻る。

夢を語るのは若者の特権。されど、力なくばその夢も脆く崩れ去るだろう。金なくばその夢も遠く遠くまで行ってしまうだろう。

全ては錬金術師になるために。今日も今日とて金という力を貯める日々を送る。

そういう努力家は、必ず天にいる神様が見ていてくださる。

今日もまた、良いものを発見した。闇暗中苔の上に生える真っ黒なキノコ。闇天紋茸だ。

闇暗中苔という珍しい苔に生えるさらに珍しいキノコだ。

行商人価格で一本当たり小金貨三枚。出すところに出せば、これ一本で今日の稼ぎ以上になる可能性を秘めているキノコ。

有り難く苔ごと回収し、次のキノコ探しに精を出すのだった。

4

家に帰ってきて、いつも通りの仕事をこなし、……今日は麦粥に肉が入っているな。猟師さんと野菜かなんかと交換したんだろう。

いつもより少し豪華な夕食を食べ、『エクステンドスペース』を空中に浮かべる訓練をしながら、そのまま意識を手放した。

次の日の朝、昨日と同じ麦粥を食べて、自分の仕事をこなし、ジュディノアに向かって走る。今日は保存瓶の補充のことをジュディさんに伝えないといけない。

まかり間違って今日で使い切ることはないとは思うが、なるべく空き瓶をキープしておきたい。

……前世の性格のせいなんだろうな。在庫がないと恐怖に駆られるというのは。

……錬金術師はとにかく金がかかるとのことだったが、この店はお世辞にも繁盛しているとは言えない。ポーションにしたって買いに来た人を一人とて見ていない。それともなんか派閥によって違うのだろうか。

「行商人に素材を売ってみたかい。いい値段になっただろう？」

「はい。中金貨一枚と小金貨二枚になりました。この調子でいけば錬金学術院の学費も払えそうです。……それとは別に、保存瓶一〇〇〇個お願いします」

「はいはい。小銀貨二枚よ。――――はい確かに。明日までには作っておくわね」

「あの、錬金術師ってお金が沢山いるんですよね？　……その、この店ってお客さんが殆ど来ないと思うんですけど」

「ああ、行商人に聞いたのかい。金は別に無くても、私は何とでもなるかな。私の錬金術師としての仕事はマルマテルノロフの研究で、その研究結果や論文から研究資金を得ているのよね。それにここの林の素材を行商人に卸すだけで十分な生活費になるのよ。マルマテルノロフの脱皮した皮なんかも土属性と風属性の素材として優秀だし、維持しないといけないゴーレムなんかもない。この店は半分この村のために開いているようなものだし、別段金がなくて困るってこともないのよ」

マルマテルノロフって前に見せてもらった幻獣だよな。それの生育研究で食っていたのか。

……色んな錬金術師がいるんだなあ。幻獣の研究なんかも仕事になるくらいには、錬金術師の世界は広いのか。

……他にはどんな派閥があるのだろう。僕が知っている派閥は幽明派位なもんなんだけど……。

「あの、錬金術師の派閥ってそんなに色々あるんですか？」

「色々あるわよ。私は幻玄派よ。幻獣の飼育、生態調査、その他諸々の研究を主にやっているわ。王都にある錬金学術院にも偉い人たちがいるけど、大抵どこかの霊地にいるはずよ。私みたいに幻獣を飼っているのも結構いるんじゃないかしら。……マルマテルノロフの研究だけでも、私の知る限りで三人いて、皆このヨルクの林の周囲にある村に住んでいるわよ。他の派閥は、錬金学術院に行ってから知っても遅くないし、大きな町の錬金術ギルドにでも聞いてみると、詳しく聞けるだろうし」

幻獣の生態調査をする派閥、そんなことも錬金術師の仕事になるのか。なんか幅が広いな錬金術師。行商人もいれば研究者もいる……僕はどんな錬金術師になれるのだろうか。

「まあ、坊やの場合はまず最初に星振りの儀だろうさ。……星振りの儀は神様が才能を振り分けるんだから、今のうちに祈っときなさい。強く祈れば望んだ才能を得たっていう研究も教会にあったはずよ。だから君のやることは、素材集めと資金作り、後は錬金術師への強い願いっていった所かしら。手伝えることは手伝ってあげるけれど、基本は自分でしかできないわね」

……星振りの儀は神様に願いが届くのか。採取に行く前と帰りに教会に寄って祈っておこう。

錬金術師の才能が振られなければ何のために今まで、これからも努力をするのか分かったものじゃない。早速今日の夕方から祈ることを始めよう。

5

それはともかく、今日は採取の日だ。雨が降らない限りは採取を続けている。

……最近雨が少なくて両親は水やりが大変だと嘆いていたが、僕は採取ができるから雨なんて降らなくてもいいと思っている。

しかしながら適度には降ってくれないと休みの日が出来ないし、キノコなんかは雨が降った次の日の方が沢山あったりするので、やっぱり適度には降って欲しい。

この世界には雨季なんてものは無いから安心して採取ができるしね。

……問題は冬だ。

多少雪が積もるくらいには寒い地域なので、この前の冬は兄弟姉妹皆で固まって過ごしていたものだ。

今年は金もあるのだし、何か準備が出来ないかジュディさんに相談してみよう。

何かあっても、素材さえあれば何とかできるというのが錬金術師という認識でいる。困った時の強い味方、素材と金さえあれば問題を解決してくれるだろう。

午前午後と沢山採取できた。昨日のように闇天紋茸が見つかったなんて幸運はなく、普通に魔力茸の大量採取といった感じだ。

あ、闇甲穴茸は二本見つけた。こっちも高いが闇天紋茸は桁が一つ違うからな。高ければ高いほど見つかりにくい。これはどこでも真理だよなあ。

採取の後に教会によってお祈りをする。まだ教会の扉が開いているから入って大丈夫だろう。

礼拝堂の前に神父……シモンさんだったかな。礼拝堂の飾りや像なんかの掃除をしている。……ここの聖職者たち、一日中掃除してんじゃないか？　朝も掃除してたよな。ちゃんと業務が回っているのか心配になるな。

「おや、お久しぶりですね。今日はどのようなご用件でしょうか」

「はい。今日はお祈りに来ました。錬金術師になりたいので」

「そうですか。それは良いことです。必ずや願いは神に届けられるでしょう」

「はい。あの、これから雨の日以外の朝と夕方にお祈りに来ても大丈夫ですか？」

「はい、大丈夫ですよ。神の裾野はいつも開いておいでですから」

教会は太陽が昇る前に開き、太陽が沈んで少ししてから閉じるそうだ。

なら大丈夫だな。これから朝夕毎日来よう。……雨の日以外は。

雨の日はなあ、仕事も休みにしてほしいんだけど、ダメなんだよなあ。濡れると寒いし、採取に行けないし。

そのあと家に帰り、いつもの仕事をした後、肉の無くなった麦粥と焼き野菜のサラダを食べてから、『エクステンドスペース』を空中に出す訓練をしつつ、明日に備えて寝るのだった。明日はジュディノアで冬支度の話を聞いてこないとなあ。

6

次の日の朝、ご飯を食べて、朝の仕事をこなして教会に行く。昨日からの習慣だが、これからはかなりの頻度で来るはずだ。ジュディノアまでの通過点だし、行くのも簡単。

ただお祈りだけはしっかりとする。どうか錬金術師に才能を振ってください。お願いします。

お祈りをこなし、ジュディノアまで一直線。

前に五〇〇個の注文をしたときに、先に入れていていいよとの事だったので、片端から『エクステンドスペース』に仕舞い込んでいく。

僕はまだ、『エクステンドスペース』を使いこなせていない。使いこなすと、空中で使えたり、物の出し入れに手を使わないでもよくなるのだ。……一〇〇〇個もの保存瓶を仕舞うのも、手でやるには一苦労なのだ。

早く手を使わないで出せるようになりたいものだ。瓶を『エクステンドスペース』に仕舞い込んでいる時にジュディさんが顔を見せた。

「作業の後、時間いいですか？　ちょっと相談したくて」

「相談？　もちろんいいが、面倒じゃないと有り難いねえ」

そう言ってけらけらと笑いながら雑談をしつつ保存瓶を片付ける。

一〇〇〇個の保存瓶を片付けるだけで小一時間もかかる。本当に、手を使わないで回収できればどれだけ楽か。

「んで、相談って何だっけ？」

「まだ言ってませんよ。あのですね、この辺、冬に雪が積もるじゃないですか。林の中には冬でも素材はあるのですか？」

「林の中には雪は殆ど積もらないよ。素材も年中とれる。その辺は問題ないさね」

「冬に採取に行くと寒いじゃないですか。寒さをどうにかする方法はありませんか？」

「あったか布を首に巻いて、服の中にも入れておけば多少はマシになるんじゃないかな。……作るかい？」

「はい、お願いします。……えっと、素材と材料が必要なんですよね？」

「よくわかってるじゃないか。布二メートル位につき火属性の素材一つで出来るよ。多分今回の行商人が扱っているだろうから、火属性の素材は手に入るだろう。布を扱っているかどうかは知らんが」

「早速買ってきます」

けらけらと笑っているジュディさんを置いて、急いで錬金術師の行商人の元へ。数日いるとのことだったし、さっき通った時にもいたからダッシュで向かう。

一〇分ほど走ってたどり着いた時には、まだ開店準備をしている途中だった。

「おや、素材を売ってくれた坊やじゃないか。今日もまた素材売りかい？」

「いえ、今日は普通に買い物です。あの、二メートル位の布を三枚と、火属性の素材を三つください」

「布と素材ね。ってーと、あったか布の材料って訳か。いい着眼点だねえ。冬に近くなるとどうしても火属性の素材の需要が上がるからね。今から確保しておく方が賢いってもんだ。はい、布三枚に火炎草を三つだ。〆て中銅貨九枚ってとこかな」

「わかりました。――――どうぞ」

「はい、確かに――――おつりはこれね。またどうぞ」

そう言われ荷物を渡される。素材はちゃんと保存瓶に入れ替えてくれた。これらを『エクステンドスペース』に仕舞い込んで、またダッシュでジュディノアに戻る。

これで冬の対策もばっちりだ。ジュディノアに駆け込んで作成の依頼をする。

「ジュディさん買ってきました。早速作ってください」

「わかったわかった。でも先に雲母茸の方の買取査定をしようかね。浮かれてて忘れてたろ、坊や」

「あ！　忘れてました！」

けらけらと笑いながらサクッと査定を済ます。

基本一〇本ずつ入れてあるから査定も楽でいい。

そして布三枚と素材三つを渡して作成費を引いてもらう。すると、おやって感じの顔をされた。

「坊や、三つも作るのかい？」

「はい。二つは家族にあげようかと思って」

「そうかい。いい坊やだね」

本当は人数分用意しようと思ったんだけど、それはやめた。

布も決して安い訳でもないので、平民が簡単においそれと着飾れない。なのに家族分のあったか布を作ってもらったら、他の人に何やかやと聞かれるのが常ってもんだろう。

だから両親の分だけだ。冬場になったら、皆で使いまわすことだろう。

……母さんに持ってもらっている指方魔石晶の首飾りの対の方も、普段から着飾れない母さんにしてみたら嬉しかったみたいで、最近機嫌がいい。

それが自分だけあったか布を持っていたらどうなるか。母さんの機嫌は家の中の居心地に直結するのだ。

父さんはついでだ。多分取られてしまうだろう。

しかし、僕がしっかりと自活できているという証明にもなるはずだ。……錬金術師を目指しているのをやめさせられたくはないので、っていう下心もありありなのだが。

五分もかかってないだろうか。若干黄土色に近い白色だった布が、薄いピンクに染色されて出てきた。

……むう、布の色も変わるのか。多分、火炎草の赤いのが付いたんだろう。属性の赤かもしれないな。……本当に錬金術って面白い。

「ほら、作成費小銀貨三枚を引いてこんなもんだよ。大銀貨に届いてたんだから大したもんだねえ。また沢山採ってくるんだよ」

お金を受け取って、あったか布を三枚受け取る。

……なにこれ。本当にあったかい。布本体にほんわか温かみがある。凄い不思議。

二枚を『エクステンドスペース』に仕舞って、残りの一枚をマフラーのように巻いてみる。まだ、身長が無いから一重だと地面を擦るな。確かにこれは服の中を通せば冬でもあったかそうだ。

7

今日は色々と時間を取られたが、採取はしっかりと行う。

魔力茸を回収しては移動し、黄鐘茸を回収しては移動し、また魔力茸を見つけては移動する。キノコってちゃんと探せば足元にも沢山あるってことが常だ。ただし、余りに小さいのは採らない。その見分け位は簡単だ。まあ、迷ったら採らないのが確実なんだけど。

なんだかんだいいつつ、キノコ狩りをしていると時間が経つのを忘れる。そろそろ帰って教会に行かないと。

……そんなときに限って、新しく魔力茸を見つける。サクッと採取するとまた視界に魔力茸が。

帰ろっかなーと思うとつい素材を見つけてしまうな。

……おっ今日もついてるじゃないか。闇天紋茸を発見。闇暗中苔も一緒に採取っと。

帰ろうと思っても、素材を見つけては採取してしまう。それもこれも貧乏が悪い。金持ちは金で解決するが、貧乏人は手と足で解決しないといかんのだ。産まれは選ぶことが出来んからな。

採取しながら教会まで帰ってきました。時間はぎりぎりになってしまったが、教会はまだちゃんと開いている。

礼拝堂の奥まで行って、膝をついて祈る。どうか錬金術師に星をいっぱい振ってください。

しっかりと祈ったら、自宅に帰り、いつもの仕事をして家の中に入る。

「母さん、はいこれ。あったか布。冬用の布だよ。父さんと母さんの分」

「まあまあ、今度は何かしら。あら、暖かいわね。いいじゃないこれ。でもまだまだ冬は先だから仕舞っておきましょうか」

そう言って母さんは押入れに仕舞い込んだ。うんうん、機嫌がいいことは良いことだ。

これで冬場も寒さを気にせず採取ができる。兄姉には我慢してもらおう。……どうせ父さんは剝ぎ取られるんだろうけど。

第五話　冒険者ってこんな人たち

1

母さんにあったか布をプレゼントしてから一〇日程経った。

一日雨が降ったが、それ以外の日は毎日朝夕とお祈りを欠かさない。錬金術師になりたいからね。僕は貪欲に行くって決めたんだから。

それはそうと、お金がちゃんと入ってくることを確認したせいか、周りを見る余裕ってやつが出てきたわけですよ。

そうなると色んなところが気になってくる。

例えば、教会前にあるテント群。皆が教会前広場って呼んでいる広場に結構な数のテントがあるんですよ。

村長の家も教会前広場に面しているから、村長のお客さんか何かかなって思ったんだけど、お客をテントで生活させるはずもないし。行商人なら商品を並べると思うんだけどそれもない。

一体何の集団なんだろ。……排除されないって事は悪い人たちでは無いと思う。ってなわけで気になったから、ジュディさんに聞いてみた。

「ああ、それは冒険者さ」

「冒険者？　何ですかそれ？」

「あー、なんて言ったらいいのかねえ、何でも屋って所かな。冒険者ギルドっていうのが町にはあるところが多いんだけどね。この近くだと、確か南の方に一日くらい行くとカウツって町に冒険者ギルドがあったはずだよ。多分そこのギルドに出された依頼を受けてこの村に来たんだろうね」

「依頼っていうと、魔力茸が欲しいので採ってきてください。報酬は幾らです。って冒険者さんに依頼をするって感じですか？」

「そうそう、そんな感じ。多分錬金術師か魔術師か薬師か、そのあたりが出した依頼のはずだよ。もっと別の依頼かもしれないけれど、この村に来る依頼といえばヨルクの林関係の依頼だろうし。あー、もしかしたら常設の依頼の可能性もあるか。でもまあ、手紙の配達とかでもない限り、ヨルクの林目当ての冒険者だろうね」

「あの、今僕がやっているのって、どちらかといえば冒険者の仕事ですか？」

「まあ、確かに冒険者がやることでもあるし、錬金術師がやることでもある。……採取が苦手というか体を動かすことが苦手な錬金術師もいるから、そこは派閥次第かなあ。幻玄派だったらフィールドワークが主な仕事の派閥だから、間違いなく自分で採りに行くだろうしね。それに冒険者もピンキリなのよね」

「？　どういうことですか？」

「ちゃんと仕事をしてくれる人ばっかりじゃないってことよ。私の感覚だけど、八割方悪い方ね。良くて二割、もしかしたら一割良いのがいるかどうかって所かしら。殆どが村のあぶれ者が、とりあえず貰った才能で何かしようとしているのが冒険者なのよ。坊やみたいに目的を持ってやってる方が稀よ。大半の冒険者が何の才能も持たずにやっていると思うわよ。もちろんスキルも磨かずに」

「それって、冒険者って良くない人ってことですか？」

「魔境なんかで戦闘に特化した冒険者なんかはいい冒険者ね。素材に気を付けられる冒険者ならなおよしって所かしら。後はちゃんと採取に特化した冒険者もいるわよ。魔境や霊地には少なくとも一組はいると思うわ。ここも霊地の一つだから多分テント組の中にもいるんじゃないかしら」

「なんかあんまり良さそうに聞こえませんね」

「まあマシな人も偶にはいるものよ。後は身分証を発行してもらえるから、町に入るときは便利になるわよ。私も登録だけはしてあるわよ。身分証のために。――ほら」

そう言って首にかかっている乳白色のプレートを見せてくれる。名前だけだけど綺麗に印字されているところを見ると錬金アイテムかそれに準ずるもので作られているのだろう。

「あなたも身分証は作っておいた方が色んな面で楽だから、星振りの儀が終わったら作っておきなさいな。特に乗合馬車なんかを使うときには、身分証があれば面倒な手続きなんかを省略できるのよ。……その分冒険者としての義務を付けられるけれど、義務って言ったって乗合馬車の防衛を手伝うとか、町で悪事を働かないとか。その義務を果たさない冒険者の身分証は少しずつプレートが黒くなっていくの、そういうアイテムだからね」

「ということは、身分証が黒い冒険者は悪い冒険者なんですね」

「そういうこと。ただ、身分証が綺麗な乳白色でも良い冒険者とは限らないのよねえ。仕事の失敗では黒くはならないから、失敗続きの冒険者でもプレートは綺麗なままっていうのも多くいるのよ。まあ、私は依頼を受けないから関係ないけどね」

けらけらと笑いながら雑談を続ける。

……なるほど、冒険者か。錬金術師になれなかった場合は多分冒険者にならざるを得ないだろう。それが分かっているから父さんにも母さんにも好きにさせて貰えてるんだろうな。

「でもサーガになるような冒険者もいるんだよ。坊やはこの村に寄る乗合馬車なんかで吟遊詩人を見たことはないかい？　ああいうのに謡われるのは大抵は大業を成した冒険者が多いんだよ。もちろん騎士なんかの詩もあるだろうが、大抵は冒険者の詩さね。……まあ、放り出される人たちの希望の星といったところかね。大抵は戦闘に才能を振られた奴らが謡われてるから」

「冒険者に適した才能なんかがあるんですか？」

「そりゃあるさ。剣術・槍術・魔法使いに何でもござれだ。要は戦いに有利な才能を貰えば、ある程度は冒険者として戦っていけるんだよ。そりゃあ、サーガなんかになる奴らは星が五つも六つも才能に振られた奴らだがね。星一つでは努力しても限度ってもんがある。寿命という限度がね。星の多さは才能の伸びに直結しているのさ。だから、星の数が多い奴の方が詩になることが多いのさ。……ただし、星に胡坐をかいてはいけない。サボった星五よりも、突き詰めた星一の方が強いこともある。錬金術だってそうだ。星を多く振られた方が早く上手くなるが、星一つでも限界はない。試行回数が全てだ。突き詰めたいなら学術院に残ることにすればいい。そういう場所だから、あそこは」

何処か遠い目をしたジュディさんを尻目に、僕はせせこせこと保存瓶を『エクステンドスペース』に詰める。

「まあ、坊やの場合は、先に星振りの儀を無事に乗り越える事さ」

若干しんみりとした空気になってきたかなと思ったら、その空気を笑い飛ばすかのように僕の星振りの儀の話をして、今までの空気を吹き飛ばした。

けらけらと笑うジュディさんにさっきまでの重い空気は無かった。多分何か錬金学術院で思うことがあったのだろう。そのことに触れないでおく位には僕は大人びていますので。

2

保存瓶を一〇〇〇個、回収し終えて今日も元気に採取に行きます。

本当にこの林は魔力茸が多いよな。幾ら採っても、無くなるどころか昨日生えてなかった場所にまで沢山生える事さえある。それでも値崩れすらしないいんだから、凄いよね。

なんのための素材なのかをジュディさんに聞いたことがあるが、主に中級ポーションと中級魔力ポーションの材料なんだって。錬金術師や薬師が作るのはそのあたりが一番多いと聞いた。

その他、魔力を沢山使う錬金術や調合にも使える汎用素材なんだって。

ただ、属性を帯びていない魔力茸は、属性を扱うには適していない。だから属性を帯びた魔力茸は高く売れるんだそうだ。さらに汎用性が上がるから。

それに保存瓶に入れておけば、ある程度は劣化しないし、保存瓶も割れにくいしでいいことずくめなんだよね。

保存瓶も元はといえば魔力で出来ているんだそうで、保存瓶作成用の魔道具があるらしく、それに魔力を流せば保存瓶が出来上がるそうだ。

なんかジュディさんの所には二つ魔道具があって、両方を使って一〇〇〇個もの保存瓶を作ってくれているそうだ。有り難いよね。

出来る速さは魔道具の質に因るらしく、ジュディさんは高品質を二台持っているらしい。二〜三秒で一個の保存瓶が出来上がるそうだ。一〇〇〇個も作るなら三〇分くらいかかるそうだ。

暇なときに自分用も作っているからいいとのことだが、『エクステンドスペース』の中が保存瓶だらけになっているのではないかと心配してしまう。

実は僕の『エクステンドスペース』も少しずつ容量が増えていっている。『エクステンドスペース』は魔力操作に因るところが大きいみたいで、大人になってからでも容量は増えるみたいだけど、子供の時が一番魔力操作の伸びが良いらしい。

まあ、魔力操作も一つの才能みたいなものらしいから、容量が多ければ多いほど便利ってことだけ覚えておけば良いとの事だった。

『エクステンドスペース』の中でも時間は進むようで、保存瓶に入れておかなければ、一日程で魔力茸の魔力が半分以下に霧散するが、保存瓶に入れておけば五〇年程大丈夫なのだそうだ。

だから保存瓶がない昔は、魔力茸なんかも質のいいものを手に入れようとするなら魔境や霊地のそばに住まないといけない、という時代もあったのだとか。

ところで、ジュディさんのところで冒険者の話を聞いてきたわけだけど、林をよく見まわしてみると、確かに人影がうろうろとしているのが分かる。

……魔力茸を売るだけでも、農家の年収を超える収穫物が手に入るんだから、そりゃあ皆魔境や霊地に入るよね。

魔境と霊地の違いは、魔境が魔物の出る魔力スポットで、霊地が幻獣の住む魔力スポットらしい。基本的には霊地には魔物はスライムくらいしか出ないんだとか。

……動物はいるよ。猟師なんかも霊地に入るしね。うちの食卓に上る肉も、この霊地に入って肉を獲ってきてくれる猟師さんのおかげなんだから。

因みに、猟師にも猟師の才能や弓術の才能が必要になってくるらしい。

この世界は何をするにも才能が、振られた星が物をいう世界なのだ。

逆に言えば、才能さえあればなんとでもなってしまう世界なのかもしれない。

だから娯楽もあまり発達していないし、道具なんかも最低限でどうにでもなってしまう。

我が家も、どのくらい儲かっているのかは知らないが、現代日本の専業農家とそう変わらないくらいには儲かっている、……いやもっとあるかもしれないな。

脱線ついでに一つ。実は両親も『エクステンドスペース』が使えることが発覚した。……というよりも子供以外は皆使えるのだとか。

僕が『エクステンドスペース』を使っているのを見て、もう使えるようになったのね。って言っていたから気になって聞いてみたんだよ。そうしたら星振りの儀を終えた後に家族で教えるらしい。

僕の場合はジュディさんに使えるようになれって言われてこの歳で使えるようになっただけで、

本来はもう少し理性が利くような年頃に教えるんだってさ。今は一番上の姉さんが頑張って覚えている最中だそうだ。

話を戻して冒険者の話。皆揃って林の切れ目が見えるところ位で採取をしていた。僕よりも遅く採取を始め、僕が帰る前には撤収しているから林で見なかったようだ。

それに一か所にいる時間が非常に長い。これは恐らくジュディさんが小銭と揶揄していた素材すらも根こそぎ採っていっているのだろう。非常に効率が悪い。

他の誰の儲けが薄かろうが関係ないが、こんなんで冒険者ギルドもいいのだろうか。かといって、冒険者にアドバイスなんてそんなことをする気はない。星振りの儀まではなりふり構わず金儲けをすればいいのだ。

僕の場合は指方魔石晶の首飾りを持っているから奥まで入ったって帰ってこられるので、わざわざ競争の激しい浅いところで採取する義理もなし、採取物が沢山残っている場所で悠々と採取している。

採取が終わり、教会でお祈りをして、冒険者たちのテント群を後に家に帰る。

そう言えば冒険者の糞尿処理ってどうしてんのかな。その辺でやってるわけじゃないよな。流石にそんなこと村長が許さないだろうし。

いつも通りの夕飯を食べて、寝床で『エクステンドスペース』を空中に出せるように練習をし、
そのまま夢の中へ……。

第六話　もしかして、冒険者の質って低すぎ

1

夏も真っ盛り、僕、ヘルマンは大変涼しい思いをしながら採取の日々だ。

いやー、林の中は太陽の光が殆ど差し込まないから涼しくてね。快適に採取をしておりますとも。家に帰った方が暑いんだもの。

それに最近は日が長くなってきたこともあって、春先よりも沢山の量を確保できている。

……そろそろ錬金術師の行商人が誰かしら来ないかなー。素材を沢山持っている状態って、在庫を抱えているかのようで落ち着かないんだよね。

前回からの試算だと、中金貨四枚って所だと思うんだよね。なかなかに採取しているだろう？

それと最近母さんから、食べられるキノコも採ってきてとのご下命を受けたので、売りに出さないキノコも採取している。

おかげで最近の我が家の食卓にはキノコ類が増えた。食生活が華やかになるのは大変良いことで

ある。毒キノコが生えない霊地で本当に良かったと思っている。間違えたら大変なことになるもんね。

一応、錬金術師の行商人以外にも素材を売ってみた。……でも、試みは失敗。ある行商人には買い叩かれそうになったし、他の行商人には、そもそも価値が判らないからって断られた。

やっぱり錬金術師の行商人じゃないとダメみたい。

早く錬金術師の行商人が来ないだろうか。ジュディさん曰く、季節に一人は来るらしいので、そろそろだと思うんだけどなあ。

……というか錬金術師で行商人って、結構人気の職業なんだそうだ。ルート取りをどうするかが一番のポイントだそうだが、幾つかの霊地と錬金術師のお店や王都にある錬金学術院を回っていけば、余程下手な事をしない限り平和に黒字を稼げるのだそうだ。

それに、町の代官や領都のお抱えの行商人になれば食いっぱぐれることもなく、安定的に稼げるのだからそういう契約を交わしている行商人も多いのだとか。

もっとも、それは錬金術師の行商人に限ったことではない。物流が滞ったり、金の回りが無くなってしまうと、領として衰退の道しか残されていないから、行商人にはある一定の需要があるのだ。

ただ、一番の行商人の取扱品は塩なんだそうだ。この王国は海に面しているらしく、そこで取れた塩を領内にいき渡らせるのが、領持ちの貴族の務めみたいなものなので、貴族は行商人を多く抱え込んでいる。

金を貯めこんで悪逆の限りを尽くすといった貴族は居ない。居れば領が酷いことになるし、王だって黙っているはずもない。

そんな訳でこの国は比較的内政は落ち着いていると言ってもいいらしい。……ジュディさんの完全な受け売りだがね。


錬金術師にも色々あると再確認した僕だったが、僕はどんな錬金術師になるのだろうか。錬金術師になりたいのは本当だが、錬金術師の行商人になりたいかと言われれば、否と答えるだろう。

もっとこう、魔法チックな錬金術を堪能したいといいますか。錬金アイテムを作っていく生活がしたい訳で。将来はどちらかというとお店を構えて、錬金術をしたいと思っている。

学術院に残り続け、研究三昧ってのも悪くはないんだが、どちらかといえば、なんか違うような気がする。曖昧なんだけど、これじゃない感がするんだよね。

まあ、まだ派閥も何も知らない身ですから、どう転ぶかは判らないけれど。

将来の話といえば、家の次男のエドヴィン兄が冒険者になるんだといって、棒を振り回し始めた。

なんでもどうせ追い出されることが決まっているどこかの次男君が、吟遊詩人のサーガを聞いて冒険者になるんだと言い始めたのが切っ掛けらしい。仲間内で冒険者パーティを結成して、サーガに謡われるような冒険をするのだと息まいているのだ。

僕の中の冒険者は教会前広場に集まっている、小汚い連中の集まりとしか認識がない。

しかし、兄弟なのだからそんな風になって欲しいとは思わない訳で、教会でお祈りと文字の読み書きと計算の勉強をするように、母さんからエドヴィン兄に伝えさせるようにした。

そうすれば才能だって貰えるかもしれないし、僕のための実験にもなる。

読み書き計算だって出来ないと流石に冒険者にはなれないだろう。依頼表も読めない奴らが冒険者になれるのか？


ついでにということで、全兄姉が教会に行かされて勉強中である。今の教会では幼稚園さながら忙しい毎日を送っているだろう。

……父さんも母さんも文字の読み書きは出来ないと言っていたが、農民には別に必要のない技能だものね。出来れば便利なんだろうけど、別に出来なくても農家は出来る。

例外的に、村長宅の子供たちは読み書きが出来ないと仕事が出来ないのと同じなので、文字の読み書きは必須技能ではあるらしい。

教会も文字を教えることは、実は業務の一環でもあるのだとか。僕も文字の読み書きはジュディさんではなく教会に行けって言われたしね。

何でも、文字を教える過程で神の何たるかを説くことによって、聖職者を増やしていくのが教会らしい。一定数は必要なんだよね、聖職者って。でないと星振りの儀も行えなくなってしまう。

村のあぶれ者の行先は冒険者だけではなく、教会にも行先はあったわけだ。

……もしかしてあぶれ者の中で、文字の読み書きが出来る奴は教会に入って、それ以外の奴が冒険者になってたりはしていないよな。案外冒険者の質が低いのもその所為なのかもしれない。

もちろんそうで無い冒険者も沢山……少しはいるだろう。

2

馬型のゴーレムがいる幌馬車がある。ってことは錬金術師の行商人が漸くと来てくれたか。

先に教会のお祈りを済ませてから行商人の元へ、久々の大商いだぞ。

「すみません、素材を売りたいんですけど、明日の方がいいですか？」

「明日の朝にはここを出ていくから、売るなら今日中にしておくれ。乗合馬車も兼ねているから停まっている時間が少ないんだ」

「わかりました。……えっと、時間がかかりそうなので、夜でもいいですか？　先に家族とご飯を食べたいので」

「いいよ。常識外れの時間じゃなければ起きているから」

「ありがとうございます。ではまた」

今日中にという指定だったので、先に母さんの許可を取っておかなければ。それに晩御飯になるキノコも届けないといけないからね。

ご飯を食べたら、再び錬金術師の行商人の元へ。

「こんばんは」

「ささ、幌馬車に入って入って」

幌馬車に入ると、また嘘を吐くと色が変わるアイテムを首に掛けられた。

まずは一番多い魔力茸から順番に出していく。前の時は手で出し入れしていたが、今は手を使わずとも取り出せるようになった。少しずつだけど成長しているんだからね。

一瓶に一〇個ずつ入っていると説明しながら、採取物をどんどん出していく。全部の品を簡単に検品しながら一時間弱で終わった。

「金額は中金貨四枚と小金貨九枚って所だろうね。それにしてもよくちゃんと勉強している。ちゃんと保存瓶にも入っているし、数も一定にしてくれてる。文句なしの値段設定だと思うよ。大銀貨以下は切り上げておいたからね」

「保存瓶に入れないバカもいるんですか？」

そう聞くと、錬金術師の行商人は目が点になった後に大笑いをした。

「確かに素材を保存瓶に入れない奴はバカだ。だが殆どの冒険者がそのバカなんだ。物の区別もついていなくて、保存瓶にも入れていない。ましてや種類別に分けてもいない。そんな冒険者からの買取査定はうんざりなんだ。だけど君は、これだけの素材をちゃんと保存瓶に入れて、特に雲母茸はちゃんと水に浸けてある。この幌馬車は王都まで行く予定だから、この素材もきっと高く買ってくれるね。……だけど、ここでの買い取りのことは他の冒険者に言わない方がいいよ」

「わかりました。僕も恨まれたくないので」

「次にここを通るときも君がいてくれると俺も嬉しいが、依頼によって色々なところに行くから、次は何年後だろうか」

そう言われつつ、幌馬車から出た。……もしかして、幌馬車に入るのは、他の人たちに査定金額を知らせないためなのかもしれない。

普通の行商人は幌馬車なんて持っていないんだよな。『エクステンドスペース』があるから徒歩移動だし、盗賊なんかもいないし。怖いのは森や林からほんの偶に出てくる魔物だけ。

もしかして、金の有無が関係してんのかな。幌馬車なんて維持費がかかるしな。

それよりも、冒険者が保存瓶すら使っていないことに驚きを隠せないでいる。『エクステンドスペース』に保存瓶なんて沢山入るし、入れるのだって手間とまでは言わないだろう。

何より、素材の区別がついていないというのが意味が解らなかった。

そりゃあジュディさんからの冒険者の評判が悪いはずだ。

一体彼らは何をしにこの霊地に来ているのだろうか。まともに素材を扱わずに、そもそも区別すらつかずに、一体何のための霊地採取なのか分かりゃしない。

いっその事、魔境にでも行って戦闘をこなして、素材や魔鉄を採った方が有用な冒険者だろう。

これはエドヴィン兄が冒険者になるんだったら言っておいてあげよう。できる冒険者ややり手の冒険者は皆そうしているとでも言っておけば信じるだろう。

多少羽振りが良かったり、身なりを気にすることができる冒険者は、稼いでいる証拠だ。

エドヴィン兄たちは流石に初めはこの近くの町で冒険者をするだろう。霊地のまともな素材を卸す冒険者として有名になればいいさ。まあ、それもまだ何年か先のことだろうが。精々まともな冒険者になってくれよ。

そんなことを思いつつ、すっかりと暗くなってしまった道を帰る。なお、『エクステンドスペース』を空中に出す訓練の成果はまだのもよう。

第七話　農家背中で語る、まともな冒険者との邂逅、魔械時計買いました

1

麦が首を垂れ、一面が黄金色となった秋頃、僕は家の農地で落ち穂拾いの真っ最中である。

父さんと母さんが大鎌を振るい、『エクステンドスペース』で回収している後を、その取りこぼしを拾っているのである。

星付きの才能は本当に凄いな。幾らちゃんと研いである大鎌であっても、ああも綺麗に切れるものなのかと思う。

長女のリュドミラ姉も農家に星を振られたって言ってたから、父さんや母さんみたいに刈れるんだろうな。才能ってほんと理不尽。

しかし、父さんや母さんの『エクステンドスペース』の使いこなし様には感動を覚える。刈った瞬間には『エクステンドスペース』に麦を収めている姿は見ていて恐ろしいものだ。僕なんかよりも自由自在に『エクステンドスペース』を使っている。

最近は僕も、手を使わない出し入れがスムーズになってきていたが、少し天狗になっていたようだ。父さんや母さんの領域にはまだまだ達していない。

東京ドームが七～八個入るであろう農地を、昼までに一〇分の一以上刈り取ってみせる農家の才能を眺めつつ、他の家の畑を見渡す。

どこもかしこも絶賛収穫中なわけだが、一か所だけ異様に速い場所がある。恐らくそれが才能の差というものなのだろう。農家星五とか六とか振られているんだろうな。

午後からは、母さんからリュドミラ姉に交代して刈り取っていく。リュドミラ姉はまだ大鎌を振りなれていないから、効率的には母さんの五分の一か六分の一だ。その分父さんがスピードアップしたが、マジであり得ない速度で進んでいく。

あっという間に刈り取りが終わって夕方。

まだまだ麦畑は残っているが、男どもはエールづくりに精を出している。去年の余った麦を有効活用という名の呑みたいだけの連中だ。

農民の特権という所だろうか。ゆっくり飲めば年中飲めるのだが、新年祭であっという間に無くなるだけだ。収穫した麦も大半は売ってしまって、残りは金に換える。そして塩を買う。

残りは貯金だ。大鎌の整備費や独り立ちする子供の独立資金に充てるのだ。

今日の晩御飯はいつもよりも粒が多い麦粥だ。中にはキノコもたっぷりと入っている。後は焼き野菜のサラダと焼きキノコ。基本的に火が通っているものを食べる。生は怖いからね。

食卓にキノコが上ることも普通になったものだ。美味しいしおなかが膨れるしでいいことずくめなんだが。キノコは猟師の家位しか食わないみたいなんだよな。手伝い以下の子供にキノコ狩りをさせれば皆も食卓が豊かになるのに。……僕みたいな子供はかなり稀有な例だろうけど。


この時期は冒険者も多いけど、行商人の数も増える。麦の買い付けだ。どの行商人に売るかは農家次第なので、少しでも身なりを良くして心証を上げようとする行商人が多い。

よほどひどくなければ無駄な努力に終わりそうな準備だが、多少は違うんだろうか。

見る限り錬金術師の行商人はいない。幌馬車がそもそもないし、シンボルのゴーレムもいない。

というかまだ他の行商人も少ない。他の村の収穫から回ってこようと考えているのだろう。

逆にこの村で買い付けようとしている連中は、ここが終わったら次の村に行こうとしている奴らなんだが。この時期は麦の買い付け合戦が激しい。麦は確実に売れる商品だから、塩と共に人気の商売品だ。今からどの村を回ろうかと考えて舌なめずりしていることだろう。

まあ、錬金術師の行商人がいないのならば、僕には関係ないことだ。さっさと教会に行ってお祈りをした後に採取に向かおう。

2

他の冒険者が来ないように林の奥で採取をしている。絡まれるの面倒だし、なってない冒険者共を相手にするだけ時間がもったいない。

本当は、他の魔境や霊地の情報、素材の売り先や使っている錬金アイテムの情報が欲しいのだが、そんな情報をぼんくら冒険者たちが持っているとは到底思い難い。

だから絡まれない様に奥にいるし、絡まれても威嚇して奥に逃げるようにしている。

だが、今回絡んできた冒険者はそこらのぼんくらとは少し、いや大分違っていた。

「おい坊主、随分深いところで遊んでいるようだが、帰り道は大丈夫か？　そろそろ日が暮れるぞ」

時間を心配してくれているのは、三〇に満たないだろう青年一人、確かに今日はそろそろ上がりかなとは思っていたが、そんなタイミングで声をかけられたのは初めてだ。

いつも通り水を満杯まで入れた保存瓶を持って威嚇すると、男は驚いたようにこちらを見たが、感心するように頷いた。

「おお⁉︎　水の入った保存瓶か。なんだ〝しっかりとした〟同業者か。まあ警戒すんなよ。俺だってこういうもんだ」

そう言うと男は水を満杯まで入れた保存瓶、しかも雲母茸の入っているものを見せてきた。……どうやらまともな冒険者らしい。

ならばとこちらも警戒を解いて話の態勢に入ろう。優秀な冒険者との接点はこちらとて欲しかったのだ。

「ご用件は何でしょうか？」

「こんなとこまで入ってきて、帰りは大丈夫なのかと思ってな。俺は方角が大体わかっているから帰るのには問題ねえが、迷子とあっちゃあ見過ごせねえ。だから日暮れの時間そろそろなのにまだこんな中にいるとは困ってるんじゃないかと思ったんだが、……どうやら違うようだな」

「はい、迷子ではないです。採取もそろそろ切り上げようかと思っていたところに、あなたから声がかかったので警戒しました。すみません」

「ああ、迷子でないんならそれでいいんだ。……んで？　迷子でないならどうやって帰るんだ？」

「……これを使って帰っています」

「魔道具か？」

「錬金アイテムです。指方魔石晶の首飾りと言います。魔力を流すと対になる首飾りの方に魔石晶が動く仕組みになっています。片方は家にいる母さんが持っています」

「なるほどな。そういったアイテムもあるのか。……この林の素材で作れるものか？」

「はい、僕の時は網目蔓茸か黄鐘茸を合計で三つと、土竜の爪草二つで作ってもらいました」

「……どれもこの林で採れるものだな。坊主は良い冒険者になりそうだな。素材のことをよく知っている。それにこの村に錬金術師がいるんだな」

「錬金術師さんなら村の外れ、西側にいます」

「そうか。俺もその首飾りが欲しいから、近いうちに作って貰いに行くか。……そろそろ暗くなる時間だな。歩きながら話そう」

そう言われ首飾りに魔力を流し、若干首飾りとはずれた西に向かいつつ、男の持っているアイテムに目をやった。あれは何だろうか。

「すみません。その手のものは何ですか？」

「これか？　これは魔械時計っていう錬金アイテムだ。世界に満ちる魔素から時間を刻む道具だ。正確な時間を刻んでくれるから、こういう日暮れの分かりづらい霊地や魔境では便利なんだ。素材は土属性の物とそれ以外の属性の物、それと魔力茸だな。数は忘れてしまったが、この林の素材で十分作れるはずだ」

なるほど、素材自体はジュディさんに聞けば分かるだろう。作れるならば作って貰おう。今まで林の木の隙間に太陽が消えればそろそろ帰る時間っておもっていたけど、時間が正確に計れる錬金アイテムがあるのならばぜひ作っておきたい。

「わかりました。錬金術師さんに聞いてみます」

「ああ、そうした方がいいな。時間は正確な方が、冒険者にしても錬金術師にしても喜ばれるから

な。もちろん、俺もそう思ったし、先輩冒険者からもそう教えられたからな」

「……あの、どうして冒険者の中には、保存瓶の存在すら知らない人たちが多くいるんですか？」

「……ああ、冒険者ギルドや先輩冒険者の話を聞かない奴が多すぎるんだよ。それに、文字の読み書きすらできない奴には、どんな情報を与えたって無駄だってのが冒険者ギルドの方針だからな。俺だって、必死になって文字を覚えたし、計算できるようにもなった。厳しいのかもしれねえが、文字の価値が判らない奴らは大成しないよ。……魔境で戦闘だけで食っていくなら別だけどな」

なるほど、冒険者ギルドはそのような方針なのか。

ジュディさんに見せてもらったヨルクの林の図鑑だって、文字が読めないと意味がない。

文字の意味、文字の価値は大きい。才能の星がモノをいう世界で、文字を読むスキルを磨く、星なんか関係なくてもできることは沢山あるのだ。

「さてそろそろ、林の出口だな。またな坊主。坊主も碌でもない冒険者たちは放っておいてやってくれ。自分たちで気が付かないと意味がないんだ。冒険者ギルドもその方針だしな。……難しい話をして悪かったな。でも、そのうち分かるときが来るからよ」

俺と一緒にいなかった体にした方がいいと、走って林を出て行った。儲かっている冒険者って認識が周りにもあるんだろうな。

……なんで儲かっているのかを考えない冒険者は大成しない。僕だって錬金術師になりたいから、錬金術師の、ジュディさんのいうことを聞いて努力したのだ。努力もしていない奴らに儲け話を教えてやるわけもなし。

まあ、エドヴィン兄には多少教えてあげよう。まずは文字の読み書きからだけどな。

3

朝、いつも通りのごちゃっとした寝床から這い出るように起き、水瓶から桶で水を掬い顔を洗う。

水面に映る顔は少なくとも不細工ではない。イケメンかと問われてもまだわからんとしか言いようがないが、ある程度整った顔をしているとは思う。

まあ、この世界、顔じゃなくて才能なんだが。

農家であれば農家の才能に星が振られるほどモテる。この村で一番モテたという男性は、小柄でポチャッとした愛され系草食男子って感じなんだが、農家の才能に六つも星を振られたそうだ。

農家の後継ぎには最高の才能で、少なくとも五つの家から娘を嫁にどうだと言われたらしい。

女のモテるモテないも才能で、農家には農家の才能に振られていないと娘を嫁にと言いにくいらしいし、言い寄ることも出来ないのだとか。

その点リュドミラ姉は、ちゃんと農家に才能が星二つ振られている。父さんは星三つ、母さんは星二つだそうだ。

そして、才能はある程度遺伝する可能性があることを僕は知った。

長男と長女には親と同じくらいの才能になる可能性が非常に高く、この村では農家の長男長女が農家の才能を持って生まれてこなかったことが無いらしい。まあ、村での口伝なので、本当なのかは定かではないが、農家の数が減ってないことを考えるとある程度真実なのだろう。

そしてまた、次男次女以下には、才能は全くと言っていいほど遺伝しないという。これもなんでなのかは全くわからない。

偶に次女に才能が遺伝することがあるのだが、次男が親と同じ才能を持って生まれることはほぼ無いのだとか。

顔が遺伝するのはまあ、分かる。しかし、才能が遺伝するしないは訳が分からない。だって、星振りの儀で初めて才能が振られるのに、親と同じようになるとか何がどうなっているのか。神が差配していると言われたらそれまでなんだが、なんとなく納得がいかない。

でも、納得がいかなくても、僕は錬金術師になりたいので、どうか神様、才能を振ってください、お願いします。

4

才能の理不尽について考察を廻らせながら、飛び撥ねた寝癖を一生懸命に直す。この時期になると少し肌寒くなってくるので、水を被る訳にもいかない。せこせことまともに見えるくらいには髪の毛を揃える。

　さて、今日は保存瓶の発注と魔械時計の作製のお願いだ。

「何だい、もう瓶の追加かい？　少し早いんじゃないかい？」

　毎度毎度保存瓶を頼みに来るんだもんね。

「いつも通り一〇〇〇個追加で。あと、魔械時計を作って欲しいんです」

「ははーん。さては見て欲しくなったんだろ。あれはあれば便利だからね。解った、材料を言うから出しな。網目蔓茸か黄鐘茸のどっちかを三つ、雲母茸を八つ、それと魔力茸を一二個だよ。それから代金はいつも通り雲母茸の方から引いておくから、雲母茸も出しなさいな」

　言われてサクッと素材を出す。これで魔械時計もばっちり出来上がるだろう。

「さて、魔械時計の作製はちょっと時間がかかるから、明日保存瓶と一緒に渡すけど、どうする？」

「明日一緒に貰います。今日もこれから採取に行くんで」

「そうかい。んじゃ、準備しておくから」

　代金を払ってジュディノアを出た。

　林の中は大分肌寒くなってきているので、少し早いかもしれないけど、あったか布を装着します。首元を二重にし、残った布を前と後ろの服の中へ。

秋だからかなあ、なんか最近冒険者の数が増えているような気がする。

夏に増えるのはなんか解る気がするんだよね。林の中って涼しいから。でもなんで秋に増えるんだろうか。キノコの量は、年中一緒よ、この林。そう聞いているんだけど。素材に関しても秋の方がいいとかも聞かないし。

というか、素材の良し悪しで来る冒険者なんて殆どいないから、何かしらの理由があるんだろうけど。

……収穫祭も、冒険者までには振る舞わないしな。というかお祭りするのは新年祭だけだ。収穫祭は祭りという名のエールの仕込みの事だからな。お祭り騒ぎはするけれど、決して祭りではない。決して。

じゃあなんで冒険者が増えるのか。考えても解らない。

春頃から増えだして、秋がピーク……だと思う。春より今の方が圧倒的に冒険者の数が多いからね。

それに空気も悪い。なんだかピリピリとしているんだもの。

なんと言ったらいいのか、こう、生きるために生きています、感がね。死臭とまでは言わないが、それに近い感覚があるんだよ。

繁忙期、残業二〇〇時間超、給料出ない、法律違反、うっ、頭が。なんか前世の記憶がフラッシュバックしたけど、ともかく生者の匂いがしない。

冒険者のことを聞くには冒険者、なんだが昨日会った人が近くにいないかな。昨日も少し奥まで来ていたから今日もいるんじゃないかとは思うんだけど……。

「あの、……えっと、こんにちは」

「ヒューイだ。よう坊主、昨日ぶりだな」

「はい、えっと、ヘルマンです。あの、ちょっとヒューイさんに質問がありまして」

「ん、俺にか？　なんだ？」

「はい、冒険者の方々が教会前広場に増えてきたので、何かあるのかと思いまして」

「……ああ、あれは冬越しの準備に入った冒険者たちだな。ここは霊地だから一年中キノコや野草が生えているだろう？　それらを収穫して火を通す。そして『エクステンドスペース』に保存しておくんだ。そうすることで、仕事が少なくなった冬場をしのぐんだよ。宿も大部屋で詰め合いながら過ごすといった感じでな。仕事も冬場はぐっと少なくなるんだ。普段から稼げていない冒険者だ。貯えなんてありもしねえ。そんな冒険者には、ここのキノコが生きるための糧になるわけだ。食う分のキノコを確保して、宿代に充てる役にも立たない素材を採取して。酷い奴なんかは霊地のここで冬を越す奴もいる。勉強をしなかった、いい先輩から学ばなかった奴らの末路だよ、あれは」

「冒険者って、酷い職業ですね」

「ああ、そうさ。だが皆が皆酷い訳じゃないさ。俺なんかは、冬場は宿屋でゆっくり温かいものでも食べながらってのができるからな。冬場だって素材は必要なところには必要だし、むしろ冬場の方が高い素材だってあるわけだ。……言いたくはないが、努力をしなかった奴らが、あいつらだ。そのツケを払っている最中なんだよ奴らはな。もうそろそろしたら雪が降る。そうしたらここで凍えながら採取をして生きながらえるしかないのさ。……坊主その首巻はあったか布だろ？　それがありゃあ奴らも凍えずに済むんだろうにな」

「それでも助けないのが冒険者ギルドの方針なんですよね」

「そうだ。何から何まで自己責任、それが冒険者だ。才能の有無が物を言うなんてのは魔境だけだ。才能以外のスキルを身に付けないといけない。知識を貯えないといけない。それが良い冒険者だ。それができない奴らは悪い冒険者だ。……まあ、坊主は錬金術師志望なわけだが、なれなかった場合は、良い冒険者になるだろうさ」

「ありがとうございます。教えてくれて」

「なーに、先達に教えを乞うのは良い冒険者としての第一歩だ。ここにいる彼らにもいい先達やギルドの助言があったはずなんだがな。妙なプライドが邪魔してるんだろうさ。プライドじゃあ飯は食っていけないってのによお」

そういうヒューイは少し悲しそうな顔をしてはいたが、どこか諦めのような言葉に思える。冒険者ってここまで酷い状況だったのか。エドヴィン兄に文字を覚えろと促したのは正解だったな。せめてまともな食事を食べられるような冒険者になって欲しいものだ。

ヒューイとの会話はそれだけで、お互いに違う方向に採取に向かっていった。ある意味冒険者の醜態を聞いただけだったが、それでも意味のない会話ではなかった。少しだが魔境の話や、霊地の話、素材についての話と、得たものもあった。……そう考えないとやるせない感が強すぎる会話だったのは否定しないが。

5

日暮れいっぱいまでで採取を終え、自宅に向かって帰る。

今日は湿っぽい感情が自分の中に蔓延しているが、しょうがないよね。完全に冒険者の闇を垣間見た日だったもの。

冒険者業はどう考えたって、最低ライン以下の生活をしている人たちが多すぎる。霊地のここはもしかしたらまだいい方かもしれない。年中採取物があり食べられるものがあるんだから。

まあ、僕はそんな生活はごめんである。絶対に普通の、世間一般的に言う普通の生活を送ることをここに宣言しよう。僕は絶対に最低ラインの生活水準になんかしない。絶対にだ。

教会でお祈りをした後、ジュディノアに寄っていく。保存瓶の回収と魔械時計を貰いに行くのだ。

ふっふっふ、時計は良いよね。正確な時間を知れるのは大変有り難い。待ち合わせの時間や予定のやりくりができやすくなるからね。

カウンター前を占領していた分の保存瓶を回収し終えてから少しして、ジュディさんが顔を見せた。

「もう少し精進だねえ。……はいこれ、頼まれていた魔械時計よ」

「ありがとうございます」

魔械時計を受け取り、時間を確認する。

……この世界も二四時間制みたいなんだよなあ。前世の記憶と混濁しないのは有り難いけど。因みに一日二四時間、一か月三〇日、一年一二か月三六〇日だ。少しだけ前世と違うがまあ、誤差だよね。

因みに一週間という単位は無いのである。農家に休みの日などない。

魔械時計を手に入れ、気分よく採取に出向く。何が変わるわけではないが、なんとなく気分がいい。時間が分かるだけなんだが、なんと日の出日の入りの時間も分かるのだ。

前世と違い、魔械時計は一周二四時間なんだが、太陽が出ている時間は明るく、出ていない時間は暗くなっている。……季節で日の出日の入りの時間は変わると思うんだけど、それも調整されるみたいだ。魔素も不思議なもんだよな。

まあ、太陽を気にせず時間で帰れるようになったのは大きいよな。

採取の効率が上がる。時間は魔械時計をみれば一発だし。日の入りも分かるし。あったか布であったかいし。効率が落ちる要素が無いんだよね。そうなるように準備はしてきたから当然だけど、魔械時計はお買い得だった。

魔械時計で時間を確認しつつ、時間いっぱいまで採取をし、教会前広場に帰ってきた。

……おっ、ゴーレム馬車が停まってる。素材の売却祭りだわっしょい。今日ここで売ったら目標である大金貨一枚を超えることは確実だ。

思えば長かった……いや、短いな大分。春に錬金術師を志し、勉強に費やした日々、そこから今日まで素材を集めに集めた。いや、これからも集め続けるんだけどさ。

大金貨って言っても通貨の最上位じゃないんだよな。通貨って沢山あるんだよ。

一番小さいのは鉄貨、これが最小の通貨、そこから小中大とある銅貨、銀貨、金貨、白金貨、魔銀貨、魔金貨とこれだけある。

貴族なんて生き物は魔金貨で殴り合うんだぜ、意味が解らない。成り上がりものなんかもよくあるパターンだとかであるけどさ。必死に貯めた大金貨の億倍のところで戦ってるんだもの。所詮は平民なのだ。

平民から貴族にはなり得ない。……と思った方、それが違うんだよ。爵位って言っても色々ある。ジュディさんに拠れば騎士爵、魔導爵という貴族位があるらしい。これは平民からなれる最低位の爵位で、魔境で腕をならした冒険者が叙爵することがある。

魔境で戦っている冒険者の中で一握りの奴らは、魔金貨まで届くような成果を上げるらしい。魔金貨が出るような魔物、所謂ドラゴン系統だ。貴族が箔をつけるために竜鱗の鎧なんかを着こむらしく、素材の値段が超高騰しているのだ。

まあ、結局は竜、ドラゴンを倒せる才能がないと無理ってなことなんだけどね。武器系統の才能は星六以上が必要なんだと、それか魔法系統ね。英雄クラスは星八とか九とかもいるんだとか。

……因みに英雄の才能なんかもあるんだぜい。後、剣でも剣士と剣術があったりする。特に差は無いみたいなんだけど、なんでそんな似たような才能があるんだろうか。細部では違うんだろうけど、そのあたりの研究は専門の研究者がいることだろう。


まあ、雑談はともかく、錬金術師の行商人が来ていることは確定なので、教会でお祈りをした後に寄って今日と明日の予定を聞かないといけない。夏みたいに乗合馬車として来ていたら、明日には出ちゃうからね。気を付けないと。しっかりと錬金術師に星を振ってくれと祈りを捧げてから錬金術師の行商人の元へと向かう。

……なんか順番待ちなのかな、凄く並んでるんだけど。

「てめぇいい加減にしやがれ！　素材の質が悪いっつってんだろうがこらぁ！　こちとらそんな素材でも買ってやるって言ってんだろ！　高く買い取って貰いたきゃもっといい状態の素材を持ってきやがれ！」

幌馬車の意味が無い程の怒号が飛んでいる。今回の錬金術師の行商人は過激だなあ。……でもこの分だと僕まで回ってくるのかこれ。ちょっと横割りだけど声をかけて予定を聞こう。

「すみませーん。明日もいますかー？」

「あぁ？　明日もいるよ！　しばらくいる予定だ！」

「ありがとうございまーす」

これは明日だな、うん。多分ここの人たち今晩ずっと並びそうだもの。

……保存瓶使ってないものは何時売ったって一緒の様に買い叩かれるだけだよ。新鮮採れたて？半日も経ってるんだよ。魔力もその分飛んでっちゃってるんだから。そんな言い訳、錬金術師の行商人には響きませんとも。

二束三文で買い取って貰えるだけ有情だよ。その後保存瓶に入れたって素材の質は半分以下だ。

錬金術ギルドに売るにしたって利益が出ているのかどうかも解らないもんな。錬金術ギルドの査定は全品魔道具を通すらしいからな。その査定を受けて結果赤字なんてこともあるだろうね。だからこその買い叩きなんだし。トントンで十分。黒字なら儲けもの位で買い叩くんだろうな。

ちゃんとした魔力茸なら行商人価格小銀貨二枚でも、錬金術ギルドに売るなら小銀貨三枚で売れる。錬金術ギルドから買うなら小銀貨五枚からで売ってくれるぞ。魔力の薄いものなら二束三文で買えるけど、素材としての価値は二束三文で足りているかどうか。

そんな有象無象を放っておいて、家に帰る。そして糞尿処理の仕事をこなし、あったか布を外して、今日の収穫物を母さんに渡し、晩御飯を食べる。そして、兄弟姉妹で『エクステンドスペース』の訓練をこなし、皆で寝る。今年も寒くなってきたし、一緒に寝ると暖かいから良いよね。

6

朝、いつも通り顔を洗い、いつも通りの食事をとる。そして仕事が終わったことを確認し、皆で教会に向かう。

……冒険者の多くがキノコ鍋を作っている最中だ。至る所でキノコの匂いが漂っている。

もう農民の僕たちは動き出している。なのに冒険者はまだ食事もしていない。そうすれば採取開始時間も遅くなる。……自動的に活動時間が短くなる。できない人間は何でも遅くなってしまうんだろうな。

農民よりも早く起きろ活動しろとは言わないが、同じ時間位に活動する勤勉な人たちは多分、文字の読み書きもできるんだろうな。

錬金術師の行商人ももうすでに行動しているらしく、幌馬車がごとごとと揺れている。

「今から素材の買い取りいいですかー」

「いいぜぇ、入ってきな！」

「すみませーん。階段が無いと幌馬車に登れないでーす」

「あぁ!?　ハーフリングか!?　ちょっと待ってろ！」

待っていると、梯子が降ろされる。

「子供じゃねえか！　ハーフリングにしたっても少し身長があらぁ！」

「すみません、人間の子供です。でも素材はちゃんとしてますので」

そう言って保存瓶に入った魔力茸を見せる。侮りの入った目から行商人の目に変わった。

「いいねぇ、この村にもちゃんとした奴がいるじゃねえか。よっしゃまずは魔力茸からだ。出してきな」

そう言われたので、魔力茸から一〇瓶ずつ出していく。

言葉は荒いが検品は丁寧にしていると思ったら、初めの一〇瓶以外は検品なしに仕舞っていく。

嘘を吐くと色がつくアイテムを使っていないのだが良いのだろうか。

土竜の爪草も検品は初めの一〇瓶だけ、その次もその次も初めの一〇瓶しか検品しない。

思い切りのいい人だな。こっちは楽でいいが。だが、そろばんみたいなのは何か弾いている。

「――――――これで、全部です」

「よっし、じゃあ査定だが、品質良好、数も問題なしだ。全部で中金貨六枚と小金貨四枚、大銀貨四枚だ、中銀貨以下は切り上げにしといてやらぁ」

「ありがとうございます」

「ああ、これでここの商売も足が出ねぇで済む。……ここんところの冒険者はひでぇもんだったたからな。一人以外なっちゃいなかった。お前さんで二人目だよ、まともなのは。もちっとどうにかならんもんかねぇ」

「冒険者ギルドの方針らしいですよ。勉強もまともにしない奴には情報もやらないって」

「だから大した利益にもならねぇのに買い取ってやってるんだ。感謝してほしいもんだよこっちはよぉ」

「……ですね。では、僕はこれで」

「ああ、良い取引だったぜぇ」

馬車から出ていき、そのまま教会広場を突っ切ってヨルクの林に入ろうとする。テント群をよけて林の方へ向かおうとしていると、冒険者から話しかけられる。

「お前も買い叩かれたんだろ？　湿気てやがるよなあ！　錬金術師様もよお！」

僕に話しかけているように言っているが、むしろ錬金術師の行商人に聞こえるように言っているようだ。

……小さい奴だな。レベルの低いいちゃもんは無視するに限る。僕は何事もなかったかのようにテント群を抜けた。「おいっ！」という声も無視して林に入る。僕の金稼ぎはまだ終わっちゃいないのだ。

目標額には達したが、まだまだ足りないと思ってみて良いだろう。入学できるであろう最低限の金額は、ジュディさんも知らなかった。親が払ってくれたから詳しくは知らないそうだ。

大金貨もあれば足りるだろうと言うが、なんの確証もない。それに錬金術を覚えるためには書籍なんかも買わないといけない。そうすれば金貨なんてあっという間に溶けるだろう。

商家の生まれでもない、農民の子供が錬金術師として一旗揚げようとしているのだ。金なんてあると思ってはいけない。錬金学術院に入ったはいいが苦学生してます、なんて絶対に嫌だ。

金は稼げるうちに稼げるだけ稼いでおくものだ。僕にとっては大金かもしれないが、錬金術師としては大金とはとてもいえない。

今日来ていた錬金術師の行商人だってそうだった。保存瓶に半分ほど入るくらいの中金貨を持っていたのだ。それが全財産なんてあり得ない。大金貨を、それ以上の貨幣を保存瓶単位で持っているかもしれない。

錬金術師になりたい。これを夢で終わらせるつもりはない。そう再び決意をし、林の中に入っていくのだった。

第八話　三歳　シャルロ兄星を振られる、エドヴィン兄初めての採取

1

黄金色の畑が白銀の世界に模様替えをした季節。僕は今家族全員で教会前広場にいます。時刻は昼前。他の家族も皆教会前広場に集まっています。

……冒険者？　今日は村の外に追いやられています。仕方ないよね。新年祭だもの。

教会前広場には、村にこんなにも人がいたのかってくらい集まっている。三〇〇人くらいかな、大人と子供合わせて。何が楽しくてこんなおしくらまんじゅう状態の中立っていなきゃいけないんだ。

新年祭ということは、六歳の子供たちに才能を振り分ける星振りの儀を行う日なんだもんね。まあ、前世的に言う成人式みたいなものだ。

という訳で家族九人で新年祭に来ていますよっと。長男シャルロの六歳の星振りの儀が控えている。

……僕と一緒に教会に行くようになってから、神様に祈るようになったんだけど、祈りの効果はどうだろうね。農家の才能に星が振られるのはほぼ確定しているわけだけど、どれだけ振られるのか。

太陽が天の真ん中に来た頃、いよいよ星振りの儀が始まった。

今回星振りの儀を受ける子供は二〇人程。教会の鐘が一〇回鳴らされる。今星が一〇個振り分けられたのだろう。

……この教会の鐘も不思議なんだ。誰かが鳴らしているわけではない。この時期この時間になると一〇回鳴るのだ。

管理は聖職者がしているが、鐘を鳴らすための紐も無ければ、鐘の中に鳴らせる物すら無いとのことなのだ。

……神の差配なのだろうな。凄いよな、神が実際にいることを如実に語っている。

さて、教会の閉じていた扉が開いた。皆笑顔で我先にと親の元に帰っていく。家のところにも長男のシャルロが帰ってきた。

「やったよ父さん。農家に星を五つも振って貰ったんだ」

「何!?　そうか！　五つか！　よくやった。流石は俺の息子だ」

長男のシャルロが農家に星を五つ振られたことは村人皆に伝播する。

誰が星五つだと!? アツィオの倅だそうだ。何!? 星五つか。何年ぶりだ。二一年前に星六つが出て以来じゃないか。凄いじゃないか。アツィオの所は安泰だな。

農家の星が多いことは、農民にとっては勲章ものだ。良かった、シャルロ兄が皆に受け入れられるような才能の持ち主になって。

……しかしながら本当に長男に農家が遺伝するんだな。星の数が多かったのはお祈りの効果なのかまでは解らないが、お祈りをしていたから星が多かったというのも事実だ。

これでエドヴィン兄が冒険者に役に立つ才能に星が多く振られたら、これは僕の錬金術師も可能性が出てくる。

他の農家も長男長女が農家の才能に星が振られたらしいが、星五つが今回は最高の出来らしい。

……全く以て不思議だ。神様が見ているというのがよく解る儀式だった。僕のお祈りも届いていて欲しいな。

2

星振りの儀が終わったら、酒盛りの時間だ。呑みたい男どもがこの日のために作ってきたエールをがぶ飲みしている。もちろん父さんも爺さんまでもががぶ飲み中だ。

昼間からの酒盛りは主に男どものみで、酒を呑まない女子供はすでに家に帰っている人たちもいるくらいだ。家も母さんも婆さんも姉さんたちを連れて家に帰っていった。

僕？　もちろん採取しに林に入っているよ。なんと今日はエドヴィン兄と一緒に採取をするのだ。普段から頑張って勉強しているからね。先に冒険者の何たるかを教えておいてあげようと思って連れてきた。

いや、付いてきたといった方がいいかな。僕ばかりずるいと言われてしまったんだよ。

でも楽しいことなんて特にはない。素材を探すのは楽しいが、恐らくエドヴィン兄が思っている楽しい冒険者の姿とは違うと思う。

ここは霊地だからサーガの様にかっこよく武器を振るい強敵をなぎ倒す冒険者はいない。素材を採取するのがここでの冒険者の仕事だ。

「いい、エドヴィン兄。こうやって保存瓶に一〇本ずつ魔力茸を入れていくんだ。魔力茸は青い傘に黄色の星型が目印だから、ここの林だと沢山見つかるよ」

「おう、そうやって説明されると、なんとなくだけど分かる。ほらこれなんかが魔力茸ってやつなんだろ。これをこの瓶に入れれば良いんだな」

「そうだよ。そうしないと高く売れないんだ。これはできる冒険者だけが知っている方法だよ。他にも一杯覚えることがあるみたいだけど、冒険者ギルドに聞けば何をしたらいいか教えてくれるんだって。冒険者ギルドの言うとおりにしているのが、一番のお金を稼ぐ方法だからね」

「これに入れないと金が稼げねえんだろ？　俺も『エクステンドスペース』が使えるようになったからな。母さんから文字の読み書きと計算ができる様になったら林の中で採取する許可を貰ったぜ。で、ヘルマン。この瓶はどうやって手に入れるんだ？」

「この瓶は錬金術師さんから買ったんだよ。一個小銅貨二枚で売っているんだよ。……これ、この白いふわふわなキノコ。これを水の入った保存瓶に入れて売りに行くんだ。一個で大銅貨五枚で買ってくれるんだ」

「大銅貨！　太っ腹だな錬金術師！　ヘルマン、先にこの保存瓶……だっけ？　幾つかくれよ。今日の採取物はお前にやるからさ」

「良いよ。この場で渡しておくね。とりあえず五〇個あげるよ」

「そんなにいいのか!?　お前の分が足りなくなったりしないのか？」

「いっぱい持っているから大丈夫。それよりもエドヴィン兄、今日のこのことは他の冒険者に教えちゃダメなんだよ。解ってる？」

「おお、解ってるぜ。他の冒険者に真似されたら、稼ぎが減っちまうんだろ？　そうしたら俺たちの武器が買えねえじゃねえか。俺たちのパーティは魔境を目指してんだからよ。絶対にサーガに謡われるような大冒険をしてやるんだからな」

「頑張って詩になるように努力してよね。努力なしに詩になんかならないから」

「その辺は任せとけ！　体力づくりが必要だって父さんからも聞いたからな。文字の読み書きと計算の合間に村を走って体力をつけるように頑張ってんだぜ」

　エドヴィン兄は勤勉だし、人の話を聞く素直さもある。才能さえ振られれば立派な冒険者になるだろう。

　贔屓目に見ても頑張って冒険者になってほしいものだ。まあ、ここまで教えて素直に聞くんだから良い冒険者にはなるだろうな。

　そのまま二人で夕方まで採取をしていたので、そのまま帰る時間になった。

「エドヴィン兄、そろそろ帰る時間だよ」

「もうそんな時間なのか？　林の中って暗いから時間が分かりにくいな」

「慣れだよ慣れ、それよりも魔力茸の特徴はもう覚えた？」

「おう完璧だぜ。青い傘に黄色い星型の模様だろ。あんなの見分けがつかない方がどうかしてるぜ。似たようなのは星の色が違うやつがあったが、あれは値段が高い魔力茸なんだろ。それ以外に似たようなのが無いから完璧完璧」

「そうそうその調子だよ。これで立派な冒険者になれるよ」

「その辺は任せとけ。俺たちはサーガに謡われるような冒険者になるんだからよ」

　ほんと素直なんだよな、エドヴィン兄。

　普通、弟に教えて貰うっていうと、変なプライドが働いたりするもんなんだがな。その辺は良い冒険者への第一関門はクリアって所なのかもしれない。

教会前広場で燻っている奴らはその辺のプライドを拗らせた奴だからな。

家に帰ってキノコを母さんに渡し、いつも通りの仕事をこなし、いつもの様に晩御飯、なんでだか父さんと爺さんとシャルロ兄が帰ってきていなかった。まだ飲んでんのか飲んだくれども。

母さん曰く、明日の夜までには帰ってくるだろうとのことだった。どうせエールが無くなるまで帰ってこないと思った方が良いんだろうな。

朝、終ぞ親子三人は帰ってこなかった。

いつも通りの仕事をこなし、教会に向かって歩く。今日は新年祭の次の日ということで、僕一人だ。

「うわぁ……」

教会前広場は死屍累々だった。

ゾンビの様に水を求めて井戸のそばで力尽きた奴や、樽に頭を突っ込んだままの奴、果てはまだ飲んでいる呑兵衛までいる始末。アルコールの臭いが充満している教会前広場、大丈夫だよなこれ。死人出てないよな。

……教会に行こう。そしてお祈りしよう。……どうか錬金術師に星を振ってください、お願いします。……教会前広場を無視して林に入っていった。

冬の林は一層肌寒いが、雪が無いため足が濡れることがないのが良いね。藁編みの靴だからさ、濡れると冷たいんだよこれが。あったか布もあるし、寒い冬でも採取に支障はない。

特に見どころもなく夕方まで採取をした。帰る前に教会に寄っていく。……まだ少し酒臭いがちゃんと片付いているな。というかもう冒険者が戻ってきているのか、テントが幾つも見える。

きっちりとお祈りをし、家の中へ。父さんも爺さんもシャルロ兄も死んだような顔で机に突っ伏している。

……夕飯も食べられるのかどうか解らんなこれは。星五つの大騒ぎでたらふく飲んだんだろうな。

という訳で、三人は薄い麦粥のみを少し食べるだけで寝にいった。僕らは干し野菜とキノコのスープも食べて温かくなったことで眠くなり、『エクステンドスペース』の練習を寝床でやりつつ、そのまま寝沈むのだった。

第九話　速車便襲来、大量高価買取

1

春、畑では農民が範囲開墾という人外じみた才能を使い畑を耕している。

新年祭、星振りの儀までが二歳、酒飲んでぶっ潰れた有象無象がいた日が三歳だ。この村は新年祭の夜に歳を数える習慣みたいだ。才能を振られる時に、皆がちゃんと六歳になってないといけないからね。

産まれてから七回目の年越祭がその子の星振りの儀の歳だ。

雪が溶けた頃から父さん母さんリュドミラ姉シャルロ兄の四人で家に割り当てられた畑を横へ横へ範囲開墾していく。鍬の範囲をゆうゆうと超えた範囲を耕す様は、人間重機さながらだ。トラクターなんていらんかったんや。

あ、爺さん婆さんは畑の割付が違うからここにはいない。向こうも範囲開墾とかいう人外無双をやっていることだろう。向こうは熟練度が違うからな。それはそれは綺麗に耕していっているぞ。僕は農業の方ではやることがない。跡継ぎでもないし、まだ才能を振り分けて貰ってないしで、戦力にならない。まあ、農業に才能を振ってもらう予定はないし、ずっと戦力外で良いんだが。

僕は錬金術師志望、農家になんて余計な才能に星を振らないで欲しいね。という訳で教会に寄ってお祈りだ。どうか錬金術師に星を振ってください、お願いします。


今日はとりあえず少なくなった保存瓶の補充をお願いしに行ってから採取だな。いつもの様にジュディノアに寄っていく。ここに来るのももう何回目になるだろうか。いつも通り扉を開いて一声かける。

「ごめんくださーい」

「ちょっと待っとくれ！」

いつも通りの返事が返って来たので、いつもの定位置に座って待つ。

この椅子ももう少ししたらよじ登らなくても座れるようになりそう。だんだんと身長が大きくなってきているな。少し待つとジュディさんが奥から出てきた。

「丁度いい日に来たね。今日の予定は空いているかい？」

「予定といえば採取だけですが、なんですか？　珍しいですね」

「ああ、丁度昨日早馬で手紙が届いたんだよ。今日ここに速車便で素材の買い取りに来るんだ。丁度いいから坊やも買い取って貰いな。……闇属性の売らない方がいいって言ってた素材は売ってないね？」

「売るなら専門家に直接売った方がいいって言われた奴ですよね？　ちゃんと残してますよ」

「今日来る速車便が専門家からの大規模買取だ。私以外のヨルクの林の近くに住んでいる錬金術師にも早馬で手紙が行っているはずだよ」

「っていうと、素材が高く売れるんですね」

「そういうことだ。これが買い取りのリストだ。この金額で買い取ってくれるんだから売って損は無いよ」

そう言って買取票を見せてもらう。

闇暗中苔が保存瓶当たり大金貨二枚。漆霊闇苔が保存瓶当たり大白金貨五枚。闇属性の魔力茸が一本当たり小金貨五枚。闇甲穴茸が一本当たり大金貨五枚。闇天紋茸が一本当たり小白金貨五枚。

……なんじゃこの値段設定は。

「あの……桁がおかしくないですか？　聞いていた行商人価格の一〇〇倍は出ているような気がするんですが。……漆霊闇苔は前に教えて貰っていたから解りますけど」

「これが錬金学術院の上の方の金銭感覚よ。これでも安いとでも思っているわよ、まあ、体のいい儲け話と思いなさいな。多分これ以上の買取価格で買ってくれるなんてことは無いわよ」

「……はい、そうします」

「あ、そうそう、先に保存瓶の引き渡しと雲母茸の引き取りだけしてしまいましょうか。じゃあ保存瓶を出すから片付けてちょうだい」

そう言うと五〇〇個一度にカウンターの前に並ぶ。それを一瞬で『エクステンドスペース』に仕舞う。

ふっふっふ、僕だって成長しているのだよ。ちゃんと空中に出せるようになったし、沢山の吸い込みも成功しているのだ。

五〇〇個の保存瓶の受け取りをもう一回こなし、今度は雲母茸をカウンターの前に出す。全部で五三〇本かな。

瓶の分を引いて大銀貨二枚と中銀貨六枚、小銀貨三枚だな。うんこれも大金のはずなんだが、これからのことを考えると、これでもはした金なんだよなあ。

2

ジュディさんは買取を済ますと、窓に暗幕を張っていく。……そうかこれから日光に弱い素材を出すから日光は遮っとかないといけないよね。

普段から暗幕を張れるようにカーテン状にしてあるのは、機能性が高い。室内だから風なんか吹かないし玄関に鍵を掛けておけば誰も入ってこられないから完璧だよね。……あ、だからこの店北側を向いてるのか。生活空間の方を南にする以外に理由があったんだ。準備が整って、後は待つだけ。

……気になったことも聞いておこう。

「あの、今回のこの買取って何かやるんですか？」

「ああ、今回は幽明派の教授が強い不死者を召喚するみたいだよ。素材や魔石を買い漁っているみたいだねえ。良くいけばエルダーリッチ辺りまで行くんじゃないかな。……ちゃんと制御も考えてやってくれているといいんだけどねぇ……」

「最後が不穏なのが若干気になるのですが」

「良くも悪くも研究者のやる事なんざ、危なっかしいものなんだよ。特に幽明派はアンデッドを召喚したり作ったりする派閥だからね。作るならいいんだ。限度ってものがあるから。召喚ってなるとどうなるか解らないね。一〇年前に召喚した時は、無数の弱いアンデッドが出てきて冒険者ギルドに依頼を出したはずだよ。アンデッドの退治って依頼で。幾ら鉄迎派でも数が多すぎて何ともならなかったみたいだし、王都に被害も出したからね」

「錬金術……なんですよね？」

「そうだよ？　幽明派は説明しただろう？　闇属性の素材を取っておくように言ったときにさ」

「そこまで過激だなんて思ってもなかったので」

「過激な連中も中にはいるさ。穏健派だっているんだから、過激派がいてもおかしくはないだろう？」

「なんか、錬金学術院に行くのが不安になってきました」

「大丈夫大丈夫。危ない研究をやるときには、ちゃんと避難命令が出るから。人命までいくことの方が稀よ稀。……術者本人はその人命の中には入ってないけどね」

「行くところまで行ってますね、錬金術師って」

「まあ、一握りだけどね。才能が星以上に振り切れている奴らは」

「僕が錬金学術院に通っている間は大人しくしておいて欲しいです」

「その辺は運が絡むんだよね。何かあったら大人しく避難することだよ。……おっ、来たな」

ドドドドドと低い音がだんだん大きくなってくる。……不安しかないんだが、この音に。

……あ、少し静かになって……止まった。扉が開き呼び鐘が鳴る。

「ちわー、ジュディさんいますかー？」

「アンナ、久しぶりだねえ」

「おや？　子供ができたんすか!?　うわー何時結婚したんすか！　相手はどんなです？」

「いや、まだ独り身だから。この子はこの村の錬金術師志望の冒険者見習いって所かしら。この子の素材も買い取ってあげて頂戴な」

「なんだ、ならよかったっす。買取は問題ないっすよ。質と量が欲しいって言ってたんで。貢献はジュディさんに載っちゃいますけど、しょうがないっすよね」

なんだかにぎやかな人だなあ。暗いよりはいいけど。

「じゃあ、まずはジュディさんから査定するっす」

ジュディさんが素材をぽんぽんと出していく。

この人の検品のスピードがヤバい。速すぎる。五〇個単位があっという間に無くなっていく。

それでも無くならない素材。一体幾つストックしてあるんだこの人。

あっという間の作業が延々と続くこの不思議空間、一体いつまで待てば良いんだろうか。

……結局小一時間掛かって査定は終了した。

「質、量共に問題なしっす。流石ジュディさんですね。良く貯めこんでいらっしゃる」

「闇属性の買取なんて久しぶりだもの。そりゃあ貯まるわよ。……他のところも同じくらいかそれ以上に貯まっているでしょうよ」

「査定は中魔銀貨六枚と小魔銀貨八枚、小白金貨三枚と中金貨二枚と小金貨五枚っすね。……さささぁ、次は少年の番っすよ」

「は、はい。ではいきます」

サクサクと素材を出していく。

闇暗中苔が四一二瓶。漆霊闇苔が六瓶。闇属性の魔力茸が三六二〇本。闇甲穴茸が八六九本。闇天紋茸が一四九本。これが僕が貯めこんだ素材全てだ。

二〇分ちょい位で査定が終わった。やっぱりこの人査定が速すぎる。

「質より量って感じっすね。漆霊闇苔が少なかったのが敗因だぞ少年。査定は小魔銀貨四枚と大白金貨二枚、中白金貨八枚っすね。よく頑張ったぞ少年」

敗因って、別に競ってないんだけどな。

それよりも小魔銀貨までいったよ。誰だよ大金貨一枚が大金とか言ってたやつは。ちょっとどころじゃなく金銭感覚がズレるぞこの野郎。

そんな訳で買取が終了した。

「では、次のお宅が待ってるんで、私はこれで失礼するっす」

そういうといったが早い、さっさと出ていく。

……ちょっと待って、速車便見たいんだけど!?　僕も慌てて外に出る。

そこには足が八本ある馬、スレイプニル風のゴーレムが四頭立てで馬車……戦車？　に繋がっていた。

「それでは、少年またどこかで会いましょう」

ドドドドドドドドドとすさまじい足音と共にものすごい勢いで走り去っていった。

速すぎて危ないけど、うるさいから直ぐに危険だってわかるなあれなら。

……この国の街道が馬車三台分くらいある理由がよく解る光景だ。あれが真ん中を走るから轍が端に寄ってるんだな。勉強になりました。

嵐のような時間だったが、めっちゃ儲かったな。今までの稼ぎが小銭かと思うくらいには儲かった。

……今日の稼ぎは忘れた方が良いのかもしれない。こんな稼ぎが毎回あってたまるかよ。平民には一生縁のない程の金、身を崩さない様にしよう。

時間はまだ午前、採取に行かないといけないのかなぁ、この空気。もう少しジュディさんとこで駄弁っていこう。

3

「どうだった、速車便は。凄いものだっただろう」

「確かに凄かったです。八本足の馬のゴーレムなんて初めて見ました。それに凄く速かったです。あっという間に遠ざかって行ってしまいました」

「ヨルクの林の周囲には八つの村が東西南北とその間くらいにあるんだけどね。あれは一日一周走破するからね。今日の夜半にはもうカウツ町に帰っていくだろうさ」

「確か乗合馬車で次の村まで一日掛かりましたよね？　それを一日で一周するんですか？」

「ああ、そうだよ。早馬を昨日の内に出したのも、追い抜かない様にする配慮だからね。まあ、町中ではゆっくり走っているからじっくりと見るなら町中くらいだね」

ヨルクの林の外周は、歩きか乗合馬車で約一日で次の村にたどり着く。それを一日で一周走破するとかヤバすぎる。

……この速車便の存在を知らない奴は道の真ん中を歩いて撥ねられたりしないのだろうか。……年間何人も撥ねられるんだろうな。

冒険者ギルドで教えてくれるんだろうけど、話を聞かない奴も多いし。多かったら今頃勉強してるよね。

人対超高速質量体でどっちが勝つかなんて目に見えている。スクラップになれば良い方だろう。意識もないままに粉々になるだろうから。轢くじゃなくて弾け飛ぶだろうからな。

「さて、これで坊やも学費の心配は無くなったんじゃないかな、流石に平民も受け入れているのに魔銀貨なんて入学金で取らないだろうからさ」

「……ですね。これで足りなかったらどうしていいのか分からないです。大金貨だって大金だと思ってたのに」

「大金貨は大金だよ。それを忘れると今回の依頼みたいな金遣いになってしまうからね。……まあ貴族の錬金術師にはよくいるんだよ、金銭感覚のおかしい奴らが。……それに錬金学術院にいったらそんな奴らに囲まれるんだ。身持ちはしっかりとしておいた方が良い。それと素材のキープもしておいた方が多分良いよ。学生になったら山のように素材を使う事もあるんだ。お金で買うんじゃなく、先に採取で持っておいてもいいかもね」

「ジュディさんの時はどうだったんですか？」

「私らの時は上級ポーションの調合なんかを山のようにやったね。永明派の講義に出ていると湯水のごとく魔力茸を使うから。まあ、多少は苦学生ってのをやっていたもんだよ。講義で使う素材は幻玄派や鉄迎派の講義で集めて、永明派や造命派の授業で使うって感じでカツカツだったんだ。家のお金には手を付けたくなくてね。金があれば他の派閥をやっていたかもしれないねえ」

「王都の周りには良い採取地があるんですか？」

「確か、風属性の強い霊地と水属性が強い魔境があったはずだよ。だからそれ以外の、土、火、闇、光属性の素材は持ち込めるなら持ち込んだ方がいい。ここでは良い闇属性と土属性の素材が取れるから、採れるだけ採って持っていった方が後が楽だよ。……尤も、授業内容が変わっていたら解らないけどね」

「上級ポーションを沢山作ったのはなんでなんですか？」

「金になったからさ。上級ポーションの材料は快命草一〇〇本と魔力茸一〇本だ。快命草なんかは二束三文で買えるが、魔力茸は買うと小銀貨五枚だ。だから中銀貨五枚で上級ポーションが作れる。で、上級ポーションは中金貨一枚で売れるんだ。王都には魔境も近くにあるから飛ぶように売れてね。苦学生の金策にはもってこいなのさ。後は魔石の作製だね。質の悪い冒険者から買い取った質の悪い素材があるだろう？　あれを大量に集めて魔石を作るんだ。普通の素材なら一個で魔石を作れるんだけど、質の悪いのは何個も集めて漸く一個の魔石になるのさ。それを造命派に売っていたね。沢山の素材から魔石を作るのは簡単なんだけど、手間なんだ。中銅貨数枚が中銀貨一枚に化けるんだから、稼ぎになるんだよ。上級ポーションの方はある程度錬金術になれないと難しいからね」

「やっぱりお金が掛かるんですね、錬金術って」

「出ていくのも多いけど、入ってくる金もまた多いんだ。だから苦学生でも何とかやっていけるんだよ。卒業までの三年間で頑張れば小魔銀貨だって夢じゃないんだ。他人の二束三文の金から、一〇〇倍程度の価値を付けて売り払う。正に名前の通り錬金術なんだよ。一度増え始めると簡単に大きな金になるのが錬金術の良いところでもあり、悪いところでもある。傲慢にだけはなってはいけない。傲慢になると出ていく金の方が増えていずれ破綻する。そんな学生も何人もいるんだ。だから錬金術師は謙虚でないといけない。傲慢は金を、闇を喰うからね。それは覚えておきな」

「わかりました。それにしてもジュディさんって苦学生だったんですね」

「まあ、私はわざと苦学生をやっていたといっても過言ではないね。姉が魔術師学校で傲慢に喰われちまってね、家の金に手を付けたんだ。それで父が激怒してね。そんなこともあって、私は家の金に手を付けない、苦学生をやろうと決めたわけだ。まあ、今ではいい思い出だ」

「僕は苦学生をやりたくないので今から素材を貯めておこうかと思います。お金は今回の件で十分に貯まったと思うので、思う存分に錬金術を学んでこようと思います」

「そうかい、まあ頑張りなさいな。まあ坊やの場合はまずは星振りの儀を乗り越えないとね」

けらけらと笑うジュディさんに絶対に星が振られることを主張しつつ、しばし雑談を続けた後、採取に出かけた。

4

これからはお金のことを気にせずに思い切り採取していこう。貯めこんで貯めこんで悠々自適の錬金術ライフを送るんだ。自分の星振りの儀まで全力でやってやると決意し直すのだった。

まあ、決意し直したからって採取物が変わるわけでもなし、今日もいつも通りの成果ですとも。

……高額素材が無くなってしまったので、補充したかったが、だからと言って必ず見つかるわけでもないし、気楽に採取していこう。お財布は重くなったけど、素材のストックは心もとないからね。

てなわけで、いつも通り夕方まで採取。魔械時計があるからぎりぎりまで採取できるんだよね。

今日の収穫もまあまあでした。

ああ、早く星振りの儀をしたいなあ。絶対に錬金術師の才能が振られると思っている僕だが、偶に錬金術師になれなかったらどうしようとか思っちゃうわけですよ。

弱気になるのは良くないと思うんだけどね。やっぱり結果が出るまでは不安なんだよ。

そういう時は教会でお祈りをして気分を切り替える。不安を解消するにはお祈りが一番なんだよ。

よく解らない力が働いているんだと思う。神様を近くで感じてるみたいな、そんな感じ。

『エクステンドスペース』の訓練も空中に出せるようになり、吸引力も付いてきたから、中の広さを広げる訓練に移行してます。成長によって広くなるのは広くなるんだって。でも、訓練次第ではもっと広げられるようなのだ。保存瓶一本でも多く入る方がいいしさ。


朝、エドヴィン兄と次女のマリー姉を待って教会に行く。

今日も他の家族は絶賛範囲開墾中だ。今年はシャルロ兄も加わったから、家の畑の範囲は去年よりも広がるだろう。才能なしの僕たち兄弟姉妹は教会に行ってお祈りだ。

実は教会も大繁盛しているのだ。

この間の星振りの儀でシャルロ兄が星を五つも振られたのは何でだって言い出した奴がいたわけだ。そしたらシャルロ兄が教会でお祈りをしていたと言うじゃない？　だったら俺のところの子供にも祈らせせっかと教会に行かせ、せっかくだから文字の読み書き計算も教えて貰えといった訳で。現在の教会は託児所のような感じになってしまっている。

僕はもう読み書き計算は覚えているので、すし詰めの教会には入らず、林の中へレッツゴー。

昨日からはもう素材を売らないってことに決めたし、自分用の素材をがっぽがっぽするのだ。将来、錬金学術院に行ってから楽をするために。錬金術三昧を味わうために。なるべく苦学生を避けるために。

不純な動機も無くはないが、なるべくなら楽をしたいわけで。未来で楽をするために今日も一日頑張るぞ。

第十話　ヘルマン傲慢に呑まれかける、マルマテルノロフの大発見

1

夏がそろそろ過ぎ行き、秋を迎え入れようと麦が首を垂れようとしている。まだまだ残暑で汗ばむ陽気、僕はいつも通り採取をしております。

今年も教会前広場に人が集まり始めた。毎年毎年この広場に集まってきて、キノコ齧りながら生き残ろうとしている。他の生き方もあるだろうに、他の生き方をしない偏屈共の集まりなのだ。そんな碌でもない奴らばかりが教会前広場に集まったらどうなるのか。そんなものは決まっている。喧嘩だ。

お前らそんな無駄に体力が余っているなら、少しでも林に潜ってキノコの一本でも採取したらどうかね。何もしなくても腹は減るのだ。その腹を満たすための物を集めるために、恥を忍んでこの霊地に集まっているというのに、無駄な喧嘩をして余計に腹を減らすような愚行をやめろよ。みっともない。

僕が教会にお祈りに来ている今この時にも、喧嘩の声は止むことがない。

「てめぇ、もう一度言ってみやがれ！」

「何度でも言ってやるよくそ野郎が！　俺の採ってきた素材を盗みやがって！　返しやがれ！」

「だから何度でも言ってやる！　ちゃんと『エクステンドスペース』に入れておく物をどうやって盗むってんだよ！」

「俺が目を付けておいた採取場所に来て俺の素材を奪っていったくせによく言うぜ盗人！」

「はあ？　生えてんの採ったからってお前の物を盗ったわけじゃねえ！　ふざけんなよお前！」

「ふざけてるのはてめえだろ！　俺の行く先々付いてきやがって！　俺の見つけた俺の素材だ！」

「生えてんのまで面倒見てられねーよ！　言いがかりはやめやがれ！」

素材の豊富な霊地で近くで採取をしていたんだろう。しかも互いに下しか見ていなかったんだろうな。採取場所が知らない内に被った。どっちが先に採ったって問題はないんだが、わざわざ自分の採取場所にやってきたと思い込む。偶然の結果を、今こうして無益な争いにしている。

教会前広場の真ん中は井戸を共同で使うため空けておかなければならないが、そこで喧嘩をやられているので、通るに通れないのだ。いっその事、林に入って回り込むか。

僕はもう一度林に入り、ぐるっと村を回り込むようにして家に帰った。


朝。収穫まで農家は暇だからな。リュドミラ姉やシャルロ兄も読み書き計算の勉強に来ている。

快命草抜きなんかはやっているが、もうここまで育ったらそこまで気にする必要もないらしく、父さんと母さんだけでやっているようだ。

僕には何処に快命草が生えているかなんて分からないくらい麦が植わっているから、どうやって見分けているのかさえ分からない。才能の力なんだろうか。

因みにマリー姉だけは読み書き計算が終わっているが、欲しい才能があるらしく、毎朝お祈りに来ている。

教会はいつも一杯の人がいる。今は空前の勉強ブームなんだ。

シャルロ兄がやっていたように、教会に行ってお祈りをし、文字の読み書き計算の勉強をしていれば、自分の欲しい才能が貰えるとの噂が村中に広まってしまっている。

村に子供たちが何人いるのかは知らないが、教会も礼拝堂で勉強を見るくらいには繁盛している。説教部屋ではとうとう入りきらなくなったのだ。

そんな訳で、お祈りをした後、文字の読み書き計算組を置いて林に入る。

ここのところ、喧嘩が日常になりつつある。巻き込まれるのはごめんである。そんな訳で少し奥の方へと移動する。

……この際、もう少し深いところに行ってみよう。指方魔石晶の首飾りもあるし、魔械時計もある。素材を集める時間もまだまだあるんだ。少しくらい冒険してみよう。

林の深いところで採取をしていると、深い方が貴重な素材が多いことが分かった。……というかまだ採られずに残って育っている。といった方が正しいのかもしれない。

結構な数の闇天紋茸を確保したと思うんだよね。同時に闇暗中苔も。流石に漆霊闇苔は一瓶だけだが、深い方が色々と手付かずなんだろうな。

僕が今まで採っていた場所は、他の冒険者も来ようと思えば来られる場所だったからな。今の場所は、エルフやハーフエルフたちか、脱出手段を持った人間くらいしか来られないだろう。しばらく誰も来ていない場所は素材の宝庫となっていたわけだ。

大体林に入って二時間くらい突っ切ってきたもんな。こんな深くまで来る必要が無かったんだものな。

……ん？　何だこれ。黄金色の板？　若干丸っぽい……なんだろ、鱗かな。

確かマルマテルノロフがこんな色してたっけ。……にしては大きくないか？　三〇cm以上あるよこの鱗らしきもの。ジュディさんのところで飼っていたマルマテルノロフよりも大きいんじゃない？

この鱗らしきもの。……大発見の予感なんだけど。ヤバい、鳥肌立ってきた。

……明日にしよう。明日の朝、お祈りが済んでからこの鱗っぽいものの処分を考えよう。

2

林の外に出てきた。今日は収穫が一杯あった。貴重素材も沢山あったし、不思議物体も見つけた。

……上出来ではなかろうか。

とりあえずお祈りを済ませて、帰ろうとした瞬間、事件は起こった。剣戟の音が聞こえてきたのだ。

冒険者同士の喧嘩が、武器の使用にまで発展してしまった訳だ。

どうやら片方は昨日の難癖をつけた冒険者だったらしい。……どうやら先に剣を抜いたのも昨日の言い争いの片割れの様だ。

下手糞な剣筋がもう片方の、多分昨日とはまた別の冒険者に襲い掛かる。あれなら僕でもわかる。才能のない剣筋だ。剣士や剣術の才能、はたまた戦闘の才能に一つも星が振られなかったんだろう。

それに対して受けている方は、少なくとも剣を扱うことに慣れていそうだ。綺麗に受け流している。周りからもやめろ！　よせ！　といった言葉が飛び交っているが、聞いた素振りすらない。

「仕方ない！　ここでの証言は任せるがいいか!?」

剣を受けている方がそう叫ぶ。

……何を任せるんだよ？　そう思っていると、受けていた方の剣士が下手糞の方の剣士の剣を弾き飛ばした。そして追撃の袈裟斬りを放った。

「ぎゃあああああああああああああ」

切られた男の絶叫が響き渡る。

そしてその瞬間に他の冒険者からの追撃が入る。……撲殺だ。切られた傷は浅くなかったから絶命はしただろうが、その絶叫を治めんがごとく、皆で殴り蹴りかかった。

……数分後には事切れた男の死体がそこに転がっていた。……なるほど、この顚末の証言を頼むと他の冒険者に言ったのか。

そして、その光景を見ている自分にも寒気がした。人殺しが起こったのだ。動揺しないはずがない。

ただ僕の心は平然としていた。人が死んだのに何の感傷もない。

前世の記憶では人殺しはご法度だったはずだ。……だがこの世界。人の命は軽々しくも散る。

今年の春も、何人かの冒険者が冬を越せずに亡くなっていた。それと同じように事切れた死体を見ても、また死人が出たか。くらいで収めてしまっている自分がいる。

本当にその感覚は正しいものなのか？　判らない。

ただ、この場の誰もが、自分を含めて、あの男の死を望んだということは分かった。全てが全て自己責任の冒険者の世界。自分が狂乱した相手に殺されては堪らない。また不和を持ち込むような奴は許せない。

自己責任の中にも、やって良いことと悪いことがある。あの男はやってはならないことをやったのだ。だから正当防衛だった。

この件はこれで仕舞いだ、そう言いたげな冒険者たちを尻目に、僕は自分の家に帰ることにした。狂乱した男は魔物だったのだ。そう思うことにした。そう思った方が良い気がしたから。

3

昨日あんなことがあったにもかかわらず、朝は必ずやってくる。水瓶から桶に水をすくい、顔を洗う。いつも通りだ。

ただ、水面に映る顔は能面をつけたかのように感情の無い顔だった。もう一度顔を洗う。気味が悪い。そんな顔だった。

普通に朝ご飯を食べて、普通に仕事をこなし、皆で一緒に教会に行った。教会前広場では、何事もなかったかのように冒険者たちが煮炊きをしている。ここで昨日人切りがあったなんて嘘のように。

いつもの様にジュディさんの店の扉を開ける。

……なんかじっと待つのが辛い。早く来ないかなジュディさん。

「何だい坊や、今日はまだ――忘れなさい」

「……え？」

「人の死に様を見ましたって顔をしているわ。直ぐに忘れなさい。それができないなら吐き出しなさい、感情を。坊やは他の子供よりも賢いかもしれないわ。でも坊やは子供なの。感情を押し留めておくにはまだ器が完成していないわ。だから、その器が壊れてしまう前に吐き出してしまいなさいな。ここなら誰も咎めることはしないから」

体の中で渦巻いていた黒いものを、口から少しずつ吐き出していく。

「なんで人が人を殺さないといけないのですか？　同じ人間じゃないですか。どうして武器を取って戦う必要があったんですか。ムカついたからですか？　それはそこまで、武器を取ってまでする必要があったんですか？　わからない。どうしてそこまで――――」

ひたすらに、体の奥から黒いものを出していく。今まで貯めこんでいたもの、今まで抱え込んでいたものを全て。

僕は転生者だから、一度は大人になったから、精神は大人のままだと思ったのか？　そんなはずはない。たとえ二度目の人生だとしても、たとえ大人になった記憶があったとしても、この体のこの精神は、子供のそれなのだ。

黒いものを貯めこむには、負のものを抱え込むには、まだまだ白く、淡い。

一度吐き出したものは止まるところを知らない。黒が黒を呼ぶように、負が負を引くように、口から次々に溢れ出す。

気付いた時には叫んでいた。意味のあるものじゃない。ただ単にないていた。誰にも聞かせる訳でもなく、心の赴くままにただないていた。


ふと目を覚ますとジュディノアの、お店の中だった。太陽が林に隠れ、暗くなる直前だった。

……いつの間にか眠っていたようだ。……体が軽い。体の中にあった、ドロドロしたものが無くなっている。凄く気分のいい寝起きだ。何時ぶりだろうか、こんなすっきりとした気分は。

「ああ、漸く起きたかい。全く、子供が感情を貯めこむもんじゃないよ。賢いのは良いことだ。でも、変に賢くなりすぎると、賢さを演じ始める。だから体が限界を訴えているのにも気付かず、隠しちまう。泣きたいときは泣けばいい、笑いたいときは笑えばいい、それが子供の特権だ。急いで大人になる必要はない。無理をして大人になる必要はないんだ。……傲慢に呑まれるな、そう言っただろう」

ジュディさんの言葉が身に染みる。

そうか、転生者だからって、大人を知っているからって、大人になる必要はないのか。

……僕はまだ、子供なんだ。ただ記憶があるだけの子供なんだ。

変に金を持ってしまったがために、傲慢に呑まれかけていたのだろう。僕はもうこれだけの金を手に入れたのだと。十分に生活していけるのだと。独りで生きていけるのだと。そう思ってしまったのだろう。そういうプライドが、知らない内にできていたのだろう。

……これが傲慢に吞まれるという感覚なのか。お金を得れば得るほど迫ってくる。……恐ろしいものだ。

「どうだった？　私が注意した時にはすでに傲慢は坊やを吞み込まんと大口を開いて待っていたんだよ。偶には後ろを振り返って、傲慢を振り払わないと吞まれるよ。足が浮いたらすぐだ。浮いた隙間から下顎が滑り込むよ」

「怖いですね。知っていても吞まれそうになるんですね。助かりました」

「閉じこもってばかりだと、同じことばかりをやっていると吞まれやすくなるんだ。……錬金学術院には沢山いるんだよ。傲慢に吞まれてしまった、全てに吞まれてしまった者たちが。近づくのもいい。学べるものがあれば学べばいい。ただし、吞まれてはだめだ。それほどに傲慢は害悪なんだ。今経験した様に、ね」

「……わかりました」

「今日はもう帰んな。何かしに来たようだけど、急いだって良いことなんてないよ。ゆっくりでいい。しっかりと歩いていきな」

「はい、ありがとうございました。また明日来ます」

真面目な面持ちで話すジュディさんに、お礼を言いつつ自宅に帰る。

……冒険者たちのいる教会前広場を通る。彼らの顔には昨日の惨劇の面影はない。

碌でもない奴らも多いけど、傲慢ではないのだろう。……いや、傲慢にはなれないのかもしれな

い。金もない、食べ物もない、ないない尽くしで傲慢が寄り付かないのだ。

今の自分はもしかしたら彼ら以下だったのかもしれない。いや、彼らより上だとの思いが傲慢なんだろうな。分かってても呑まれてしまいそうになる、怖い怖い。

4

朝、起きていつも通り顔を洗う。水面を見る。苦笑いの顔が水面に映る。大丈夫、もう呑まれていない。

昨日のお礼と、本当の用事を済ませに行く。ジュディノアについて扉を開ける。

ほどなくしてジュディさんが顔を出す。

「おはよう坊や、昨日は大変だったねえ」

「はい、昨日はありがとうございました」

「まあ、元に戻ったようで何よりだ」

「はい、おかげさまで。……昨日帰るときに冒険者たちを見たんですけど、彼らは僕よりちゃんと現実を見ているようで「それはちがうわね」――――え？」

「彼らは現実を見ているんじゃないわ。もうすでに彼らは大罪に呑まれてしまっているのよ。怠惰に呑まれてしまっているの。坊やは七つの大罪って聞いたことないかしら」

「傲慢、強欲、嫉妬、憤怒、色欲、暴食、怠惰、でしたよね。教会の言葉の授業で出てきました」

「その大罪の怠惰にもう呑まれてしまっているのが、教会前広場にいる冒険者たちよ。……正確に言えば、殆ど呑まれかけている、と言った方が良いかもしれないけれど。彼らはまだ現状では満足していないけれど、努力はしたくないってのが殆どだからね。だから、まだ怠惰には呑まれていない。そう思えるうちは呑まれないわ。時間の問題だけれどね。その彼らの一部が嫉妬や憤怒にも呑まれようとしているのよ。冒険者が教会前広場で暴れたのは恐らくは憤怒にでも呑まれたのでしょうね」

「憤怒、ですか」

「そう。殆どの冒険者の様にお金を持たない者たち、彼らには嫉妬、憤怒、怠惰がどんどん迫ってくるの。逆にお金を持つ者には、傲慢、強欲、色欲、暴食がどんどん迫ってくる。一番早いのは坊やも経験済みの傲慢よ。大抵、強欲、色欲、暴食に呑まれる前に、傲慢にも呑まれるわ。そして一番遅いのが怠惰。これに呑まれれば後は殆ど死ぬだけよ。そして、この大罪たちの多くは他の大罪を引き寄せる。強欲は嫉妬を呼び、嫉妬は色欲を呼ぶように、一つに呑まれれば次から次へと大罪を呼び込む。そして行きつく先は怠惰。全てを放り出す。それこそ、生きる事すらも」

「……何とかならないものなのですか？」

「何ともならないから大罪なのよ。そうならない様に教会で教えて貰うの。……坊やの場合は、文字を覚えることに特化しすぎたのね。賢いのも考えものだわ。大事な説法を説くように教えても、文字を覚える方に考えがいってしまうもの。普通は話の内容に興味を惹かれて文字の習得が遅くなったりするものよ」

「……それは確かに、そうかもしれません。話としては覚えていても、内容は深く聞いていなかったように思います。そう言えば冒険者ギルドも教会で文字の読み書きを教えて貰わないと情報をくれないって言っていました」

「冒険者ギルドでも錬金術ギルドでも、テイマーギルドだってそう。情報が欲しければ教会に行って文字を習ってこいと言われるわ。それは情報が本や覚書なんかになっていて読めないと意味がないからってのもあるけど、本質は大罪について学ぶことよ。冒険者や錬金術師、魔術師やテイマーなんかもそうね。家を継がないあぶれ者たちが就く職業に関連するギルドでは、大罪を嫌う。まあ、どんな立場の者でも嫌うものだけどね。そして勤勉で勤労で真面目な者こそ欲するものなの。だから文字の読み書きも覚えないような、怠惰に呑まれかけている者には目もくれない。居ても居なくても、どうでも良い存在となってしまう。そうは成らない様に、口酸っぱく文字の読み書きを教会で習えと教えているんだけどね」

なかなか上手くいかないものなのよね。と彼女はからからと笑う。大金を手に入れたと思った矢先に、さらに大きなお金を手に入れて、傲慢に呑まれかけていた自分は笑うに笑えない話だ。

これからだって大罪に呑まれない保証なんて何処にもない。金を持つ限り傲慢は必ずやってくる。それこそ他の大罪もつれて。

「まあ、坊やは一度経験したから、二度目は自分で分かるようになるさね。……誰しもが一度は呑まれかけるんだ。……呑み込まれても近くに誰かが居れば引き上げてもらえるし、余計に耐性がつくんだけどね」

「ジュディさんも呑まれかけた経験があるんですか？」

「ああ、あるよ。霊地での採取物が特価買い取りになった時があってね、その時に一儲けしたのさ。そん時に呑まれそうになったんだよ。……あの時は、先輩錬金術師に活を入れられたもんさ。高々小魔銀貨で浮足立つなってね。坊やと同じだよ。広場の他の冒険者がゴミみたいに見えてね。なんでこんな奴らに私らの霊地が荒らされないといけないんだって思ったもんさ。誰のものでもないし、少し奥に行けば素材なんて捨てるほどあるってのに、目の前の冒険者たちにイラついてね。傲慢が憤怒を呼びそうになったんだよ。全く、あの頃は若かったねえ。冒険者を皆素材の敵なんて思ってたくらいさ」

「ジュディさんにもそんな時期があったなんて驚きです。何でもできそうなのに」

「何でもは無理なんだよ。それが錬金術の限界なんだ。……錬金学術院に行ったら多分驚くと思うがね、それぞれの派閥のトップクラスは何かしらの大罪に呑まれてるんだ。正気の沙汰じゃない事なんかの実験を繰り返したり、湯水のごとく素材に金をつぎ込んだり、薬一つ作るのに生涯を懸けたりといかれてる連中の集まりだ。永明派なんかが最たる例だよ。あそこの派閥は、不老不死の霊薬を作ることを至上としている。できるかどうかなんて解らないが、それに命を懸ける人間の多いこと。幽明派の上も大概狂ってるしね。自分を不死者にして永遠の命を手に入れられないかの研究をしていたはずだよ。……まあ、何処の派閥も最終的には寿命を取っ払うことを考えてたりするもんさ。私ら幻玄派も幻獣の生態を研究することで、人間を幻獣に昇華できないかという研究が最終目標といってもいいくらいだしね。まあ、流石に私は不老不死なんて高望みはしていないけれど」

5

「あ、そう言えば、ここに来た理由をすっかり忘れてました」

「用事って何だったんだい？」

「林の中でこんなものを拾いまして」

「これはまた大きな板っ!?　これマルマテルノロフの脱鱗した鱗じゃない!?　こんなに大きい、大発見よ！　……これで論文を書くわ。この鱗売って頂戴。大魔金貨五枚でどうかしら」

「大魔金貨!?……元々売るつもりで来ましたが、大魔金貨ですか」

「そのくらい、この鱗には価値があるのよ。今飼っているマルマテルノロフがまだまだ子供という結論が出たんですもの。他の霊地で飼われている幻獣も、もしかしたらまだ幼体って可能性が出てきたのよ。こんな大発見に出す金額にしては少ないかもしれないけど、未だ解らないことが多い幻獣界に新たな風が吹くことになるわ。大魔金貨五枚で足りないなら言って頂戴」

「い、いえ、大魔金貨五枚で売ります。その、傲慢や強欲が怖いので」

「そう。ありがとう。これで研究が捗るかもしれないわ」

「それは良かったです。でも大魔金貨ですよ？　赤字になりませんか？」

「この論文が認められれば、大魔金貨一〇〇枚は堅い。そのくらいの発見よ。後は暫くは、論文にかかりきりになりそうってことくらいかしらね。……あ、もちろん保存瓶の売買と雲母茸の買取はいつも通り行うから心配しないでもいいわよ」

「大魔金貨一〇〇枚……、なんかお金の概念が吹っ飛びそうです。保存瓶と雲母茸の売買はできるんですね。良かった」

「この論文を書くのに一年かそこらかけて、論文を送って数年後に発表って流れかしらね。多少早くても、坊やが六歳になるまではちゃんとここにいると思うわ。……幻玄派のお歴々がどう動くかに依って変わってきちゃうから確約はできないけど。……その前に招集が来ちゃったらごめんなさいね」

「はい。その時はその時で考えます」


林から帰ってきて教会へ。

星振りの儀の時期、新年祭の日取りは教会が教えてくれる。何かで計っているのか、それとも神託かなんかがあるのか知らないが、必ず一〇日程前に告知があり、その日から毎日何日後ってのを聞かされる。だから、日取りを間違うことはない。

教会から出て、冒険者を見る。

……昨日は皆大人なんだなと思ったが、ここの殆どが今まさに怠惰に呑まれようとしている者たちなんだな。正気になってみていれば分かる。

ここには生気が感じられない。必死さや足掻いている苦しみが無い。皆、顔に笑顔の能面が張り付いているように見える。半分諦めに見える笑顔だ。自分の未来に希望が映っていない笑顔なのだ。今はそれが悲しみに見えている。

哀れとは思うまい。自分もこうなっていた可能性があったのだ。怠惰か傲慢かの違いだけだ。行きつく先は一緒だとジュディさんが言っていた。死という停滞。生きる事すら止めてしまう。僕は他人の力で一度振り切った。ここにいる人たちはどうなのだ？　振り払う対象さえ見えていない、足掻く糸口さえ見えていない。もうすぐ止まってしまう、止まりかけの空間。

ここに僕が求めるものはない。だがここを僕は忘れない。自分が怠惰に呑まれぬように、後ろを振り返れるように、僕はここの中に何を求める。止まらぬように何を乞う。まだそれは解らない。答えはまだ見つけられていない。

でも僕には求めるものがある。僕は錬金術師の才能を求める。今はそれが僕の道、僕の糸口。

今はまだ見えぬ、決して人には見えぬ星。それを手繰り寄せるまで僕は足掻く。

六歳になったその時に、星振りの儀と共に僕の道は現れる。だからその道が続いていることを願う。その糸口が潜れることを祈る。
求めよ、さらば与えられん。願えよ、さらば届けられん。
僕の道は未だ獣道すら与えられていない。

第十一話　四歳　エドヴィン兄星を振られる

1

雪降る寒空の中、今日は新年祭。星振りの儀の日でございます。

今年はエドヴィン兄が星を振られる年。文字の読み書き計算も一通り終え、他の冒険者に混じって採取の日々を送っていたようだ。

僕は林の奥に行っていたので、別行動だったのだが、ジュディさんに確認をすると、保存瓶を売って貰いに来ていたようで。怠惰に呑まれていないようで何よりである。

時間は正午になるちょっと前、まだ鐘が鳴ってないということは、才能がまだ振られていないということだ。

もうそろそろだと思うんだけどな。エドヴィン兄の振られた星によってお祈りの効果が分かる。

エドヴィン兄がどんな感じに祈っているかは解らないが、少なくとも冒険者になりたいと祈っているはずなので、戦闘系の才能を得ることになると思う。得られなくとも、冒険者に不利になるような才能ではないはずだ。

　ここが僕のやってきたことの分岐点になると思う。


　正午になったのだろう。鐘が鳴り始めた。

　一回二回とどんどんと鳴っていく。そして一〇回鳴り終えた。

……結果はどうだったのだろうか。教会の扉が開く。子供たちがわっと出てくる。エドヴィン兄もこちらに向かって走ってきた。結果、結果はどうだったんだ。

「父さんやったぜ。剣士の才能に六つ星が振られたんだ！　これで冒険者になれるぜ！」

　エドヴィン兄は無事に冒険者になれる才能を貰っていた。

……これで僕の方にも希望が出てきた。お祈りをちゃんとすれば欲しい才能が手に入る確率が高くなるというのは事実かもしれない。

　エドヴィン兄の一例だけでは解らないが、そうかもしれないというだけでも大きい。希望はあった方が良い。

　周りへと気を配ってみると、どうやら今年は農家は星四つが最高らしいな、でも星四つでも珍しいらしく、騒いでいる野郎どもも多い。

　また、エドヴィン兄の友人、パーティメンバー候補の子供たちも冒険者になれるような才能を貰ったらしく、戦士星四つだか槍使い星三つだとかいう声も聞こえる。

……最悪、戦えなくても冒険者はやれるんだが、義務もある以上、戦えた方が良いのは確かだ。

それに魔境に潜るような冒険者になるには、確かに才能が必要だ。エドヴィン兄は魔境に挑む予定だから剣士星六つはかなりいいところまでいける才能だろう。

僕も少なくとも錬金術師の才能に星四つくらいは振って欲しいな。

錬金術師として大成したいとかは、余り思っていない。どちらかといえば、錬金術を使って、気軽に生活したいというのが僕の目標だ。

特に波乱を求めているわけでもなく、動乱を求めているわけでもない。普通の、ジュディさんところみたいに、平凡な店ができればいい。……もうちょっとお客が来てくれるとなおいいけど。

まあ、家は次男の星振りの儀だったわけで、早々に退散することにしましたよっと。……父さんと爺さん、シャルロ兄とエドヴィン兄は居残りで酒だ。どうせ明日の夜にしか帰ってこないんだろうな。去年と一緒で。

2

朝。……今年の教会前広場も混沌としているなあ。ゾンビが幾人も発生しているし、真の呑兵衛はまだ飲んでいる。毎年これだもんな。すげー酒臭い。

とっとと教会の中に避難する。そしてお祈りだ。エドヴィン兄や他の子供たちからのデータでは、祈ればある程度の星は振られるようである。であれば、祈らいでか。

本当にお願いしますよ。錬金術師の才能を。

それが終わればいつも通り採取に向かう。死者の園から林の中へ、そして奥の方へ進んでいく。

今は量より質で素材が欲しい。どの道魔力茸は沢山になるのだ。ならば他の素材を重点的に狙っていかないとね。

見る場所は北側の木の根の部分、日の当たらないところを重点的に探していきますよ。……目に入った魔力茸は採取。もったいないと思ってしまう自分がいるんだ。しょうがないね。


そんなこんなで夕方、教会前広場まで帰ってきました。

多少酒臭さがするものの見事に片付けられている。奥様方が皆で片付けるんですよ。旦那も一緒に片付ける。手伝うんじゃないよ。片付けられる側だ。

そんな訳で、夕方のお祈りを済まし、家に帰るとぐったりとした男四人を眺めつつ、自分の仕事をこなし、夕飯だ。

まあ、今はこんなんでも、明日の朝になれば復活してるんだもんね。そして来年は呑まないと誓うところまでが様式美。結局飲むんだよ。酒飲みってそんなもん。


翌朝、皆で朝食を食べていると、エドヴィン兄が、この春になったら冒険者として村を出ていく宣言をした。

一応、村のルールとして、一二歳の成人までは、家に居ていいのだが、エドヴィン兄は早々に出ていくことに決めたようだ。

まあ、そうだろうさ。僕だってそうするつもりだもの。一二歳ってのも早いような気もするが、この世界の人間は早熟なんだよなあ。

エドヴィン兄もなんだかすっかり大人びてきているし、そういう種なんだろうと思うようにしている。前世の記憶は当てにならんのだ。


この冬も例年通りの冬で、雪は一〇cmも積もっていない。それが畑の土色が見え始めた頃。エドヴィン兄たちが村を出て行った。

……まあ、直ぐに帰ってくるんだろうけど、一応、見送りをした。

多分カウッ町で冒険者登録をして、ヨルクの林で採取。ここまでが黄金パターン。

文字の読み書き計算を覚えていない奴はここで教会行きか怠惰の冒険者行きが決まるが、エドヴィン兄たちは文字の読み書き計算はできるもんな。

そしたらギルドの資料室で採取物の勉強をして、まもなくしてヨルクの林に出発という感じだろう。

装備も碌に無く、体もまだ成長期の段階で、魔境になんて挑まないよな？　少し心配ではあるが、装備も無いし無茶はすまい。そのくらいは分別があったと思う。

こうして無事に旅立って行ったエドヴィン兄たちであるが、冒険者として大成できるかといえば、別の話ではあるが、それを祈るくらいはするさ。家族なんだもの。

教えてあげられる範囲で、僕の得た知識も教えてあげたし、無駄にはなるまいて。

それよりも僕は自分の星振りの儀に備えないといけない。

準備期間はあと三年、十分な時間がある。ゆっくりと地に足つけて頑張るとしましょうか。

第十二話　七歳　ヘルマン星を振られる

1

あれから三年の月日が経った。

大分時間が経った気がするなあ。まあ、この三年は山も谷も無かった。

……いや、全く無かったわけではないんだが。でも僕が巻き込まれた訳ではないので、そうだな、少し過去の話をしようかな。

まずは四歳の秋、エドヴィン兄たちが冒険者として旅立った年だな、その年の秋だ。

なんでか知らないが、この年は教会前広場にいた冒険者の数が、ものすごく多かったんだ。

教会前広場は歩く隙間すらないほどにテントが張り巡らされていて、まあ嫌な予感がするよね。

……慣れない新人でもいたんだろうな。

皆さんがお祭しの通り、テントに煮炊きの火が燃え移った。

普段なら皆で踏んだり井戸で水を汲むなり何なりして火を収めるなりしただろう。だが、歩く場所など無い程にテントが張り巡らされていたんだ。当然の如く延焼、炎上する。

一度火の手が上がると、我先にと逃げる冒険者。パニックになり叫ぶだけ叫ぶ冒険者。すでに寝ていて、皆に踏み殺される冒険者。色々といたんだ。

幸いなことに、村の建物は昔の錬金術師が作った、土と石でできた建物だから村の人に被害はなかった。

……唯一村長の家の玄関が冒険者に叩き壊されたのが、村の被害といっていいんじゃないだろうか。教会も何事もなく無事だったし、村の被害は殆どなかったに等しい。

しかし、冒険者は、教会前広場は悲惨なものだった。

焼け焦げたテント群から煙が上がり、焼死体がそこら中に転がり、水を求めた冒険者が井戸に飛び込み助けを求める。悲惨な状況だった。

教会前広場が土色から一面黒色に変化していた光景を見た、お祈りに来た僕が絶句したのも理解していただけると思う。

村中から人が集まり、事態の収束を図った。亡くなった冒険者の亡骸は教会の冒険者共同墓地に骨だけ埋葬され、焼け焦げたテント群をゴミ集積所に片付け、煤けた地面を掃除した。

僕もその日だけは採取に行かずに教会前広場の掃除を手伝った。まあ、当然だよね。こういったことには協力しないとね。で、掃除が終わって一件落着と村人たちは帰っていった訳だ。

だが、冒険者はそれで終わりではなかった。一睡もしていないのに村人と教会前広場の片付けをし、時刻は夕方。季節は寒くなってきた晩秋。雪がちらつくこともある時期。テントも食料もない冒険者の一人が爆発した。

一体誰が原因だ、出て来いこの野郎と。この状況を作った人物の特定にかかった。

冬越しの準備にただでさえ金がかかる時期に、手痛い出費。切れる冒険者が続出し、第二ラウンドが開始した。

まともな冒険者はすでに村を出て、町で冬越しの準備中、エドヴィン兄たちも今年は町で生活するからと挨拶にも来ていたくらいにはまともな冒険者をやれているようだった。

ここに残ったのは、怠惰に呑み込まれそうな冒険者ばかり、それどころか、今回の事件で憤怒に呑まれた冒険者が続出した。最初は一部の奴らが発狂した様に誰が犯人だと叫び始めた。

そんな奴らがターゲットにしたのは同じく発狂した冒険者だ。憤怒に呑まれた者同士、殴り合いを始めた。

……少しでもまともな思考が残っている奴らは、この場所から逃げようとした。しかしそれが不味かった。逃げようとした奴らが見つかり、そいつらが犯人だと認識した発狂した奴らが、一斉に襲い掛かり、そのまま殴り合いに発展。教会前広場は闇の中、ルール無用の格闘場になった。

あいつが悪い。こいつが悪い。そんな混沌とした場所になってしまった。

そして、次の日の朝。またいつもの様に僕が教会前広場に行ったときには、二日連続の惨劇となっていた。

撲殺死体が転がり、殴りつかれたのであろう人々が、着の身着のままで寝入っていた。

……正直に言って、どの体が生きている冒険者なのか、殴り殺されている死体なのか解らないほどに混沌としていた。

また村中から村人が動員され、死体の片付けと、荒れた教会前広場の掃除をした。

今回も僕は手伝った。血で汚れた土を林に捨てに行くという役割を与えられて、何度か往復したものだ。

……そして今回は掃除だけでは終わらなかった。今度は村人が冒険者に切れたのだ。

それはまあそうだろうさ。貸しているだけの教会前広間で二日連続で村中から人が動員されるほどの騒ぎ。もうすぐ刈り取りだっていうのにこの始末、農家の継嗣でない僕だって怒っているのだ。

農民が怒らないはずもなし。

冒険者に詰め寄る農民は、流石に殴りかかるなんて真似はしなかったが、余りの圧力に冒険者が逃げ出した。

そんな訳で、その年の冬は、冬越しの準備ができた冒険者が居なかった。……いや、追い出されたといった方が正しいだろう。

農民がストレスを発散させるがごとく、勢いよく刈り取りをしていたのは言うまでもない。家の父さんもものすごい勢いで刈り取りをしていたものだ。

麦を買い付けに来た行商人も不思議に思ったことだろう。今年はなんで冒険者がいないのかと。いつもなら沢山いて居場所も無いのにと。

空いた教会前広場にいたのはそんな行商人だけだったのだ。

僕としては、採取場所が誰にも荒らされることなく、ゆっくりと採取できたので良かったが、大変な年だったのは確かだ。

2

次は四歳の冬かな。火事騒動のあった年の冬だ。

この冬は例年以上に雪が降って家が埋まった。比喩でもなんでもなく物理的に埋まった。

毎日のように家の前の雪を退けて、雪で階段を作り、屋根の上の雪を退ける毎日。そうしないと平屋根の家が潰れる可能性があるからだ。

そんな豪雪時期に、問題がやってきた。はぐれの魔物が流れてきたのだ。

魔物の種類はなんとゴブリンゾンビ。

ここから魔境や、ゴブリンが住み着く森や林は、二日以上もかかるほど遠くなのだ。

まさかゴブリンのそれもゾンビがやってくるなんて思ってもみなかった。

初めにゴブリンゾンビに出会ったのは僕ではない。というか、僕はゴブリンゾンビを見ていない。

……家の雪かきだけで手いっぱいだったところに、雪の中を泳ぐように進む人がゴブリンゾンビがやってきたと報告をしてきたのだ。

普段であれば、ゴブリン程度の魔物なんぞ農民の敵ではない。刈り取り用の大鎌で首を刎ねればいいだけだ。とても簡単である。

しかし、今回の相手はアンデッド。しかも大雪のせいで鎌が振れないのだ。

そんな訳で、その農民は教会に走っていった。神父さんやシスターさんはアンデッドに特効を持つ魔法を使えるのだ。

農民の進みは遅かったが、魔物もこの大雪で全然進んでこなかったようだ。時間が掛かったが、無事に教会に報告が行き、アンデッドは浄化されたようだった。

……ゴブリンゾンビが出るのはものすごく珍しい。というかアンデッド自体が凄く珍しい。

ゴブリンや魔物なんかは、餓死しないのだ。飢餓状態じゃない方が強いのだが、食べなくても餓死はしない生き物なのだとか。

冒険者がゴブリンなんかを倒したら、ちゃんと『エクステンドスペース』に入れて持ち帰るはずなので、ゾンビになるには他の動物に襲われて負けて、食べられなかった場合か、冒険者が無精した場合かのみなので、なかなかに珍しいのだ。

そんな訳で、無事にゴブリンゾンビは浄化された。村に被害は無し。……雪の被害は甚大なんだけど、冬の一幕に一波乱あったわけだ。

3

次は五歳の夏真っ盛りの時、これもまた冒険者がらみなんだよなあ。

簡単に言うと、冒険者と行商人で揉めたのだ。

何もそんなことで、ということで始まった言い争いだったのだが、それが思わぬ事態に発展した。行商人の方が魔法使いだったらしい。

初めは些細なものだったのだとか。

行商人なんて珍しくもないんだが、その行商人相手に冒険者の方が買取をしろと高圧的に言ったのだ。

年若い女性の行商人だったので、冒険者の方も強く押せば高く買い取らせることができるんじゃないかと凄んでいた訳だ。

行商人は買えないものは買えないとはっきりというし、そもそも素材なんて、魔術師は錬金術師からしか買わない。

頑なに買えないという女性の行商人に、言い寄る冒険者。

どう見えたのかは僕には解らないが、周りにいた冒険者は、押せば何とかなると思ったのだろう。

だんだん女性の行商人を囲み始めたわけだ。

で、女性の行商人側が切れた。

魔法を発動させて目の前の冒険者を吹っ飛ばしたのだ。

これには周りにいた凄んでいた冒険者も驚いたのか一部は逃げ、一部はなんと襲い掛かった。

魔法使い側もまさか襲い掛かられるとは思ってもみなかったのだろう。今度は人が死ぬ威力の魔法をぶっ放した。

何のことはない。直撃した奴は死んだし、掠ったものでも腕がもげた。

その後、最初に凄んでいた奴は私刑にされ撲殺された。

魔法で死んだ奴は、まあいいが、死ななかった奴の方が対処が大変だった。元々金のない冒険者。初級ポーションなんて安いものも持ち合わせてはいなかった。介錯という方法で悲鳴を収めさせるしかなかった。

そして囲んでいて逃げた奴らは、この村から追い出され、女性の行商人もやりすぎということで、次の日には村から追い出された。

その時の村長の顔が、ものすごく申し訳なさそうにしていたと、人伝に聞いた。

騒ぎを起こしたのは冒険者側で、魔法を使ったのは不可抗力というか、正当防衛の範囲だろう。

……でも、騒いだ側ということで追い出さにゃ示しがつかんわけで。

話を聞いて、僕はその場に居たかったなあと思った。

錬金術師は偶に来てもすぐに分かるが、魔法使いなんて見た目は普通の行商人や旅人、冒険者と一緒だ。

だから、魔法が発動されたんなら見てみたかったという、純粋な興味だ。

4

次は五歳の秋。

去年のことがあるから人が少なくなると思ってたんだ。だが、蓋を開けてみるとなんと教会前広場がまたすし詰めの状態に埋まっている。

お前ら去年で懲りただろうよ。少しは分かれろよと言いたいが、他の村に分かれてこれだったらどうしようもないんだよなあ。

それでも、今年は去年の事があったから火気は厳重に管理しろと村長が口を酸っぱくするくらいには言ったそうだ。

そんな毎度のことのように火事を起こされても堪ったもんじゃないからな。掃除する村人の気持ちにでもなってみろよと言いたい。だから今年は火事は大丈夫。そう思っていたんだ。

そこへ錬金術師の行商人。いや、彼は何にも悪くないんだけど、行商人が来た時から素材の買取の列が酷いことに。

そして事件が起こる。素材を買い叩かれた冒険者が錬金術師の行商人に食って掛かって、剣を抜いてしまったわけだ。

すると錬金術師は、爆風を起こす錬金アイテムで吹き飛ばすだけ吹き飛ばし、今日の買取はここまでと宣言した。

そうしたら順番を待っていた奴らが、吹き飛ばされた奴に切れた。この時期のストレスマッハ状態の冒険者を舐めてはいけない。即刻私刑にし、吹き飛ばされた奴は撲殺された。

そして、冒険者たちはテントに戻ればいいのに、眠いのを我慢して朝まで買取の列を作っている。

そんな彼らに対して、錬金術師の行商人は律儀に買い取りに応じて、一人一人の素材を買い叩いていく。

この頃になってくると、冒険者の方も元気がなくなっているので、異論反論は出ない。

なかには、列を守れず寝てしまう奴らも現れ始め、そうなるとどんどん順番をぬかしていく。

正午を迎えるころには死屍累々な状態になっていた。

……そして買取が終わった夕方ごろ。そんな者たちが、火気厳重注意などという注意を覚えていられるだろうか。

テント群の間を通るゾンビたちが、煮炊きをしている奴の火元を蹴とばして大炎上。教会前広場はあっという間に大火を生み出し、夜の帳を吹き飛ばす。

そんな訳で去年の二の舞になった教会前広場の片付けと焼死体の片付けを村中の農民総出でやった。

色んな人に聞いてみたんだが、二年連続ってのは珍しいらしい。大体五年に一度は火災があるんだって。道理で片付けなんかが慣れているはずだよ。

錬金術師の行商人さんは普通に無事で、幌馬車に煤一つついていなかった。……後で聞いた話によると、耐火性なんかが馬車の材料に施されているらしい。だから火が上がっても逃げずに居たそうだ。錬金術師強い。

何もなくなった教会前広場では、第二回戦の殴り合いが始まった。

殴り合いがあるのも火事があった後の恒例なんだって。

5

次は五歳の冬、新年祭の日、我が姉マリーの星振りの儀の日だ。

どうやらマリー姉は、聖職者になりたくてお祈りをしていたということが分かっている。なんでまた聖職者なんだろうかと聞いてみると、文字を教えてくれたシスターディアナに憧れたんだとか。僕の時はシスターカミラだったが、もう一人のシスターさんはディアナさんだったんだな。あそこは三人しかいないから見習いでも有り難いんじゃないだろうか。

などと思っていたら、予想以上にお祈りが効きすぎたようだ。なんとマリー姉は聖女に星が八個も振られたらしい。

聖職者の上位版だからマリー姉は大変喜んでいたが、聖女は領都の教会に行く決まりになっているらしく、教会に入ってすぐに領都セロニアに行く乗合馬車で、神父シモンと一緒に冬の間に出て行った。

その時に、この村の領主様がセレロールス子爵様であることを知った。まあ、農民には領主様なんぞ関係ないんだが。僕も錬金術師になって領を出るだろうしな！

そんな訳で、領都に早々に行ってしまったマリー姉。きっと聖女としてちやほやされるんだろうな。なんたって星八つだしな。凄い珍しさだろう。

あ、今年の農家の才能の最高は星五つだという話だ。シャルロ兄と一緒だな。……やはりお祈りの力はあるんだろうなと思っている。

そんな感じだな。過去の話といえば。

二度の火事にゾンビ事件、魔法使い事件にマリー姉の星振りの儀、中心にいなかっただけで、結構色々あったなあ。

まあ、話に聞いただけのことも多いので、それほど特別なイベントって感じでは無かったが。あ、火事はすさまじかったよ。後片付けだけだけど、大変だった。

6

今日は僕の星振りの儀、現在教会の中で待機中だ。

まあ、錬金術師に振られるとは思ってるよ。あれだけお祈りをしたんだもの。星一つだなんて、湿気た話はないはずだ。

……ないよな？　期待しているぞ。

そんな中、神父シモンが皆に声をかけてきた。

「さあ、間もなく星振りの儀が始まります。皆さまお祈りをするように」

そう声をかけられたので、いつも通りのお祈りの構えだ。錬金術師錬金術師錬金術師錬金術師……。


祈っていると、鐘の音が聞こえた。と同時に、錬金術師に星が一つ振られたのが分かった。

鐘が鳴るたびに、才能に星が振られていく。八回九回一〇回と一〇度の鐘の音が鳴らされるとともに、自分の中の才能が確定した。

僕に振られた才能は錬金術師に七つと剣士に三つだ。

錬金術師に七つもの星が振られたのだ。嬉しくないはずがない。

剣士の三つにしたって、魔境での採取のことを考えると、大変に有り難い才能だ。無駄な才能などないかのごとくの星振りだった。

……そう言えばエドヴィン兄やマリー姉は他に何の才能に星が振られたんだろう。少し興味があるが、まあ、それはまた今度聞いてみよう。会える機会があったらね。

「さあ、星振りの儀が終わりました。あなたたちが得た才能について、ご両親にお伝えください」

そう言われ、教会の扉が開かれた。

うちの家族は何処だ？　……いた。家族六人が待ってくれている。そこに駆け寄る。

「やりました、父さん母さん。ちゃんと錬金術師の才能を貰えました」

「そうか！　お前が頑張っていたことは分かっている。ちゃんと神様に祈りが届いたんだな」

「良かったわね。ずっと錬金術師になりたいって言っていたものね。良かったわ」

父さんも母さんも、爺さんも婆さんも、兄さんも姉さんも、皆祝ってくれた。……あったかい家族で良かったな。

……そう思ったのもつかの間、父さんも爺さんも、兄さんまで酒の準備をしていた。母さんと婆さん、姉さんは直ぐに家に帰っていった。僕もそっちに付いて行きたかったが。

「主役がいないんじゃあ、話にならねえ。ヘルマン！　お前はこっちにこい！　一緒に飲むぞ！」

酒飲み共に連行され酒盛りをやっている男たちの元へ。一部女性もいたのは驚いたが、早いことにもう樽を開けて呑んでいる組がいやがる。樽から直接コップに酒を酌むと、なみなみと酒の入ったコップを渡される。

……前世の記憶だと、酒は美味いもんじゃないと警鐘を鳴らしてくる。だがしかし、前世の記憶など当てにならなかったためしもないので、ここはグイっと酒を飲んでみる。

……微炭酸にほろ苦い泡、若干麦の香りが残るキンキンに冷えたエールは、何故か真冬なのに体を温かくさせる。

……あまり美味しいものでもないが、飲みたくない訳ではない味だった。二杯目を酌みに行くと、そこにはもう出来上がった野郎どもが呷る勢いで飲んでいた。……なんだか負けてはいけない気がした。そして僕も二杯目三杯目とどんどんと酒を飲んでいく。

明後日の僕がここにいたら止めていただろう。もうやめろ、これ以上は飲むなと。

しかし、初めてのアルコールにテンションの上がる僕。周りもテンション高めの出来上がり組。これで飲まずにいつ飲むのか。

……これ以上の記憶は僕には残っていない。気が付いたのは次の日の昼頃。頭が割れるような痛みに襲われ、母さんに回収されながらうんうんと唸っていたのだけはなんとなくだが覚えている。

……二度と酒なんぞ飲むものか。そう誓った。

酒の影響下から復活しての夕飯時、僕はこの春に家を出ていくことを決めていた。その報告を行ったのだ。

「父さん、母さん、僕この春に家を出ていくよ。錬金術師になるのに何が必要かとか準備が必要だろうから」

「そうなのね。……昔から錬金術師になりたいって言ってたものね。少し早い気もするけれど、しょうがないわね」

「ヘルマン、支度金だ。これだけだが持っていけ」

父さんから支度金として大銀貨五枚を受け取る。……受け取らない選択肢もあるんだろうけど、ここは受け取っておく。

父さんと母さんのめいっぱいなんだろうけど、多分錬金術師になるには全然足りないのだろう。でも、ジュディさんからも聞いている通り、苦学生でも何とかやっていけるのだ。僕は立派な錬金術師になるよ。父さん、母さん。

7

朝、いつもと同じように顔を洗う。冬だからめちゃくちゃ冷たいが、仕方ないよね。そして朝ご飯を食べる。

……そしていつもは糞尿処理をやっていたが、僕が春に出ていくからシャルロ兄に仕事を引き継いだ。もう僕がいなくとも問題ない様に生活を変えていくそうだ。

なので僕はジュディノアに向かう。教会でのお祈りも、星振りの儀が終わったから用済みだ。今までよく通ったよなあ。毎日。

……そしてジュディノアの扉を開く。

「ごめんください」

「ちょっと待っとくれ！」

いつもの様に返事を貰い定位置へ。この椅子もよじ登らなくて良くなったくらいには身長が順調に伸びている。

一応父さん曰く、一二歳までは身長が伸びるそうだ。そこからはほんの少しずつしか伸びないらしい。……前世の人間種とは違うような気はするが、この世界、エルフやドワーフもいるんだ。少しくらい違っても訳ないだろう。

少し待っていると、ジュディさんが顔を見せる。

「どうやらその顔は、錬金術師に才能が振られたようだね。おめでとう」

「ありがとうございます。これで僕も錬金術師になれます」

「一応後輩になるんだね。まあ、まだ入学もしていないひよっこだがね」

けらけらと笑いながら世間話をする。

こうして話すのももう少しだけなんだなと思うと、少し寂しい。ジュディさんには沢山お世話になったからね。

思えば良く面倒を見てくれたと思う。星振りの儀も終わっていないおこちゃまが、錬金術師になるんだと息まいているんだから。

「それで、今日は錬金アイテムのお願いがありまして」

「ん？　何だい」

「指方魔石晶の首飾りをもう一つ作って欲しくて」

「……ああ、そういうこと。わかったわ。材料と代金を出しなさいな。小銀貨三枚よ。材料は覚えているでしょう？」

「はい。――――これで大丈夫でしたよね？」

「ああ、問題ないね。……さっさと作ってくるから、五分くらい待ってな」

そう言って奥に向かう。

……この今している指方魔石晶の首飾りは、父さんにあげよう。片方を母さんが持っている限り、僕にとっては無意味になるからね。

……村の方向を指されたって他の霊地や魔境では困ってしまうからね。渡すものを間違えない様にしないとね。

……五分ほどでジュディさんが戻ってきた。

「はい、出来たよ。見た目は素材が一緒だから間違えない様に。まあ、間違っても素材があれば、他の錬金術師でも作れるけどね」

「ありがとうございます」

「そうそう、村から出るんだったら早めに錬金術ギルドに行っておくんだよ。入学の方法とかお金に関してはさっぱりだからね。後はお金を九九枚ずつにしてもらいな。錬金術ギルドに言えば直ぐしてもらえるから。前に大銅貨をばらしてやったろう？　そんな感じで頼みな」

「あー、買い物とかに不便しそうですもんね、小銭がないと。ありがとうございます。そうしてみます」

「行商人やる奴らがよくやる手だからね、こういうことも覚えておいて損はないよ」

けらけらと笑うジュディさんを後にジュディノアを出る。

……まだ村を出る訳じゃないからね。ジュディさんにはまだ沢山保存瓶を作って貰う予定だし。

保存瓶を作る魔道具も買わないとなあ。早めに買っておいた方がお得だもんね。

……保存瓶って魔力一〇〇％でできるんだもん。不思議だよね。まあ、魔道具や錬金アイテムも大概不思議なんだけどさ。錬金術師になるんだったらポーション瓶を作る魔道具も買わないと。

……うわあ、今から出費が怖いことになりそう。

まあ、まだ当分実家にいるんだし、霊地にいるんだし、採取するよね、当然。『エクステンドスペース』も大分広くなったんだよね。大体5、6LDKくらいは入りそう、凡その目安みたいなもんだから解らんけれど、凄く広くなったと思ってくれればそれでよし。

容量も気にせず採取採取だ。時期は冬だし、冒険者も少ないし、霊地には素材が沢山ある。使い切れないくらいが丁度いい、そのくらいの勢いで採取をした。春の畑を耕す少し前くらいまで。

the way of the
Reincarnated Boy
to be the Alchemist

第2章
少年編

第十三話　七歳　カウツ町にやってきた、ヘルマン冒険者になる

1

春、白一色の畑から土色が見えてき始めた頃。

今日はとうとう僕の旅立ちの日、朝ご飯を食べてジュディノアに寄ってカウツ町に行く予定です。徒歩で。

丁度いい乗合馬車が来なかったから予定よりも少し遅くなってしまったんだけど、まあ、予定通りいくことの方が珍しいもんね。

ご飯を食べ終えたらいざ出発、……家族の見送りが温けえ。今生の別れだもんな、恐らく。

「行ってまいります」

「気を付けてね」

「無理するんじゃないぞ」

「はい。頑張ってきます」

簡単な挨拶を交わし、ジュディノアにやってきた。まあ、ここはいつも通りだよな。

「ごめんください」

「ちょっと待っとくれ！」

いつも通りの返事に安心しながら定位置で待つ。この場所も座り納めかな。

暫くするとジュディさんが顔を出した。

「坊やの顔も、今日が見納めかねえ」

「あの、縁起でもない事言わないでください」

開幕早々死にそうなんですが!?　湿っぽいのも嫌だから有り難いけどね。

「まあ、今生の別れって意味では同じだろうよ。……しかし、もしかしたら坊やとはもう一度くらい会う可能性があるんだよねえ」

「どういうことです？」

「まあ、会えないとは思うんだけど、上手いこと事が進まなければまた会うかもしれないって程度だからね。気にしない事さ」

「上手いこと事が進まなければなんですか？」

「ああそうさ。進んだら会えないだろうねえ。今のところ上手くいきそうなんだよ。だから今生の別れってやつさね。……坊やが行商人やるってんなら違うんだろうけど、そうじゃなさそうだって言ってたからね」

「そうですね。できればお店を持ちたいです」

「なら仕方ないよ。そういうことも沢山あるからね」

「そうですか。じゃあ、今までありがとうございました」

「達者でね。いい錬金術師になれるように」

こうしてジュディノアを後にした。後はこの広い街道を町まで歩いて行くだけだ。順調に歩いて行けば夕暮れまでには町に着くはずだ。

2

街道を歩いて進む。

今思うと、初めて村を出たんだなあ。なんか感慨深い。

でもこの辺はだだっ広い草原なんだよな。こんなところには魔物なんていないし、ましてや盗賊なんてものはいない。昔は盗賊という稼業が成り立っていたんだけど、『エクステンドスペース』が普及してからは、盗賊は悪い冒険者となってしまったわけだ。

行商人を襲っても食べ物一つ手に入りはしない。そんな訳で、この国には盗賊なんて職業は無くなってしまったわけだ。

襲ったところでボロボロの人間が『エクステンドスペース』を使えるかといえば無理なんだ。平時は簡単に使っているけど、異常時に発動させるのが難しい。『エクステンドスペース』ってそういう技術。だから盗賊なんてものもいなくなってしまった。

ただ、アサシン系統の仕事は無くなっていないどころか、まあるみたいなんだよね。まあ、殆どが貴族様方のところでなんだけど。庶民は暗殺稼業の人には用は無い訳ですよ。貴族はお家騒動から結婚騒動となにかと暗殺と縁があるんだって。ジュディさんからの受け売りだけど。

魔物もねえ、殆どが魔境に住んでいて、多少魔境からはぐれたものが、林や森なんかに住み着くことはあっても、草原なんかにはいない。

いても冒険者が直ぐ金に換えるからね。特に喰い詰め冒険者さんたちが張り切って討伐する。彼らの採取する雑魚素材よりも、魔物の討伐報酬の方が余程いい金になる。

……なのに、魔境じゃなくて霊地を選ぶおバカな冒険者の多いこと。文字の読み書きを最低限修得しないと食っていけない霊地よりも、戦闘系の才能があれば魔境の方が絶対に実入りがいい。文字の読み書き関係ないもんね、討伐系統は。

まあ、それでも上に行こうと思えば、実入りを良くしようと思えば文字の読み書きは必須なんだけどね。

例えば、オークがいたとしよう。普段であれば中銀貨五枚程度で買い取って貰える。

しかし、依頼でオークの買取強化、大銀貨一枚となっていたとしよう。この場合、依頼表なしにオークを持っていくと、中銀貨五枚の買取になる。そうなるとギルドは美味しい思いをするだけ。

冒険者は買取の強化のことなんて知らずに損をする。そういうことになる。だから、儲けようと、稼ごうとするなら文字の読み書きはできるに越したことはない。

後は貴族として叙爵する場合だな。騎士爵、魔導爵なんかだな。叙爵に最低限必要なのが文字の読み書きである。流石に貴族が文字を読めない、書けないでは話にならない。

……まあ、脳筋族には叙爵なんぞ考えている奴の方が珍しいかもしれないが。

何はともあれ、文字の読み書き一つで冒険者としての、延いては人間としての生活水準が一段階上がるんだ。なのに努力しない冒険者の多いこと。ギルドも何とかしようとしているんだろうが、何ともならないんだよなあ。バカは死んでも治らないのだ。

3

そんな訳で、子供一人で武器無し身一つで街道を歩けるものって訳ですよ。波乱なんてないない。というか要らない。必要ない。今日中にカウツ町まで順当に行けばいいだけの話なんだ。

……だが、草原の中をただひたすら歩くってのも、暇なんだよなあ。すでに走っているんだが、走るのも退屈になってきた。

だって景色が変わらないんだもの。ひたすら直線なんだもの。

昔の錬金術師が村の間の道を敷いたって言ってたんだ、ジュディさんが。その時にちゃんと測量して、まっすぐに道を敷いたんだと。何ともまあ規模の大きい話なことだ。そのおかげで最短距離で次の町へ行けるんだから。

でも、この代わり映えしない景色は何ともならんのですかねえ。こんなに平地があるのに村も何もないのは才能の所為って感じかな。後は魔境や霊地が無いってのも、村や町が作られないポイントだわなあ。

村にするには適度なとこに林が欲しいもんだ。燃料がねえんだもんよ。幾らゴミからスライムが燃料作るったって限度がありますよ。初めの内は、林なんかで木を切って薪にしないといかんだろうし、キノコや山菜だって生えやしねえ。村づくりも気の長い話になるってもんだ。

それに冒険者の存在が人口が増えない要因なんだろうな。冒険者ってマジで早死にだからなあ。

村で火事が二回あったろう？　それで何人も焼け死んでるのに、村に来る冒険者の数が減らないんだから。

言い方は悪いけど、何処から湧いてくるんだってくらいには冒険者は掃いて捨てるほどいる。まともな冒険者は一〇〇人に一人位いればいい方だ。

それはさておき、暇つぶし……そうだな、もう少し冒険者の話でもしておこうか。

冒険者は魔境での討伐や霊地での採取が主な仕事かといえば、別にそんなことはない。町中のお使いなんかもやる、所謂何でも屋なわけだ。

というか殆どの冒険者は討伐や採取で食っていけない。討伐には才能と初期資金が、採取には文字の読み書きが必要になってくる。

そんな冒険者でも役に立つ仕事がある。面倒な仕事や、単純労働、力仕事に汚れ仕事。『エクステンドスペース』があったとしても、普通の人がやりたくもない仕事を個人や町から報酬を貰ってやるのが冒険者の主な収入源だったりする。

それである程度稼げる奴らは、大部屋宿で冬を越せる冒険者だ。霊地に止まり続けて凍死と隣り合わせの奴らより幾分かマシだ。

……言っていて悲しくなるが、要は人より辛い仕事をやればやるほど儲かるのが、冒険者の仕事なわけだよ。文字の読み書きがそれよりも辛いことなのかは置いておくとしてだ。

一定数いてくれないと町が回らなかったりするわけで、必要最低限は欲しいが、余剰はたっぷりなのが冒険者。まあ、あまりいい仕事じゃあないよ。誰でもできるだけはある。

そんな冒険者のヒーロー的存在が、魔境に潜る冒険者だ。

彼らは命を懸けて魔物と戦い、肉や素材を獲得する。それを冒険者ギルドが買い取り、解体して肉は肉屋に素材は錬金術ギルドに卸す。そして肉は市中に、素材は錬金術師や魔法使い、魔術師ギルドなんかに売れていく。

正に誰も損をしない完璧なサイクルだ。誰もが初めはそんな冒険者に憧れて冒険者になる。

例外は魔境のことを知らない冒険者だ。そして例外は思った以上に沢山いる。

……魔境を知っている冒険者も、己の限界を知って、現実に打ちのめされ、町の小間使いに帰っていく。

才能があれば魔境でも成功する。無ければ努力して、霊地の採取者になれば食っていける。それ以外は悲惨だ。

……一応、年中小間使いだけでも一生懸命にやれば、大部屋じゃなくて、個室を複数人で使うくらいの余裕は出るんだ。

町の維持に最低限のお金しか払わない訳じゃない。力仕事だってある程度の給金は出る。汚れ仕事に至っては他の仕事よりも割が良かったりする。

じゃあなんで大部屋なのかといえば、冒険者が勤勉でないからだ。一度仕事をしたら二、三日休むのが冒険者なんだ。毎日働けば、それほど苦労せずに食っていけるってのに、何故働かないのか。

それは、魔境に潜っている冒険者と同じサイクルで仕事をしているからだ。魔境に入る冒険者は儲かる。が、神経を使う。常に警戒し、命のやり取りをするのだ。その分稼ぎはいいが、毎日潜れるほどの体力と精神力がある冒険者は、そこまで多くない。それこそ才能が物を言ってくる。

エドヴィン兄クラスの才能があれば毎日潜っていても苦にならないのだろうが、大抵の冒険者は、星一つか二つだ。それだと雑魚と呼ばれるクラスの魔物には楽に勝てても、稼げるクラスの魔物相手だと神経をとがらせて戦わないといけないのだ。だから、一日戦えば休息に二、三日使うのだ。万全の状態で戦うために。

後は戦い方っていうか、我流なのが足を引っ張ってるんだろうな。何処かの流派なんかがあるのか知らんけど、冒険者の多くは戦い方を現地で学んでいっているから無駄が多いんだろう。

その点、平民落ちした貴族なんかは、しっかりとした剣術ってのを習ったりしている場合が多くて、星が少なくても何とでもなるって言ってたっけ。貴族に産まれると才能や環境関係なく七歳から六年間貴族学校に放り込まれる。そこで社交をするなり、冒険者への道筋を付けるために努力したり、錬金術師や魔法使いの学校に入る準備をしたりと様々なんだって。

……この時に初めてジュディさんが平民落ちした貴族だって教えて貰ったっけ。家を継がない男や、結婚しない女は積極的に家から出されるらしい。まあ、跡取り以外要らんし、仕方ないのかもしれないが。

どういうことかと言うと、成功している冒険者の多くが、平民落ちした貴族だということだ。

そんなことを笠に着ることはしないが、錬金術師や魔法使いにも元貴族は多いみたい。

何とも面倒くさい世界に足を踏み入れようとしているんだな、僕は。家を追い出す予定といえども、教育にお金をかけるのが貴族ってもんらしい。あいつは家を出たから知らんとはならずに、悪行は他の貴族に突かれる点にしかならないらしい。だからジュディさんも家の評判は気にするんだとさ。追い出されてんのにね。

なら平民の冒険者はどうなのかと言われれば、殆どが七歳から冒険者になり、文字の読み書きも覚えずに魔境や霊地に行き、身の程を知って支度金を使い切る。

後は町で冒険者業に勤しむもの。霊地で素材を採取するもの。怠惰に呑まれてそのまま亡くなるもの。様々であるが、殆どの冒険者が最底辺から抜け出せずにそのまま終わってしまう。本当に世知辛い。

4

じゃあ僕はどうなるのか。と言われればまずは七歳からでも登録できる冒険者になるわけだ。

そして、様々な霊地を回って素材を回収する。ここで魔境に一度は行っても良いのかもしれないが、錬金学術院には戦闘訓練をつけてくれる派閥があるらしい。鉄迎派と言って、錬金術師たるもの自分で素材を採ってこなくてはどうするのか、という教義に則り、魔境で通用する訓練を行うらしい。

ここに元貴族は少ないとのことだ。殆どの平民が少しは鉄迎派のお世話になるらしい。苦学生をするには魔境にも行かないといけないらしいからね。だからそこで訓練をしてからでもいいかなって思っている。

……ただ、冒険者の義務的には武器は持ってないといけないんだよなあ。

冒険者の義務は基本的には普通のことだ。人を殺めてはいけませんとか、人のものを盗んではいけませんとか、人の物を壊してはいけませんとか。はっきり言ってそんなことまで言わなあかんかという決まりが殆どなんだとか。

ただし、魔物を街道で見つければ討伐義務が発生する。これを見逃すと、冒険者証が黒ずんでいく。逃がすのは大丈夫らしいが、逃げるのはダメらしい。

一番初めは、乳白色らしかった。ジュディさんのも乳白色だったし。どんな魔道具なんだよって感じだよな。

だから、冒険者登録をする際に必ず、武器を所持していることが義務なのだ。

……親からの支度金はまず、この武器に使われる。だから僕も次の町で武器を手に入れる必要がある。武器に使い切るのは只のアホだ。食事のことも宿のことも考えていない馬鹿野郎だ。

……この時どんな武器を手に入れるのかが問題だ。

一番安上がりなのは魔鉄武器だ。

魔物の体の中には必ず魔鉄と呼ばれる魔石と鉄が合わさった物が入っているらしい。これが一番手に入りやすく、一番安い。……この魔鉄を製鉄して鉄の剣にした方が強度が上なのだ。

なので普通の鉄の剣の方が高価なのだ。ただし、製鉄した鉄と錬金術師が作った魔石を合わせて作った合金の魔鉄製の武器はもっと高い。魔物の中の魔鉄は本当に最低品質の魔鉄なんだと。高品質の魔鉄をちゃんと作れる錬金術師にならないとね。

そんな訳で、武器に関しては張り切って設えるのは錬金術師になってからでいい。今はとりあえず、街道で自衛ができるような武器があればいい。

……でも、お金もあるし、最低限の魔鉄武器っていうのもなんだかなあ。って思っているので、普通に鉄の剣を買う予定だ。

ただし、重心とか体に合うかとかは、考えて選ばないといけない。幸いなことに剣士の才能を貰っているから、そこらへんは才能任せでいいと思う。どうせ数打ち品なんだし、オーダーメイド品のようにはいかないからね。

後は盾を買うかどうかなんだが、これに関しては剣を選んでからでないと解らないからね。

両手剣なんてものが今の体に合う訳がないが、片手武器を両手で扱う可能性は十分にあり得る。まだ体ができていないお年頃ですからね。身体強化自体はできるんだけどさ、流石に無理っしょ両手剣は。

因みに今は七歳で一四五㎝くらい。一二歳で一八〇㎝くらいにはなりそうなんだよね。父さんもそれくらいだったし、シャルロ兄も一一歳で一七〇㎝を超えていたんだよね。

ほんとこの世界の人間って早熟。

5

時刻は昼を回って少ししたくらい。漸くカウツ町に到着した。歩いていたら夕方ごろだったろうが、走ったからね。

……どれ位走ったんだろう。ざっと五～六時間は走ったんじゃない？　まあ、マラソンよりも遅いくらいでしか走れないけど。

さて、まずは武器屋を探さないといけないんだよな。

……町の門にいる見張りの人に聞けば良さそうかな。二人立ってるのは恐らくそういう人たちでしょ？　この町の代官かが雇っている兵士って感じだろう。……村から行く人も兵士になれないのかな。町出身じゃないといけないとかの決まりがありそうだけどさ。

「お、この時期となると冒険者志望かな。身分証はまだないよね。名前と村の場所を教えてくれるかな」

「ヘルマンです。錬金術師志望ですが、冒険者にもなります。村はここから歩いて一日のところです。僕は走って来たので、少し早く着いたと思いますが」

「ははは、元気で何より。ここから一日だとダーリング村だね。……証言に嘘はなし。ようこそカウツ町へ」

「ありがとうございます。それと武器屋を教えて欲しいです。武器を買いたいので」

「冒険者になるんだったら武器は必要だもんな。町の南西部に自由市があるんだ。そこになら数打ち品が安く手に入ると思うよ」

「南西部ですね。早速行ってみます。後、冒険者ギルドは何処ですか？」

「町の真ん中、冒険者広場の所にあるよ。剣と盾の看板だ」

「ありがとうございます。では行ってきます」

「気を付けてな」

ここは北門だから、南西部までは少しばかり距離があるな。まあ、ゆっくりと町を見てみながら歩いて行きましょうかね。

……ざっと三〇分くらい歩いて町の真ん中らしき場所に着いた。冒険者広場って言ってたっけ。村の教会前広場よりも広いが、やってることは一緒だな。冒険者が泊まるテントが沢山ある。んで、冒険者ギルドが、あそこっと。教会も真ん中にあるんだな。井戸も真ん中。本当、村の教会前広場を広くしただけって感じだな。

……火事も似たような頻度であるんだろうか。あるんだろうなあ。しかし、ここまで歩いてきたけど、村と大差ない。土と石の家だし、道も土だし。規模の大きい村って感じだ。でも村には自由市なんてものは無かった。さっさと行ってみましょうね。

ということでやってきました自由市。真ん中から南西部にかけてが市場らしい。……一応奥には住宅や、工房なんかもあるらしく、南西部全部が市場って訳じゃないみたいだけど。

早速剣を扱っているお店を探すぞー。広いから何処を通ったかも忘れそうだね。一応一つの方向に向かって歩いているけど、左右にお店が並んでいる。簡単に言ってしまえば屋台市って感じだな。場所は決められているが、店は決められてないって感じで。

多分、何処が食料品でみたいな棲み分けもあるんだろう。鍛冶場区分の場所を見つけないと。

……声をかけた方が早いか。

「すみません。剣なんかを扱っているところは何処ですか?」

「それならあっちの方だよ。鍛冶場の連中が出しているのはあっちの方だからね」

「ありがとうございます。行ってみます」

指で指された方向に向かいながらきょろきょろと武器を探す。

……『エクステンドスペース』が使えてしまえば悪さができるんだろうけど、そんなことをしたら、直ぐに冒険者証が真っ黒になってお縄になると。防犯も兼ねているんだろうね、冒険者証は。

五分も歩けば直ぐに分かった。ここが鍛冶場のスペースだ。調理器具から色々な鉄製品を置いてある。

まあ殆ど魔鉄製品だけど、武器はーっとこの辺からかな。どんな武器がいいだろうか。扱いが簡単そうなブロードソードがいいかな。それとももっと幅広にするべきか。逆にレイピアぐらい細くてもいいな。

……レイピアにしようかな。長さは長すぎない方が使いやすそうなんだけど、標準が七、八〇cm程っぽいんだよなあ。

んー、このブロードソードだとちょいと重いか、やっぱりレイピアだな、重さ的に。鉄製の手に馴染む様な物があればいいんだが。

最悪、レイピアをツーハンドで使おう。まだ体に比べて長い。『エクステンドスペース』があるから鞘が要らないのはいいよね。……全部鞘付きで売ってるけどさ。場所に困っては帯剣したままだろうし、そこはね。

お、マンゴーシュだ。レイピアを片手で使うなら持っておいてもいいよなあ。投げるのにも使えるし。……んー、このレイピア他のより軽い気がする。手にも馴染むし。

「ちょっと振ってみてもいいですか？」

「ああ。だが、地面にはぶつけんでくれよ。大事な商品なんだからよ」

そう言われたので、早速振ってみる。やっぱり軽いな、他のレイピアよりも。多分重心が持ち手の中心くらいにあるんだろう。手にも馴染むし、気に入った。

「おっちゃん、このレイピアにするよ。気に入ったから。後このマンゴーシュもセットで」

「れ、れいぴあ？　それとまん何だって？　……まあその剣が気に入ったってんなら売ってやるよ。こう細くれて見えてもそいつが自信作でな。後はその投げナイフだったな。……坊主、金の方は大丈夫か？　二つで中金貨五枚だぞ？　全部鉄製だからな」

「金額は問題ないです。――――これで大丈夫ですよね」

「おお！　あるなら問題ねえ。あんがとよ坊主」

レイピアって言葉もマンゴーシュって言葉もそういや前世の知識だったか。とりあえずこっちでは細身の剣と投げナイフってなってるんだな。

よしよし、武器も気に入ったのがあったし、ちょっといい感じじゃないか。このままちょっと魔境に……ってのが失敗パターン、大丈夫。傲慢さんはご退場してくださいよ。それじゃあ冒険者ギルドに登録に行きましょ。

6

冒険者広場は盛況だった。春の暖かい日だからテント生活でも十分にやっていけるのであろう。

……僕はどうしようかな。宿を取ってもいいんだけど、野宿生活もいいかな。となるとテントも買わないとなあ。

まあまずは冒険者登録からだ。冒険者ギルドの中に入る。受付の他には、通路と、二階に上がる階段と、そのくらいか。通路の方には部屋が何部屋かありそうだ。

……階段の下のはクエストボードかな。今は殆ど残ってないけど。多分、読めなくても受付に持っていけば読んで貰えるんだろうな。ランダムクエスト状態なんだろうなあ。さて、暇そうにしている受付に行きますか。

「すみません。冒険者登録をお願いします」

「文字の読み書きはできるかしら？　できるならこれに名前を書いて頂戴。無理なら代筆するわ」

「自分で書けます。ペンを貸してください」

受付のおばさんからペンを受け取りさらさらっと自分の名前を書く。それを受付のおばさんに渡す。

「ヘルマン君ね。ちょっと待ってね」

何かの魔道具だろう。それにさっきの紙を入れ込んだ。

……なんでそうなるんだろう。乳白色の冒険者証になって出てきた。

「はい、これが冒険者証よ。なくさない様に。なくした場合は黒色からの再発行になるから気を付けるように」

ペナルティは黒色スタート、ということは一定期間放っておくと黒から白に変わるのか？　軽犯罪なんかを時間で許すみたいなもんなのかな。……まあ、余り納得いかない話ではあるが。

「それと冒険者の心得をここの書庫から読んでおくように。書庫は二階にあるから、札があるからすぐにわかるわ。後はこれ、テントセットよ。初回のプレゼントだから大切に使いなさいな」

「わかりました。保存食なんかは自由市で買えばいいですか？」

「ええ、そのあたりのやりくりは冒険者個人の裁量に任されています。後、くれぐれも火事に気を付けるように」

テントセットを『エクステンドスペース』に仕舞って、先に二階に行って冒険者の心得を読んでおこう。

大体は聞いているけど、何が載っているんだろうか。階段を上って突き当たり、ここは支部長室。

……これ文字読めない奴への罠じゃないだろうな。その隣が書庫となっている。……勝手に入って問題ないんだよね。

「おじゃましまーす」

この辺は小心者丸出しである。

とりあえず書庫に入ってみる。……少し埃っぽい。暫く使ってない感が凄いな。本棚はそんなに多くない。小部屋に両サイド本棚がずらりと並んでいるだけ。それに本もそんなに入ってない。見たところ、一〇分の一埋まっているかといった所だ。……しかも同じ本が何冊もあるなこれ。冒険者の心得だけで横一列使っちゃってるよ。そんなに読む人いないだろうに。

……立ち読みでいいか。明かりは魔道具か錬金アイテムか解らないが、明るいし。

……本当に常識的な事しか書いてないぞ。人に危害を加えない、だとか。人の物を盗まない、とか。マジかよ。子供に教える事だろ。

……ああ、僕はまだ子供だった。だからいいのかといえば、良くないが。文字も大きいしどんどんと読み進める。

ああ、有益な情報もあるな。教会前広場の使い方とか、乗合馬車乗車時の義務とかそのあたりは有益だろう。

ふむふむ、教会前広場使用時のトイレは村長の家のを使えばいいのね、有料で。その辺でしないとか書いてあるが、無視だ無視。

後は乗合馬車に乗っているときは魔物の討伐権は乗合者にあって、御者には無しと。討伐は早い者勝ちで、解体や放置はせずに最寄りの冒険者ギルドに届けることと、どのあたりで出たのかの報告義務があるのね。なるほど。

後は乗合馬車は基本的に村で一泊すると。その時は教会前広場で寝泊まりしないといけないんだね。

……他はまあ、常識的な内容である為割愛。適時こうだったってのを紹介すればいいか。

他の本は、ヨルクの林の採取物一覧がある。これは僕も読んだやつだな。

基本的には貴重な素材しか載せてないものだが、貴重ではないものは大した使い道が無かったり、下位互換だったり、安かったりで、何ともならんのですよ。

おっ薬草学大全もある。これもジュディさん所で読んだな。読んだ後にこの辺では採れないものも多いけどとけらけら笑ってたっけ。本当に読めるかのテストだったみたいなんだよね。

後は、セレロールス子爵領の霊地と魔境についての本だな。本というより地図だなこれ。

何々、地図によるとセレロールス子爵領は縦長の長方形か、解りやすくてよろしい。

……電話の番号ボタンで例えようかな。一の所にサントの森があり、三の所にカスタ高原、五の所にヨルクの林、七の所にジェマの塩泉、九の所にレールの林、＊の所にカンパノの森、＃の所にラーラの沼地の計七つの霊地と魔境があるらしい。

因みに魔境はサントの森とジェマの塩泉の二か所、他は霊地だ。

うーむ、何の属性が採れるかとかは書いていないな。本も無いみたいだし。まあ、ここはヨルクの林の本があれば十分か。後は領都の錬金術ギルドで聞いてみよう。

一階に戻ってきて受付のおばさんに声をかける。

「冒険者の心得を読んできました。あの、領都に出る乗合馬車って何処に停まるか教えて欲しいんですけど」

「乗合馬車はこの冒険者広場の端の方に幌馬車がいるだろう？　それが基本的には乗合馬車だ。行先は御者に聞きな。朝になったら行先を叫んでいるからそれを頼りにしな」

「分かりました。ありがとうございます」

そう言って冒険者ギルドを後にする。

7

乗合馬車は確かに冒険者広場の端、東西南北に分かれて置いてある。……領都は南だから南側の馬車に乗りこめば良いのかな。

っと、その前に、自由市で保存食を買ってかないとね。基本的には麦粥を食べたいよね。麦とキノコはストックが沢山あるからキノコ粥はできるんだ。

後は干し肉とかあれば嬉しいかな。……高いかな、干し肉。町だと兎や鶏を家畜にしてるって言ってたからあるとは思うんだよね。魔境にジェマの塩泉ってあったから塩は安いだろうし。

……一応、見つけたには見つけた。一袋大銅貨五枚。兎らしいんだけど、二羽分くらいの分量で大銅貨五枚でいいんだ。安い……よね？

素材の物価しか解らない。麦は両親からの餞別ってことで収穫の時に貰った物だし、キノコは林で採った物。後の比較が錬金素材。錬金素材に比べれば安い。だが、これが本当に安いのかは解らんぞ。

でも買う。タンパク質は大事よ、大きくなりたいんだもの。とりあえず六袋買う。小銀貨三枚だけど、この量で採算とれるんだろうか。……まあ、半分放し飼いみたいなものなのかもしれない。

後は、塩。調味料は偉大だ。これ一つでただのキノコ粥の味が深まる感じがするのだ。うちで食べてた時はそうだった。だから塩も大甕で購入。大銅貨三枚とお安い。多分。

これで準備は……あー、燃料もいるわ。スライム燃料。ゴミ捨て場は何処にあるのかな。多分冒険者広場に近いところにあるはず。村も教会前広場の近くにあったし。

……あった。村よりも大量のスライムがいるが、溢れてるな、流石町。最低でも二〇日分くらいは持っておこう。

スライム燃料を四〇個ほど拾って『エクステンドスペース』へ。まだまだ沢山落ちてるけど、余り拾いすぎるのも良くないよね。

冒険者広場の南側、明日出発の乗合馬車を探す。

馬はいいとして、何だろう、大きなヤギみたいな白いのもいるんだけど。後は鹿？　茶色い角有の動物、何だろう。まあ、いいか。乗れれば。

明日領都方面に出発する馬車がいれば声をかけてくれるだろう。さっさとテントを張って晩御飯にしよう。

テントセットにはテントと寝袋、火打石、小鍋一つと鍋用の三脚があるだけ。あ、スプーンもあったよ。でもこれで十分。

井戸水に麦とキノコ、干し肉を入れる。干し肉に塩が効いてそうだったから今回は塩なしで作ってみる。

煮込むこと二〇分くらい、美味しそうな匂いが漂ってきた。

では、いただきます。……うん、塩は入れなくて正解。これでも塩がきついくらいだ。でも、初めての自炊、何とかなるもんですなあ。

火の処理をして、……このスライム燃料はまだ使えるのだろうか。結構燃えてたと思うんだけど。とりあえず『エクステンドスペース』にキープ。もったいない精神は大事。使えたら儲けものと。

さてさて、明日の朝に備えて寝るとするか。

第十四話　才能に愛される？

1

朝、寝起きはまずまず。

真ん中の共同井戸で顔を洗ってご飯の用意だ。

……冒険者ギルドの前が殺気立ってる。少しでも割の良い仕事に有り付こうと必死だな。文字は読めないが、数字はなんとなくだが理解しているって感じかな。

基本、受付の人に読んでもらうんだろうけど。その時に一喜一憂するんだろうな。

まあ、僕には関係ないので、ゆっくり食事をさせて貰いましょうか。今日もキノコと干し肉の麦粥だ。干し肉は昨日ほどには入れないでおこう。昨日は塩気が強すぎたもんね。

食事を終えて鍋なんかを洗い、テントを片付けて馬車近くで待機。僕が乗るのは領都セロニア行きだ。

……そう言えば領都にはマリー姉がいるんだったな。まあ、会わないだろうけど。

「セロニア行き〜七日〜セロニア行き〜七日〜」

「セロニア行き〜一一日〜セロニア行き〜一一日〜」

「セロニア行き〜五日〜セロニア行き〜五日〜」

セロニア行きの馬車が三台ある。……寄り道するかしないかが日にちの差かな。寄り道無しで行くよねそりゃあ。

「すみませーん。セロニアまで乗りまーす」

「セロニアまでは大銅貨五枚だよ。冒険者証はあるかい？　……白だね。よし、大丈夫だ。先払い大銅貨五枚だ。――――乗りな」

「この馬車でいいですか？」

「ああ、問題ないよ。セロニア行き〜五日〜セロニア行き〜五日〜」

とっとと幌馬車に乗り込む。

座る場所に寝袋を折って重ねてそれに座る。冒険者の心得に載っていた乗合馬車の常識らしい。

馬車なんて初めて乗るから少しワクワクするな。……それにしても誰も乗ってこないな。僕一人だけか？　いやいや少し早かっただけだろう。……でも村でもあんまり乗合馬車って通ってなかったんだよね。

大丈夫かなあ。出入り口できょろきょろしているが、七日と一一日の方に乗っている人も多い。

……もしかして日にちが長い方が安いのか？　それとも村に滞在する時間が欲しい行商人なのか

な。

　でも行商人って基本歩きのイメージだし、こっちは最短距離料金で高いのかもしれない。

　結局こっちの馬車には誰も乗ってこなかった。

　……僕が乗らなかったらどうなってたんだろう。空荷でも出発するんだろうか。

　今回は僕だけの利用の様だし、乗合馬車の御者って一応公務員みたいなもんらしいからね。

　才能がなくてもなれる職業、冒険者よりもよっぽどいいと思うんだけどなあ。倍率高いんだろうな。馬とか変な動物の維持費も領主様持ちだもんね。

　給金の他に駄賃としての乗車料を払う。所謂チップなんだよね。その代わり、村々を巡り、報告書を上げないといけない。凶作や人死にが多いとかを代官や領主様に報告書で上げる。

　だから、文字の読み書きが必須技能なんだよね。……文字の読み書きができるのは大きいよね。仕事の面でも。

　さてさて、いよいよ出発だ。幾ら錬金術師が昔に道を造ったっていっても、維持管理は必要なんだよね。まあ、それも錬金術師の仕事なんだけどさ。確か、黎明派っていう派閥がそんなことをやっているって聞いたかな、ジュディさんから。

　その維持管理をしなきゃいけないって報告も御者の仕事なのだ。公務員っぽいのもそんな仕事ばかりあるからなんだけど。

それにしても、思っていたほどは揺れないんだな。サスペンションも無い幌馬車なのに、道がいいからなんだろうけど。

それでもお尻に来る震動はある。寝袋を座布団にしていないと真っ赤になる奴だよ。ちゃんと冒険者の心得を読んでおいて良かったね。

2

何事もなく馬車に揺られること半日、まだ日が明るいが、村についたので今日はここで一泊だ。

……ここの教会前広場には冒険者がいないな。テントが一つもないもの。

早速テントの準備をして、時間が余ったぞ。……素振りでもしようか。今回の乗合馬車は僕しか乗っていない。ということは、魔物が襲ってきたら僕が対処する他ない。

武器は右手にレイピア、左手にマンゴーシュの二刀流スタイル。この世界では、若干変則的なスタイルだとは思うが、レイピアが手に馴染んだんだもの。

レイピアには盾よりも短剣ってイメージなんだよね。前世の記憶のせいで。教会前広場で素振りを開始する。若干子供たちの視線を感じるが無視だ無視。そんな事よりも自分が死なない方が大事。羞恥で命は拾えないのだ。

……なんといいますか、才能の力ってスゲーと思います。レイピアを振る軌道っていったらいいのかな。どう振ったらいいのかが見えるような感じがするんだよね。

そしてその通り振るうと確かに体に負担にならないような軌道を剣が描く。そして次の軌道が見える。

選択肢は幾つかあるんだ。その中の一つをなぞるように剣を振るう。身体強化もしているが、それにしたって剣に振り回されることはない。しっかりとした剣筋が見て取れる。

才能スゲー、これはもうチートなのでは？

いかんいかん、傲慢退散傲慢退散。できることとできないことはある、オーケー？

……よし。でも本当に才能さんは凄いな。何をしたらいいのかが大体でわかるってのも大概にぶっ壊れでは？

星を六つも振って貰ったエドヴィン兄は今頃どんな剣士になっているのやら。星三でもこれだけできるのだ。星六ならば……どうなんだろうね。未知の領域にまで踏み込むのかね。斬れないものでも斬れそうだ。

そんなこんなで素振りをして、少し休憩と素振りを止める。

そうすると後ろから拍手が聞こえる。誰だよ？　と思って振り返ると、御者さんが手を叩いていた。

見世物でもなかったのだが、型稽古にでも見えたのだろうか？　しかし、拍手をされるほどの腕ではないと思うのだよ。まだ実践の経験もないし。

「いやー、見事だったよ。綺麗な剣筋だ。才能に愛されている、そんな剣筋だった」

「才能に愛されているですか？　星の数ではなく？」

「そうだよ。星の数は関係ない。……いや、無いことはないが、星が少なくとも才能に愛されることはある。少年の剣筋は正にそれだったよ。我流ではあるが、無理のない振り、切れ目のない繋がりを感じる剣筋、それを無才であるとは思えない。星があり、尚且つ才能に愛されていないとその年では到底無理だ。そんな領域に達していた素振りだったよ」

「ありがとうございます？　でもよく解らないです。才能の軌道に合わせて振っていただけなので」

「やはり、軌道が見えていたんだね。普通は幾ら星が多くたって、ある程度修練しないと剣筋の軌道が見えるなんてことは無いからね。それがそんな年端もいかない少年がまるで見えているかのように剣を振るっているんだ。才能に愛されてでもない限り、そんなことはあり得ない」

「……才能があれば、星があれば軌道って見えるものじゃないんですか？」

「見えないものも多い。……いや、見ようとしていない、という表現の方が正しいのかもしれない。少年の場合は、才能に身を任せたのがいい方向に向かったようだね。才能が無理のない剣筋を教えてくれていた。幾ら才能があろうとも、我流で剣を振り回すだけなら、失礼だが、星一つも一〇個も変わらないといわれているからね。……それでも星一〇個だと直ぐに違和感を覚えるものだし、正しい剣筋の数が増えると言われているがね。逆を言えば、星一つでも、才能に愛されていれば違和感を覚えやすく、正しい剣筋になっていく。上達するスピードは星の数がモノを言う。ただしそれは正しいレールに乗った者の話だ。脱線していては何時まで経っても前には、上達はしないものなんだよ」

「……なるほど、失礼ですがあなたは元貴族ですか？」

「ああ、そうだよ。剣士に星を二つだけ振られた、何の変哲もない元貴族の御者だよ。六年間も剣を振り続けてきたんだ。星二つでも剣筋をちゃんと見えるようにはなっている。ちゃんと才能が愛してくれているよ。……なんで冒険者にならなかったんだって顔だね。理由は簡単さ。御者になるタイミングが合ってしまったんだよ。初めは冒険者をやっていたよ。でもね、御者にならないかと知り合いの貴族家から声がかかってね。星二つじゃどうやっても上にはいけないから、その時に辞め時だと思ったんだよ。だからこうして御者をやっている」

「一応納得はいきました」

「これでも自分で折り合いはつけているつもりだ。でも、少年の才能は私よりも上の様だ。少し羨ましいよ。これでも、初めはサーガに憧れた冒険者だったからね」

「僕だって星三つなので大して変わらないと思います」

「あれで星三つなら相当才能に愛されていると思うよ、私は。いいところまでいけそうな腕になりそうだよ」

「でも、目標は錬金術師になることなので」

「なるほど、すでに目標が決まっていることは良いことだ。錬金術師でも戦える才能は有用だ。鉄迎派なんかが有名だからね。剣の才能が腐ることは無いはずだ」

何ともまあ、元貴族なのに御者とはね。

色んな所に居るものなんだなあ、元貴族って奴は。……多分、就職に有利なんだろうな、元貴族って肩書。色んな所にこれからも出てきそうだ。

前世の記憶には貴族って奴は碌でもない奴らばっかりで、傲慢に呑まれてそうな奴らって印象なんだけど、やっぱり前世の記憶は当てにならない。

3

休憩も終わり、素振りを再開する。

……剣筋に身を任せるだけの素振りでも、御者さんの言っていることが正しければ意味がある行為なんだと思う。

才能が愛してくれているってのもなんとなくだが分かったような気がする。才能がこっちだよと教えてくれているってことだもんね。

正しい剣筋での素振りは、無駄のない筋肉を作るはずだ。僕にはこれがあっているという証拠なんだろう。

夕方までみっちりと素振りをして、少々催してきたので村長さん宅にお手洗いを借りに行く。ちゃんと小銅貨一枚を支払い使わせてもらう。これも冒険者のマナーらしいからね。

そして共同井戸で手を洗ってから今日もキノコと干し肉の麦粥だ。料理というほどでもない。普通に炊いただけだからね。キノコも保存瓶に入れておけば傷まないもんね。

これは食べる用だから一〇個ずつと言わずにぎゅうぎゅう詰めにしてあるけれど。保存瓶は便利。きちんと火の後処理だけして食器を井戸で洗い、就寝。スライム燃料はまだ一個目が使えているのを見ると四〇個は欲張りすぎたかもしれない。

朝、寝袋もそんなに悪い訳ではなく、しっかりとした睡眠を取れている。

ただし、農家の朝は早いのだ。日の出と共に働き始めるくらいなので、起きるのはまだ日も上がってない午前時、井戸で顔を洗って、朝ご飯の準備。大体三回で一個のスライム燃料を使い切るくらいかな。

てことは、四〇個は欲張りすぎたか。今度からは気を付けよう。

食事を終えて、村長のお宅に一応行っておいて、出発まではレイピアの素振りだ。しっかりと鍛錬しておかないと、今回の旅に魔物が出てきたら僕が全て対処しないといけないんだから。少しでも体が動くように準備しておかないとね。

いい感じに体を動かしたところへんで、僕の方に声がかかる。

……どうやら出発するらしい。『エクステンドスペース』に剣を仕舞い、寝袋を取り出して座る。

そしたらまたごとごとと、幌馬車が進んでいった。まだまだ二日目、飽きが来るのは早いぞ。

第十五話　初めての戦闘、初めての錬金術ギルド

1

あれから無事に馬車旅を続けて揺られるだけの旅は飽きました。

何かこう刺激が欲しい。いや、襲撃希望ではなくてですね。何か無いものかと期待してしまうんですよ。

まあ、それでも毎日訓練は欠かしてませんとも。本当に襲撃があったら堪った物ではない。

……しかも御者さんからも、この辺りから魔物が増え始めるという話でしたし、はぐれの魔物の襲撃に備えて待機している間から緊張しているわけですよ。

確かこの近くにジェマの塩泉があるって話ですし、気を付けるには越したことは無い訳です。

……そしてそんなときに限って、しっかりとフラグを回収してしまう訳ですよ。

ピー――――

ほらほら来ましたよ、この笛は魔物接近という合図です。本当に来やがりましたね此畜生。

「少年、前方ゴブリンが三匹だ。やれるかい？」

「やります！」

「いい返事だ。無理だった場合はこっちで対処してやるから、思いっきりやってみな」

さて、尻ぬぐいはしてくれるようで。さっさと初陣といきますかねえ。……こう見えて小心者、緊張してますよ、ええ。

馬車の一〇歩程前に布陣して前方から走ってくる魔物、ゴブリンを見る。……僕より小さい、緑色の肌をした痩せこけた子供のような姿だ。三匹が思い思いにこっちに向かって走ってきている。一匹が突出していて、後の二匹は二歩程の差しかない。

……意外と冷静に観察ができていることに僕が驚いているが、そう余裕があるわけもなし、出たとこ勝負ですよ。

右手、レイピアを持つ手を中段に、半身の構えだ。一応左手にはマンゴーシュも持っている。……でもマンゴーシュを使うまでに決めたいところだよね。

一番前のゴブリンが、こちらの間合いの外から跳躍してくる。跳躍してくれたのは有り難い。これなら狙いを定める時間ができる。才能に身を任せる。

軌道はゴブリンの喉元に突き、っ今！

右足を前に出すと同時に、レイピアを前に出す。ゴブリンの首を貫通してレイピアが刺さる。それを重さを利用して回転するように右足を後ろに引きながら振り払うようにレイピアを抜く。

あと二匹。前の一体を右足を前に出しながらの逆袈裟で斬り飛ばし、さらに左足を軸にして、右足を引きながらの水平斬りで三匹目の首を飛ばす。

あと一匹。転倒したゴブリンの側までいき、首を刎ねて戦闘終了。

ふー。なんとかなりました。

ゴブリンの死体はちゃんと『エクステンドスペース』に三匹とも放り投げて後片付け終了です。

少し返り血を浴びましたが、許容範囲といったところでしょう。初陣にしてはよくやったと僕を褒めてやりたいくらいです。

馬車に戻っていくと、御者さんが拍手で迎えてくれました。ありがとうございますと言いながら幌馬車に戻る。いやー、拍手されるとなんだかむず痒いですね。

馬車を進めながら御者さんが話しかけてくる。

「いやー素晴らしかったよ。本当に初陣かい？　綺麗に決めてたじゃないか。やっぱり君は才能に愛されているよ」

「ありがとうございます。でも戦闘でめいっぱいでした」

「そうかい？　驕らないことは良いことだけど、もう少し自信を持ってもいいよ」

「遠慮しときます。傲慢が怖いので」

「ははは、なるほど。もう傲慢に呑まれそうなめに遭ったのかい。それじゃあ仕方ない。……そう言えば、返り血を浴びていたね。初級ポーションは持っているかい？　一応戦闘があったら飲んでおいた方がいいよ。無いなら町に着いてから原価で売ってあげるよ。小銅貨五枚だけど、どうする?」

「分かりました。町に着いてからでいいので売ってください」

2

やっぱりゴブリンがいたのは魔境に近いのが関係しているんだろうか。ゴブリンでも緊張はするものだな。まだ手が少し震えているや。

でもこれが初陣で良かったのかもしれないな。他の冒険者がいたらどうなっていたか解らないが、一人で三匹は、初陣にしては結構な重荷だったようにも思うけど、上手いことやれてよかった。

そうしてゴブリン退治の余韻に浸りつつ、次の領都はどんな所だろうかと思考を振り分けようとしたとき。

ピー――――

本日二度目の襲撃がやってきた。ランダムエンカウント振りすぎですよ、神様。

「少年、今度はゴブリン二匹だ。もうやれるね?」

「やれます」

「よし、それじゃあまた頼んだよ」

勝利の余韻にもう少し浸らせろや此畜生。

今度はゴブリン二匹。さっきのように才能に身を任せる感じで動けば大丈夫。さっきは迎え撃ったが、今度は打って出るよ。

走りながらすれ違う直前に半身になり、剣を水平に振りぬき首を飛ばす。まず、一匹。

右足を軸にして半回転しながら止まる。そして左足に重心を移しつつ、逆袈裟気味にゴブリンの首を刎ねる。これで二匹。

ふー、戦闘終了。おつかれ！

戦闘の後片付けは簡単だ。『エクステンドスペース』にゴブリンをちゃんと収納しておしまい。

後片付けが簡単でよかったよ。

「今度は速攻だったね。慣れてきたかい？」

「上手くいって良かったです。先にポーションを売ってください。小銅貨五枚です」

「はい確かに。じゃあこれ渡すよ。毎度あり」

ポーションは緑色の液体だった。瓶は試験管のようなものにコルクのようなもので栓をしてある。

はえー、これがポーションか。こいつを飲めばいいのか？　多分飲むんだよな？　とりあえず馬車に乗ってから確認だ。

「これを飲めばいいんですか？」

「ああ、そうだよ。返り血なんかが口に入ってたりすると後で病気になったら怖いからね。一日でどうこうってのは無いから町に着いてから飲むといいよ」

「分かりました」

なるほどね、町に着いてからでいいのか。

……それもそうか。襲撃の度に飲んでいたらおなかがちゃぷちゃぷになってしまうからな。一日の最後に飲むって形で良いのかな。

んー青汁を飲む気分になりそうな色合いだな。率直に言うとまずそう。魔境だと毎日飲んでそうだな、初級ポーション。その味は如何にってね。

ピー――――

三度目は怒りますよ、神様。多分笑っていらっしゃるでしょうけどね！

「運が良いな、少年。またゴブリン二匹、前だ」

「速攻で終わらせます！」

停車した馬車から飛び降り、前に走って出る。さっきと同じように突貫する。

すれ違う直前に半身になり剣を水平に走らせ、首を飛ばす。勢いをそのままに、右足を踏ん張り、左足を前に出しながら、首元に突きを喰らわせて、これで終わり。全く、少しは勝利の余韻に浸らせてくれよ。

「ずいぶんと慣れたようだね、少年。その調子だよ」

「もうおなか一杯です。襲撃はこりごりです」

「ははは、そうかい。でもこの道で襲撃が三回も有ったんだから運が良いよ。他の遠回りの乗合馬車だと魔境に近い分もっと襲われるが、こっちの最短距離で三回も襲撃に遭う少年は運が良いのさ」

遠回りの馬車は襲撃狙いの冒険者たちか！　移動優先のこっちの馬車は実入りが少ないから人気がないのか。

……それでも三回も襲われてるんだけどね！　もう少しゆっくりとしていたい。切実に。小銭稼ぎは別にやりたいわけじゃないんですよ。……もうサイコロは振らないで下さい神様。

3

その後は襲撃の音沙汰もなく、領都に着いた。いや、四回目が有ったら切れてたね。普通の冒険者なら幸運を持っているなと言われるかもしれないが、移動したいだけの僕にとっては不運でしかない。

という訳で、早速ポーションを飲んでみる。……見た目に反して味はフルーティー、何の味かまでは解らないが、美味しかった。緑の癖に。……まだポーション瓶使えそうだな。取っておこう。

御者さんから降りろとは言われてないから、町中でも乗っているけど、何処まで乗ってていいんだろう。

……暫く乗っていること三〇分強、馬車が止まった。どうやら終点らしい。

……領都にも冒険者広場があるんだな、教会もあるし、冒険者ギルドもある。他は解らないけど、各種ギルドがここに集まっているとみていいだろう。

まあ先に冒険者ギルドに報告だな。襲撃があった場所と規模、それと魔物の買取までがセットだからな。冒険者としての義務を全うせねばなるまいて。

「さあ、終点だよ。またの利用を楽しみにしているよ、少年」

「ありがとうございました。それじゃあ僕は報告に行ってきます」

「初めてだろうが、簡単だからそんなに構えなくとも大丈夫だよ」


冒険者ギルドに向かう。

「すみません、カウツ町から来たんですが。魔物の襲撃があったので報告しに来ました」

「ありがとうございます。向こうの小部屋で対応しますので、そちらに移動してください。その後に部屋の中のベルを鳴らしてくださいね」

「？　分かりました」

とりあえず、受付の人に言われたとおりに小部屋の方に向かうが、どの小部屋だろう。未使用としか書いていない扉が片側だけに沢山あるんだけど、まあ一番近くのでいいか。

中に入ると、カウンターでこちらと向こうが仕切られており、向こう側にも扉があるぞ？　こっちからはカウンターを乗り越えないと行けないんだが。

……まあベルを鳴らせって言われたから、カウンターの前にあるベルを取って鳴らす。カランカラーンと音が聞こえたのは向こうの扉の奥からだ。

……対になる錬金アイテムかな？　暫くすると向こうから扉を潜り、受付の人とは違う人がやってきた。

「何の用だね？」

「あの、乗合馬車の襲撃の報告に来たんですけど、受付の人にここに行ってベルを鳴らせと言われたので」

「ああ、初めての利用なんだな。ここは襲撃の報告をしたり、魔物の買取をしたりする部屋だ。用があればここに入りベルを鳴らす。そうすると対になるアイテムが鳴るから、そこに職員が入って対応する。それで、襲撃の報告だったな。今地図を出す」

そう言うと説明してくれたお兄さんが『エクステンドスペース』から地図を引っ張り出して広げる。

……うわぁ、大雑把だけど、村の位置とかが全部わかるようになってるんだ。……凄い村の数が多いね。対して町の数が少ない。

セレロールス子爵領はもしかして穀倉地帯とかなんだろうか。家もかなりの大きさの農地を持っていたからなあ。

「えっと、カウッ町がここだから、ここです。領都とその手前の村との街道です。襲撃は3回、全てゴブリンでした。3匹、2匹、2匹でした。報告は以上です」

「報告ご苦労。それで、ゴブリンの死体は七体だな。買い取るのでここで出すように」

ゴブリンの死体を七体分全部出すと、一応数だけ確認してくれたようで、うんうんと頷いていた。

何の頷きなのかが解らない。

「では、報酬の小銀貨七枚だ。受け取りたまえ。ではまた」

そう言って向こうの扉から出て行った。なんだか忙しそうな人だったな。

まあ、本当に小銭にしかならないな。もう襲撃はいいや。

4

受付で錬金術ギルドのことを聞く。

「すみません。錬金術ギルドの看板を教えて欲しいんですが」

「錬金術ギルドはポーションに快命草が絡みついた絵ですよ。見たら判るはずです」

「ありがとうございます」

冒険者ギルドを後に錬金術ギルドに向かう。ここも基本土と石造りの建物だな。

……前世の記憶だと木材も建材だったのだが、こっちでは殆ど使われていないな。……貴族の家は知らんが、庶民の利用するものは大抵錬金術師作ということで、土と石だ。

受付があるので受付の方へ。ここも冒険者ギルドと大差ないな。

「ようこそ錬金術ギルドへ、何か御用でしょうか」

「錬金術師になるには錬金学術院に入らないといけないと言われたのですが、どうすれば錬金学術院に入れますか？」

「失礼ですが、錬金術師の才能に星は振られていますか？」

「はい、七つ振られています」

「では入学金の中金貨五枚ですが、星が四つ以上の方は入学金が免除となります。なので後は年齢が一三歳以上になれば入学が認められます。入学は基本的には春、新年祭の後から種まきの時期までが望ましいでしょう。場所はスルバラン王国の王都スルバラニアにあります」

「歳は七歳なのでまだですね。それまでにしないといけないことはありますか？　お金には今の所不足はないと思うんですが」

「そうですね、当面の間は素材とお金を貯めることを考えた方がよいでしょう。錬金術には絶対に素材が必要ですから。お金に余裕があれば、錬金術大辞典を買っておくとよいでしょう。後は保存瓶作成の魔道具ですね。ほかは錬金学術院に行ってからでも問題ないと思います」

「錬金術大辞典と保存瓶作成の魔道具はここで買えますか？」

「はい。錬金術大辞典が小金貨三枚。保存瓶作成の魔道具が小金貨五枚です」

「では小金貨八枚。――――これでお願いします」

「それでは、こちらが保存瓶作成の魔道具で、こちらが錬金術大辞典です。現在一五巻まで発刊済みとなっておりますが、公開レシピが増え次第、大銀貨一枚で一巻分追加となりますので、その時はお申し付けください」

「は、はい。解りました。あの、あと九九枚両替をお願いします」

「大魔金貨二枚分ですね。中魔金貨は九枚に、鉄貨と小銅貨は一〇〇枚になりますがよろしいですか？」

「はい、大丈夫です」

「かしこまりました。少々、お待ちください」

いやー、錬金術大辞典が一五巻もあるとは思ってなかったな。

……でも、公開されているレシピと考えたら大分少ない様に感じるな。一応、一通り読んでおかないとな。買ったのに読まないのは勿体ないし。

それにしても、両替に手数料がかからないのは便利で良いな。幾らかかかると思ってたんだが。

そんなことを考えていると、受付嬢さんが戻ってきた。

「こちら鉄貨より出させていただきますので、素早く収納していただけると助かります」

「書庫を使いたいんですが、何処に有るでしょうか？」

「二階にありますのでご自由にお使いください。なお、持ち出しは厳禁となりますので、ご注意を」

早速二階に行ってみる。

「おおー」

カウツ町の書庫とは違い、椅子と机もある。ちゃんと勉強ができるスペースがあるのは嬉しいな。

早速地図から確認しよう。……この長い丸まってるのが地図だもんね。それを机の上に広げる。

……うん、村の位置まで記載してくれているのは有り難いが、僕の行きたいのは霊地、そして闇と土以外のところであればいいよね、とりあえずは。

五か所ある霊地の内、カスタ高原は風属性。ヨルクの林は闇と土属性。レールの林は光と風属性。カンパノの森は火属性。ラーラの沼地が水と土属性。

ヨルクの林は行ったし、カスタ高原は遠いから行かないとして残り三つの内何処から行こうか。

一番近いところから行くとなると、カンパノの森が一番早く着きそうだな。

ボリノフ町までとりあえず乗合馬車で行って、そこからは徒歩か乗合馬車で一番近いランチ村まで行く。一日ジョギングすれば夕方までには村に着くだろう。

行く場所が分かれば、次はそこの素材を勉強だ。

カンパノの森にあるのは基本的には火属性の素材で、副次的にアンデッドに効果のあるものや光属性が混じっているものもあるのか。毒があるものが多いので、採取用の手袋を買わないといけないな。

善は急げということで、早速受付へ。

「すみません。採取用の手袋はありますか？」

「カンパノの森かジェマの塩泉に行かれるんですか？　それならこの手袋で問題ないかと思われます。中銅貨一枚です」

なるほど、この辺りで毒があるのはカンパノの森とジェマの塩泉だけだ。

ということは毒があるのは火属性だけなのか？　闇も毒がありそうなんだが、無いんだよな。

5

朝、麦粥を食って、洗い物をしてから錬金術ギルドへ。

冒険者ギルドの方は自分が良い依頼を獲得するために我先にと突撃しているさまを見届けながら、誰も来ない錬金術ギルドに入っていく。

今日はゆっくりとカンパノの森の採取物の確認ですよ。……っていってもこれもヨルクの林の本みたいに一〇種類くらいしか載ってないんだよね。

基本的に安い素材は載せないのが決まりなのかキリがないのか分からないが、最低でも大銅貨くらいからの素材しか載っていない。

ジュディさんところで読んだのは、薬草学大全の一巻のみ、それも一〇種類くらいで、安い素材ばかりが載っていた。ジュディさん曰く、殆どが中銅貨一枚である。

例えば快命草。回復系統のポーションに必須の素材だけど、二〇本集めて鉄貨一枚。でも畑の敵で駆除対象なので、農家は積極的に快命草を採る。

しかし、カンパノの森の第一ページが魔力茸だ。後はキノコと草と苔。……でも、毒のある地域だからか、行商人売り価格は少し高そう。

そして苔が高いのはヨルクの林と同じか。なんで苔が高いんだろうな。解らないけど、分量が多いからか？　詳しくは錬金術師になれば解るのかいな。

本を読んでいて少し気になったのだが、毒の対処とか、本当に手袋だけで大丈夫なのだろうか？　口布や一応の解毒ポーションとか初級ポーションとか必要じゃない？　なんか要る気がするんだよね。キノコとか胞子飛んでるじゃん？　口の中に入るとヤバいんじゃね？

とりあえず受付で聞いてみる。

「すみません、カンパノの森の件で質問がありまして」

「はい、どうぞ」

「毒対策に口布とか必要ですか？　後はポーションの類が必要かどうか」

「そうですね、口布はしておいた方がいいと思います。飛沫除け布なんかがおすすめですよ。ここには在庫がないので、錬金術師さんの所に行けば作って貰えます。また初級ポーションは、徒歩や乗合馬車なんかで移動する場合、戦闘をする事があるので沢山持っておいた方がいいですよ。値段も安いですし。解毒のポーションは用心するなら持っておいて損はないですね。特にカンパノの森に入るなら一か月に一本は飲んでおいた方が安心できますね。幾ら飛沫除け布でも、目は覆えませんから。あ、キノコは食べないでくださいよ。食べた場合は解毒ポーション必須です」

「今から行っても錬金術師さんの店はやってますかね？」

「まだ大丈夫だと思いますよ。布と風属性の素材が要りますが」

「素材は何とかなるんですが、布は無かったですね。自由市の場所を教えて貰ってもいいですか？」

「町の北西辺りですが、今からの時間だと、もう撤収しているころだと思うので、明日にまた行った方がいいと思いますよ」

「そうですね。明日ゆっくり見て回ります。あ、初級ポーション二〇本と解毒ポーション一〇本売ってください」

やっぱり毒対策は必要だったか。目を覆うゴーグルなんかもあればいいんだが、特注品になりそうだから諦めるしかなさそうだな。

まあ、そんなに強くない毒みたいだし、毒耐性を付けるのに丁度いいかもしれないな。

そんなことを考えていると受付嬢さんが戻ってきた。

「初級ポーション二〇本と解毒ポーション一〇本で小銀貨二枚と大銅貨一枚です」

「ありがとうございます。それと、錬金術師のお店を一軒教えてください」

「北通りの西側に錬金術ギルドと同じ看板を付けた店があります。そこが一番近いと思います」

『エクステンドスペース』にポーションを仕舞い込んで、冒険者広場に帰る。

6

次の日。布を探すのと、干し肉を追加するために、まずは自由市へ。暫くはカンパノの森に滞在することになるだろうし。念のために麦もあれば追加しておきたい。

麦を大袋で三つと、干し肉も二〇袋分買うと、布を売る店に行く。

「布を一巻と裁断用の鋏をください」

「ここには売り物の鋏はないから、鍛冶屋の方に行っておくれ」

布は切って貰ってもよかったんだけど、鋏は今後何かと使うかもしれないし。

「すみません、鋏は扱ってますか？」

「魔鉄製でもいいなら扱ってるよ。小銀貨五枚だがいいかい？」

後はそうだな、着替えを買っておくか。そろそろ丈が小さくなってきたんだよな。

「僕ぐらいが着る服とズボンを三着ずつお願いします」

「色は何でもいいかい？　灰色が一番多いけど、深緑色と煤赤色でどうだい？　ズボンも一緒の色になっちゃうけど」

「それでいいですが、ちょっと大きめでお願いします。もう少し大きくなる予定なので」

「あらそう？　じゃあ一サイズ大きい方にしておこうかね」

この世界、基本的に半袖半ズボンである。少し大きめだと中袖くらいにはなるが、別に変じゃないし、服を何回も買い直すのは面倒だ。少し大きいが我慢だ。

……これで買い物は全部だろうか。麦藁靴は……まだ大丈夫だし、これでいいかな。

さてさて、次は錬金術師さんのお店だ。

「ごめんください」

「あらあらいらっしゃい。マリアージュへようこそいらっしゃいました」

「カンパノの森に行きたいので飛沫除け布を作って欲しいんです。素材と材料持ちで」

「じゃあ布は二メートルまでで、後は風属性の素材を一つ渡してちょうだいな」

「風属性は雲母茸でいいですか？」

「ええ、いいわよ。じゃあ早速作ってくるわね」
二、三分で、錬金術師さんが飛沫除け布を作ってカウンターに出てきた。
「代金は大銅貨三枚ね。――――あらあら丁度ね。またいらっしゃいな」

さて、準備物はこれで揃ったかな。食べ物よし、装備よし、ポーションよし。準備は万全といったところか。

現在まだ正午前、まだまだ時間はあるから、錬金術ギルドの書庫に行こう。一応、カンパノの森の本を読んで、時間が余ったらレールの林の本でも見てみようかな。

でも次の候補地のレールの林は、採取に行くには夜目が利く様な錬金アイテムを手に入れないといけないことが分かった。なんだよ、満月の夜にしか採れない素材って。

そんな訳で、レールの林より先にラーラの沼地に行った方が良さそうであるという結論に至った。

7

翌日は、南西方面行の乗合馬車を探す。

大体広場の西南西くらいの位置で待っていると、二〇分ぐらい経ってから乗合馬車の行先のコールが聞こえ始めた。

「ラレテイ〜五日〜ラレテイ〜五日〜」

「ボリノフ〜八日〜ボリノフ〜八日〜」

「カンパノの森〜周回〜カンパノの森〜周回〜」

ボリノフ行きに乗ればいいのかと思っていたが、カンパノの森の周回ってなんだ？　カンパノの森は行先だから、丁度いいんだけど。解らないなら聞いてみましょう。

「すみません。カンパノの森の周回ってどういう意味ですか?」

「ああ、カンパノの森の周りをぐるっと一周してこの領都に戻ってくるんだよ。カンパノの森には最短ルートで向かうよ」

「じゃあ乗ります。準備してきますね」

さてさて、いい乗合馬車を見つけました。最短ルートでランチ村まで恐らく七日、多分大銅貨七枚だと思われる。

テントを回収して、寝袋を準備して早速向かう。後は金を払うだけだからな。

「行先は決まってる?」

「はい、ランチ村までです」

ゆっくりと乗って待っていると、どうやら他にも乗り込む冒険者っぽい人たちがいるらしい。今回は相乗りか、取り分はあげるから魔物を全部倒してくれると有り難いんだけどな。

「む、先客か」

「ども」

「ああ、よろしく頼む」

女性の三人パーティの様だ。

女性で冒険者なんだ、珍しいのかな? ……多分そうでもないんだろうな。

どうやら今回はこの四人で相乗りの様だ。取り分確認はしないといけないいんだよな。冒険者の心得に書いてあったし、早いところ切り出そうと思っていると向こうから切り出してきた。

「少年は何処までだ？」

「ランチ村までです。カンパノの森の一番最初の村です」

「そうか、私たちの方が遠くまで行く予定だ。で、取り分だがどうする？」

「良ければそちらの総取りで。ダメだというなら戦いますが」

「いや、総取りは有り難い。それでいこう」

いやはや、簡単に決まってよかった。こうして女三人パーティと一緒に相乗りしていくのだった。

第十六話　来ましたカンパノの森、錬金アイテムを盗まれる

1

馬車旅も七日目、漸くランチ村に到着した。

旅の間に三日目と四日目に三回ずつ、計六回の襲撃があったが、同乗者である女性冒険者三人組が簡単に倒していった。まあ、ゴブリンだけだったしね。星が一つでも勝てる魔物の代表格だしな。そんな訳で、今日でこの馬車ともお別れだ。七日も馬車に乗ってると本当に疲れたよ。二回目の馬車旅だが好きにはなれそうもない。

時刻は正午過ぎ、テントを張って明日からの保存瓶を生産しないとね。せっかく保存瓶作成の魔道具を買ったんだから、元を取るのは無理でも、毎日でも使って保存瓶の枯渇なんてことがない様に頑張らないとね。

大体二～三秒で一個のペースで生産ができる一方、魔力の消費もその分かかるのか、三〇分連続で作っていると若干だがふらっと来る。三〇分間頑張れば六〇〇個以上もできるんだから十分なん

だが。

さて、ここの教会前広場なんだが、何と冒険者がいない。

霊地だぞ？　そんなことあり得るのかよと思っていたが、予想以上に人気が無いんだなカンパノの森。毒キノコしかない上に、金にもならないのであればそれも頷ける。食い詰め共は皆毒キノコが無い霊地に行っているのだろう。

そのカンパノの森なんだが、予想していなかった外観だ。

まず、木に葉っぱが一切ない。山火事でも、もう少し手加減くらいはしてくれるぞと言いたいくらいにつるっぱげだ。流石火属性の霊地、予想を超えてきたぜ。

それでも枝の量が凄まじい為、日の光が殆ど地面に届いていない。明日からここに入って採取するのか。少し心配になってきたな。


テントも張り終えて、魔道具をテント内に出して保存瓶の作成だ。できるだけストックを作りたい。なるべく限界まで作ってみよう。

……消音なのは有り難いよな。ガシャガシャしているのも憧れるが、なんというかこれはポンッポンッて感じなんだけど、音が無いんだよな。魔道具は不思議が一杯だ。

そして三〇分程、やはりこの辺りが限界の様だ。これ以上は意識が飛びそうな感じがする。

七日間作り続けてきたから一か月は十分持つだろう。

2

翌日からカンパノの森の中に入る。

しっかりと準備してきたからいつでも問題ない。朝食を食べて、指方魔石晶の首飾りの片割れをテントの中に置いておく。

後は飛沫除け布を半分に折って三角にし、鼻からすっぽりと覆うようにして後ろでしっかりと結ぶ。これで完璧。

保存瓶の補充も問題なし。食料も肉とキノコは限りがあるが、塩と麦は問題なし。町に買い出しに出かけてもいいけど、時間が勿体ないので、ずっと麦粥で我慢。

まずは森の浅い所から探索だ。誰も森に入っていないなら、森の浅い所でも十分な収穫が見込めるんじゃないかと思うんだよね。

早速魔力茸発見。幸先いいんじゃない？

カンパノの森は、直ぐに森の切れ目が判らなくなるくらいには木の密度が凄い。

そして意外なのは暑くない事。火属性の森だから暑いんじゃないかと思っていたが、思ったよりも涼しい。

採取物の方も順調に集まっている。高値であろう苔はまだ見つけていないが、キノコに草は沢山ある。本当に手付かずってな感じに凄く沢山ある。大抵は魔力茸なんだけど。

他のキノコも草もそこそこ集まるし、いい採取地だと思う。

……ただ、深さが全然わからない。どのくらいの深さまで来たのかの目安が何もない。指方魔石晶の首飾りが無かったら迷子になるねここ。


時刻は夕方。ヨルクの林以上に太陽光が入ってこないせいで時間の感覚が全然わからない。持ってよかった魔械時計。

暗視ができる眼鏡なんか無いかな。夜の採取があるんだから絶対に必要だと思うんだよね。

でも、眼鏡も特注品なんだろうな。度は要らないにしても、そもそも眼鏡が高級品だろうし。高い出費になるんだろうな。まあ、作るんだが。

テントに戻ってきて、……おや？　冒険者が珍しいのだろう。遠巻きに子供たちが見ているじゃないか。

僕は僕で夕飯の準備をしないといけないんだ。サクサクと作業を終えて後はコトコト煮込むだけ。

片付けの頃には、子供たちはちゃんと撤収していた。夕飯までに帰ってこないと普通に飯抜きにされるからな。村ってそんなもんよ。

テント生活にも慣れたもんで、しっかり熟睡できた。

今日も今日とて素材の採取だ。その前に村長宅に寄っていくか。ちょっと催してきたからな。扉をノック。

「ごめんください」

「はいはい、トイレですかな?」

「そうです、……何回も払うのも面倒なので、ここに暫くいる分これで一括で何とかなりませんかね?」

そう言って大銅貨五枚を渡すことに。一回一回小銅貨一枚払うのって面倒だし、大銅貨五枚なら五〇〇回分だ。そんなに行くかと思うんだが、これで堪忍してもらいたい。

「ええ、家は構いませんよ。……でも、貰いすぎって事もないですか?」

「冬までいる予定なので。その金額でいいなら僕の方も嬉しいんですが」

「分かりました。逐一の支払いは、あなたに限って免除しましょう」

「ありがとうございます。面倒が省けて良かったです」

これで遠慮なくトイレを借りられる。トイレの確保はこれにてオッケー。

ちょっと今日は深いところまで行ってみる。

大体一時間弱くらい歩いてみて、場所にあった目ぼしい素材は確保しておいたが、魔力茸は放置、その気になれば一杯採れるし、属性付きで無い物は沢山持っているからね。

比較的深部であろう場所に来て、狙うは苔。油炭苔と狐藁火苔だ。

油炭苔の方は黒灰色の苔。花が咲いていれば黄色い花が咲く。カンパノの森素材集の九ページ目にあったから高いはず。

狐藁火苔の方は白灰色の苔。花の色は青色らしい。藁の燃え滓のような苔らしい。こっちが大本命。一〇ページ目のお宝素材のはず。

今日は苔探しと言っても過言ではないぞ。気合を入れて探す。

一度見つけないと、見た目がまだ解らないし、見つけ方も解らない。図鑑だから絵も描いてあるけど、白黒だもんね。色とかが解らんのよ。


時間いっぱいまで探した結果、両方とも発見できた。

やっぱり奥の方が高い素材があるのかもしれない。

……まだ瓶一杯には両方ともなってないけど、一度見つけられたらこっちのもんよ。見たことあるのと無いのとでは全然違うんでね。

後は行商人さんに売ってみて幾らなのか、正しい素材なのかを一度確認してみない事にはいけないけどね。

ヨルクの林の時は、ジュディさんに教えて貰ってたからね。今後は自分で確認しないといけない。

3

教会前広場に戻ろうとすると、……おや？　違うところに出たぞ。

おかしいな。指方魔石晶の首飾りの通りに帰ってきたはずなんだが……。

狂ったわけではあるまい。一応村には帰ってこられたんだし。

となると、誰かがテントの中から盗み出したか？　……子供であって欲しいな。盗みは重罪だから、大人の犯行とかではないだろうけど。

一応教会前広場に行って首飾りの有無を確認しよう。……うん、無くなってる。こりゃ持ってかれたの確定だな。

首飾りの元をたどっていく。この家っぽいな。

扉をノック。扉の向こうから男の人がぬっと顔を出してきた。

「どちらさまで？」

「こちらの村に滞在している冒険者です。今日僕のテントから盗人がアイテムを持ち出したようなので、こちらに伺いました。ここの家の方なのは確定しています。下手人を出してください」

「因みに証拠は？」

「このアイテムがあなたのお宅の方向を指していました。これと同じものがこの家にあるはずです」

「……ちょっと待っていてください」

家の中から「おい、誰だ！　冒険者のテントから盗みを働いた奴は！」と大声で怒鳴っている。

事と次第によっては死罪だからな、……奥方ではあるまいよ。きっと子供、それも男の子位がやりそうな事だもんな。

なんの音沙汰もなく、再び男がぬっと扉から出てきた。

「すまねえが誰も名乗り出ねえ。……アイテムを貸してもらうことはできるか？」

「いいですよ。使い方は魔力を流すだけです。そのアイテムが指す方向に対になる物があるはずです」

「かたじけねえ」

もう一度中に入っていく男。「ほんとに誰だ！　名乗り出ねえと後が怖えぞ！」と男の声が響き渡る。

そして暫くすると「あ――――」という子供の声。ほらやっぱりいたずら小僧だ。

さて、脅す意味も込めて、レイピアでも出してあげましょう。こういうことは、怖い目を見ないとまた繰り返すからな、子供ってやつは。

さて、下手人が父親の手によって家から引きずり出されてきました。ぶすっとした顔をしていたが、僕が剣を持っていることに気付くと顔が青ざめてしまいました。

「こいつが下手人だ。好きにしてくれ」

「はい。では、そうしますね」

髪の毛が少し散るくらいにすれすれを水平にレイピアが走る。

……男の子は腰が抜けたようにそこに座り込んでしまった。いい薬になったでしょう。

「後の沙汰はお任せします。アイテムを返してください」

「ああ。この度は本当にすいませんでした」

指方魔石晶の首飾りを返してもらって、一件落着。二人とも家に入ってから、「びぇええええええええええ」と大声で泣き声が響いたところを見ると、きちんと一発貰ったようで何より。

大人になってからの窃盗は、私刑が有りだから死罪もあり得るんだよ。

前にヨルクの林の教会前広場で窃盗を理由に剣を抜いた奴がいたが、あれが許されるんだからな。

まあ、僕としてはアイテムが返って来たし、親父さんから天誅も喰らったみたいだし、これで良しとしようじゃないか。

第十七話　雨の中行商人に素材の値段を聞く、錬金術ギルドって錬金術師の位置把握してない？　子供たちの指導

1

夏も真っ盛りな季節になった。

今日は生憎の雨、お休みの日です。

この教会前広場は水はけが良く作ってあるらしく、泥のぐじゅぐじゅ感が無くて、テント生活も楽というもの。

雨の日はもっぱら錬金術大辞典を読みながら過ごす。この錬金術大辞典、基本的に回復アイテムや便利アイテムは載っているんだけど、攻撃アイテムなんかは一切載っていなかった。

その辺はもしかすると派閥で出す出さないを決めているんじゃないかと思います、直感だけどね。

でも、便利アイテムというか汎用アイテムが載っているのは本当に有り難いです。

今後の予定ではこの夜通し眼鏡は必ず作って貰う予定です。素材は持ち込みでもできはするけれども、光素材だけは買わないと無理かなって思います。

因みに材料は眼鏡一つ、闇属性素材二つ、光属性素材二つ、魔力茸一〇個とそんな感じでできるみたいです。

光属性は無難に光属性の魔力茸を購入でいいと思うんですよ。それ以上を要求されると、金額が跳ね上がりそうで怖い。というか光属性が総じて高そうなのがまずい。

ポーションで効果が高い奴は軒並み光属性素材と光属性の魔力茸を要求されるぞ畜生。ますます、レールの林での採取時間が必要になってきましたよ。

でも、先に行くのはラーラの沼地。こっちはこっちで難ありのような気がするんですよ。沼地は絶対に麦藁靴じゃあいかんでしょ。

ってなわけで探しました便利アイテム。そしてあるんだよな、錬金アイテム。その名もピッタリ長靴。袋状の素材二つと魔力茸六つでいけるらしい。

……袋状の素材ってなんだろうね。採取系統じゃ袋状の物なんて無い気がするんです。恐らく討伐系統。胃袋や腸あたりの素材が必要になりそう。

多分だけど、錬金術ギルドに売ってそう。近くの霊地に必要そうな素材は仕入れているだろう。物自体は無くともね。飛沫除け布の件みたいに物自体は無いが、素材は売っているパターンだと思う。

でも、材料は売ってない。布も多分眼鏡も売ってない。それが錬金術ギルド。

そんな感じで錬金術大辞典を読んでいると、どうやら馬車が止まったようだ。ちらっと見てみるとゴーレム馬車なので錬金術師で確定だ。

漸く来てくれた。これで行商人価格が判るから有り難い。大体買うときは魔力茸以外は一〇倍すればいいってジュディさんに教わったからね。

……行商人、かなりのぼったくりである。

錬金術ギルドにさらに卸すんだからそれくらいは承知の上だけど、採取をしている身からすると、やっぱり納得がいかない。でもまあ、そういう仕事だもんね、行商人ってのは。

そんな訳で、行商人さんの元へ。今回はおまけ抜きで正確に金額を教えて貰おう。とりあえず一瓶ずつ売れば金額を教えて貰いながら売ることができるだろう。後はお得情報なんかも一緒に貰えると嬉しいな。

2

「買取とちょっとしたことですがよろしいですかー？」

「ああ、大丈夫だ。で、買取とちょっとしたことって何だ？」

「物の値段が解らないので逐一買取の値段を教えて欲しいんです」

「ああ、何を売るんだい？」

　魔力茸以外の素材をとりあえず一瓶ずつ並べていく。

「まずは火炎茸だな、こいつは一本当たり小銀貨三枚だな。で、次が火炎草、こいつは一本当たり中銅貨一枚だ。これは鎮火草、これも一本当たり中銅貨一枚だ。こいつは消火草、一本当たり中銅貨二枚だ。これは温度草、一本当たり中銅貨一枚だ。次は猛火茸、こいつは青の斑点の大きさで値段が変わるが、行商人価格でいうと一本当たり小銀貨五枚だ。次に焦繁蔓草、これは一本当たり小銀貨一枚だ。でこいつが忌火草、一本当たり小銀貨七枚って所だな。これは不知火草、一本当たり大銀貨三枚だ。でこいつが烈火茸、こいつは一本当たり小金貨一枚だな。で次が華燭草、こいつは一本当たり大金貨三枚だ。でこいつが……油炭苔だな、一瓶当たり大金貨五枚だ。そんで最後のこいつが狐藁火苔、一瓶当たり小白金貨二枚って所だ。全部で――小白金貨五枚と大金貨五枚、中金貨一枚、小金貨三枚、大銀貨一枚に中銀貨六枚、大銅貨五枚だ」

「これらの素材について、これはどうした方がいいとかあれば教えて欲しいんですが」

「この中で注意すんのは華燭草だろう。貴族が結婚用にアクセサリを作るときに必須だから、偶に錬金術ギルドで買取依頼が出るはずだ。何代か前の王妃様が結婚の際にそれが欲しいということで作られたのが発端だったかな。火属性と光属性がついているから毒に対して耐性ができるアクセサリができるとかで。それから上位の貴族が結婚を申し込むときに必要だからってことで、錬金術ギルドに依頼が出ることがあるが、そん時の買取価格は大魔金貨からだ。詳しい値段はその時の貴族次第だけどな。だから華燭草は依頼が出されている錬金術ギルドに卸す様にした方がいい。普通の素材としても光属性のせいで高いんだが、それ以上に華燭草は高く売れる」

「華燭草はギルドで依頼が出たときに売った方がいいって事ですね」

「稼げるときに稼いでおいて損は無いからな。貴族も結構な数いるし、華燭草も割と貴重だから、直ぐに依頼が来る。同じ狙いの奴らが多いんで、華燭草の納品依頼があったらラッキーって所だろうな」

「分かりました。あったらラッキー程度に考えておきます」

誰もが一緒のことを考えているんだろうな。貴族から割の良い報酬を貰う事を考えているだろう。

……まあ、無理に狙う物でもあるまい。

でも、必要以上は集めておこう。ギルドに出てたらラッキーだしな。光素材ってだけでも割と必要そうだし。集めるだけでも損は無いし。

3

錬金術師の行商人の幌馬車を降りてテントに帰る。

ここの素材はヨルクの林の素材よりも全体的に割高だったな。食べ物が無い霊地ってだけで避けられているのは、少し不憫だな。

まだ解毒ポーションを飲まないといけない事態にもなっていないし、初級ポーションだって飲んでいない。口布だって、別に錬金アイテムにしなくとも、普通の布でも十分なんだろうし、勿体ないよなあ。

それにしても、僕は一応店を持ちたいなとは思っているが、どんな店を持つことになるだろうね。今の所は魔境でポーションを売っていこうかなと考えているが、辺境の魔境にいけばいくほど、錬金術師の枠が空いていないかなと思う。錬金術師は王都に集められるので、王都に近い所に店を構えたくなるのが心情というもの。

……待てよ？　ヨルクの林の周りに四人の錬金術師がいて、それらの所在を知っていなければ速車便すらも出せないのじゃないか？

まさか錬金術ギルドは錬金術師が何処にいるのか全部把握しているのではなかろうか。でないと速車便なんかをヨルクの林、延いてはその他の魔境や霊地に派遣などできないのではないだろうか。

……あり得そうだな。誰が何処に店を構えるかを、何処で何をしているのかを把握していそうだ。もしかしたら報告制なのかもしれない。行商人を渡り継いで手紙を出すにしたって難しいだろうし、早馬でっていうのも無理だろう。何かのアイテムだと思うんだけど錬金術大辞典には載ってないんだよな。秘匿レシピなんだろうけど、何かありそうだな。

色々と考えることは別に必要ではないのだろうけれど、雨だもんな。思考の体操のようなものだよ。考える時間があるから考えてしまう。

要するに暇なんだよね、雨の日は。連日雨というのも珍しいので明日は晴れるのだろうが、まだ午前、暇つぶしに思考の海に潜りこむのであった。

4

夏が終わろうとしているけど、もう少し採取をしていたいかな。とにかく今が素材の貯め時だから、頑張って採取をしないと。

でも、最近なんだか、見られているような感じがするんだよね。誰にって言われても解らないんだけど。なんかこう、視線を感じるんだ。

珍しいのは解るけど、それだともっと早くから見られてないと不自然というか。最近になってからなんだよね。何だろうか。

同業の冒険者はそもそもいないし。不人気な霊地だけあって、結局誰も来ていない。それなのに何で今更視線を感じるんだろうか。

朝だけなんだよね。視線を感じるのは。夜は特には感じない。雨の日も感じない。晴れた朝の日だけ、誰かに見られているような感じがするんだよ。

1つだけではない。日に日にどんどん増えていっている。見ても面白いものでは無いと思うんだけどな。ただ、食事をしているだけだし。

なんだかな、と思っていると、子供がこっちに向かって走ってきた。……何の用だろう。何か依頼がある訳でも無いと思うんだけどな。

「なあ、冒険者なんだろ？　冒険者って何なんだ？　大人が近づいちゃ駄目だって言ってたんだ。何してるんだ？」

「……大人のいう事を守らないと駄目じゃないか。冒険者は色々な仕事をする人の事だ」

「何で外で寝てるんだ？　家に帰れば良いじゃないか」

「冒険者は外で生活するんだ。そういうルールなんだよ。冒険者になったら解ると思うけど、冒険者の仕事はそういうものなんだ」

「ふーん。変なの」

いや、変なのは仕方が無いんだ。どうしても家で生活したいのであれば、家を買うしかないんだが、それでは冒険者業は出来ないからな。

まあ、子供だからなって片付けられるわけではない。どう見ても同い年くらいだ。１つ下くらいなんだろうと思う。さて、この子供は長男なんだろうか。

それで大きく未来が変わってくるんだけどな。長男であれば、農家の才能に星が振られるんだろうけど、次男以下は解らないからな。

後半年くらいで、何になりたいのかを決めないといけない年だ。十二歳まで実家の厄介になっても良いとは言われているけど、星が振られたら、なるべく早く動くべきだろう。

でもまあ、普通の子供ってこれくらいなんだよな。何も考えていないというか。何かを考えて行動するって事の方が珍しいんだろうな。

この子供はどうするんだろうか。目指すものが決まった時には、すでに星が振られてしまっている状態になっているんだろうな。それは良いことではない。

こっちを見る視線の数がどんどん増えているような感じがする。……子供がこっちを見ていたという事なんだろうか。親からは近づくなと言われているんだろうな。

ただ、我慢が出来なかった子供が来てしまったんだろう。それで、何か変わる訳でも無いんだけどさ。何もしないぞ？　普通に食事の準備を進めているだけだ。

「なあ、冒険者にならないといけない、って言われたんだけど、冒険者って何をするんだ？　大人が近づくなって言ってたけど、何で近づいたら駄目なんだ？」

「冒険者になるのか。冒険者になるんだったら、教会に行かないとな。そして、文字の読み書きと計算を教えて貰うんだ。そうしないと駄目なんだ」

「何で文字の読み書き？　と計算？　を教えて貰わないと駄目なんだ？」

「冒険者になるには必須の事だからな。僕だってちゃんと勉強をした。君もしっかりと文字の読み書きと計算を習った方が良い」

「何でそんな事をしないといけないんだ？」

「本が読めないからだな。本が読めないと冒険者になれない。だから文字の読み書きを教えて貰うんだ。そうした方が絶対に良いから」

冒険者になるのであれば、というよりも、町で生活をしようと思ったら、文字の読み書きと計算は必須の事になってくる。この子供は次男以下だろうな。冒険者になれと言われているんだから。そして、冒険者になれと言われているのに、冒険者に近づいたらいけないと言われて、混乱しているんだろう。なんで近づいたらいけないのかが解ってないんだろうな。

何でって言われても、僕にも解らないけど。邪魔をするなって事だろうとは思うんだけど、どうだろうか。まあ、手を貸すのも仕方ないか。

「とりあえず、教会に行くから、こっちを見ている子供を呼んできてくれ。皆纏めての方が良いだろうからさ」

「解った！」

さて、首を突っ込んでしまったぞ。だがな、文字の読み書きも出来ない子供を冒険者にしたって意味が無いだろう？　屯している冒険者たちと一緒になってしまう。

放置するのは後味が悪すぎる。知ってしまった以上は、出来る限り改善してあげないと。まあ邪魔にはならないさ。教会に行くように仕向けるだけだからな。

ついでに、何になりたいのかを祈らせておけば、万々歳だ。そうしたら、まともな冒険者の出来上がりだ。その方が冒険者ギルドにとっても良いだろう。

やらないよりもやっていた方が良いんだ。どうせ後でも言われることだからな。先に教えておいても問題ない。

採取の冒険者は貴重だからな。というよりも、まともな冒険者が貴重なんだよな。まともじゃない冒険者は沢山いるんだ。ヨルクの林にはな。

まあ付き添いも教会までだ。後は教会に任せて、僕は採取に向かうとする。良い天気なんだからな。自分が最優先だ。雨の日なら考えたんだけど。

「皆を連れてきたぞ」

「８人か、多いな。それじゃあ行くぞ。教会に行ったら文字の読み書きを教えて貰うんだぞ？　解っているか？」

「解ってるよ。冒険者になるには必要なんだろ？　皆冒険者にならなくちゃいけないんだよ。何でかは知らないけど」

大人は何でなのかを教えていないのか。教えていないのは当然だろうけど。冒険者の仕事がよく解っていないからなんだろうな。

多分だが、魔境に行く様な冒険者しか知らないんだろうな。ここも霊地なんだがね。冒険者の数は少ない。だから被害も少ないんだろうが、その所為で、冒険者についても解っていない所があるんだろうな。

仕方ない。少しばかりではあるけども、手を貸すしか無いだろうな。とりあえず、教会に入り、聖職者を探す。お、いたいた。

「すみません。この教会は文字の読み書きと計算を教えていますか？」

「はい。教えていますよ。お勉強の希望者ですか？」

「僕は違うんですけど、後ろの子供たちに今日からでも教えてあげて欲しいんです」

「構いませんよ。それじゃあこっちに付いてきてくださいね。まずはお話から始めましょう」

「「「はーい」」」

よし。これで大丈夫だろう。教会も受け入れてくれた事だし、少しでも冒険者の質を上げられれば、僕にとっても不利益は無い。

錬金術師になれたら、素材の採取の依頼は出すだろうからな。冒険者にお願いをしないといけない事もあるだろう。今は種を蒔くことが大切だろうな。

まあここの近辺でお店をやることになるのかは解らないけども。多分違うところでお店をやることになるんだろうけど、冒険者の質が良い方が良いよね。

良いことをしたな。今日も元気に採取に向かうとするか。今日もいい感じに採取が出来ると嬉しい所だな。高い奴があると良いな。

第十八話　領都セロニアにおかえり、次の霊地の準備、お宿のご飯が美味しい

1

麦の収穫も終わり、そろそろ寒くなる季節。

セロニア行きの乗合馬車が無かったため、撤収の予定時期が大幅に過ぎてしまった。

ようやっと来た乗合馬車に乗り込んで、ラレテイ町経由で一日の馬車旅が始まった。

ラレテイ町はジェマの塩泉に隣接している魔境で、魔境に必ずと言っていいほどゴブリンが出る。

ゴブリンも生ごみの内に入るらしく、即行でスライムの餌行きだ。

乗合馬車内には冒険者が七人も乗っている。

僕が乗り込んだ時にはすでに配分の協定が終わっていたのでそれに倣うことになる。取り分は出来高早い者勝ち。こうなると後から乗った冒険者は奥に押し込まれる。

僕としては好都合。別に小銭稼ぎがしたいわけじゃないし、ゴブリン狩りを積極的にやってくれるっていうんだから任せるに限る。働かなくても文句は出ないしね。

何回もの襲撃を越えてラレテイ町にやってきた。

初めての魔境、何がいるのかや、何が取れるのかは知らない。属性が火と風だということは解ってるんだけど、それ以上の情報はない。

ここで降りる冒険者も乗る冒険者もいる。そうなると馬車での居心地がなあ。八人でも程々に狭いんだよ。

僕は奥でのんびりとしていたいんだ。殺気立ちながら身構えている冒険者が増えるのはあまり嬉しくない。

そしてここまで乗っていた七人はそんなに強くないんだよなあ。ランチ村に一緒に乗っていった女冒険者三人組の方が余程強かったな。

だからゆっくりと降りても戦闘に間に合いそうな時が何度かあった。もちろんお任せしたが。いやーゴブリンが死ぬほど多かったら考えるんだけどさ。七匹以下しか出てきていないんだよね。

それでも横取りできそうなくらいには弱い冒険者たち。初めて乗った乗合馬車の御者さんが僕が強いと言っていたのが判るくらいにはゴブリン相手に苦戦している。

多分魔境で戦える才能が無かった、でもモンスターの討伐の方が儲かる、だから乗合馬車に乗って安全にモンスターを倒す。といった感じだろうか。

色んな冒険者がいるもんだ。一回襲撃に遭えばプラスかトントン。二回襲撃に遭えば確実にプラスだ。

　そんな殺伐とした襲撃の旅よりは、霊地でのんびり採取した方が儲かるのにな。

2

　馬車に乗るお客が僕を含めて一二人になった。二人パーティが二つ増えた。馬車の中が狭くて仕方がない。

　ラレテイ町からさらに馬車に揺られること五日、凄い数の襲撃を乗り越えてセロニアに帰ってきた。

　時期としてはそろそろ雪が積もってもおかしくない季節、冒険者広場なんて寒くてばかばかしいので、宿屋を探そうと思う。理想は朝夕の食事が付いていて個室。最低でも個室は確保したい。

　宿の情報は錬金術ギルドの方がいいかな。冒険者ギルドだと、暖を取っている冒険者とかいそうだもんな。

「すみません、一泊個室で朝夕のご飯付きの宿を教えて欲しいんですが」

「宿屋は西通りのメイン通りに何軒かと、北寄り二番通りに何軒かあったはずです。ただ、大部屋ではなくて個室となると、メイン通りの宿の方がいいと思います。宿屋はベッドの看板が出ているはずです。ただ、食事に関しては分かりません」

西通りのメイン通り、つまりは一等地……まずは一軒目発見。

「ごめんくださーい」

「いらっしゃい、家の宿は大部屋だけど大丈夫かい？」

「あ、すみません、個室がいいので別の所にします。……個室の宿屋を知りませんか？」

「そうだねえ、ここから西に行ってこっち側の二軒目の宿屋が個室だったはずだよ。一軒目はここと同じ大部屋さ」

「ありがとうございます。行ってみます」

こっち側ってなると南側か。――二軒目っていうとそんなに離れてないね。これから暫く毎日錬金術ギルドに通う予定だから、近い方が都合がいい。さてさて、どんな宿屋かなー。

「はいよ。ここは個室宿だよ。一泊小銀貨五枚だよ」

「ここは食事付きですか？　そうなら冬中ずっと借りたいのですが」

「朝夕は出してるよ。ここの食堂に来てくれれば食べられるさね。お金は宿代に入っていないが、冬ごもり用ってなら話は別だよ。春の種まきの季節まで貸し切り、食事付きで大銀貨五枚だよ。どうする？　日割りがいいってならそうするけど」

「大銀貨五枚でお願いします」

「ありがとね。――これが部屋のカギ、三〇三号室だよ。三階の三番目の部屋だ。ああ、あとお湯が欲しい場合は言っておくれ。桶に一杯中銅貨一枚だよ。井戸は共同のを使っておくれ。トイレも共同だよ」

「部屋と共同トイレと井戸の場所を確認してもいいですか」

「トイレと井戸は案内するよ。部屋は後で確認してくんな」

恰幅の良いおかんって感じのおばさんが、トイレと井戸を案内してくれた。

部屋は三畳部屋って感じだ。麦藁に布を被せたベッド、土と石で作られた椅子と机、奥に窓。うん、本当に生活に必要な最低限の部屋だね。

……布団干しと洗濯は自分でやらないといけない感じかな。窓は開くし、天気のいい日は干そう。丁度南側だし、半分は天日干しできるでしょ。

3

うーん、今日中にやらないといけないことはやった感じかなあ。

ラーラの沼地とレールの林の下見というか勉強は明日からみっちりとやるとして、後は、錬金アイテムのピッタリ長靴と夜通し眼鏡の素材と材料を探さないといけないいか、
特に眼鏡。これは特注品になりそうな気配がする。鍛冶屋を紹介してもらわないといけないな。

自分で探さないといけないいか。

これもとりあえず、錬金術ギルドで聞いてみるか。そうなってくると、殆ど錬金術ギルドに行っ

てみない事には始まらない。

冬時だからもうすぐ夕方。夕食までは食堂で錬金術大辞典でも読みながらぼちぼち過ごす……どれくらいの時間が経ったんだろう、良い匂いがしてきた。

「あら、もういたのかい。夕食はもう食べられるよ。パンとスープを持っていきなさいな」

今日はパンとスープか。んー、スープも良い匂い。美味しそうだな。

まずはパン、だが見事に硬い。これは千切ってスープに浸す系だな、でないと嚙み切れるのか？ってくらい硬い。

では、実食。んー語彙力が無くて全然伝わらないだろうけど、美味しいよ。塩味が強い肉のスープなんだけど、パンを浸して食べると丁度いい。

パンには特に味はなし、でもスープに浸すとちょっともちっとして腹持ちが良さそう。パンで綺麗にスープを拭き取って、ごちそうさま。食器を返して部屋に戻る。

部屋の中は真っ暗だ。ランプなんて高級なものは無いからね。食堂にあったのもスライム燃料を燃やしてできた火の光だけだった。

夜の時間は何もできない。明かりが無いからね。てなわけで、おやすみなさい。

朝、ベッドの上で起きる。

寝袋以外で寝るのは久しぶりだったからよく眠ったように思う。

共同井戸に行って顔を洗ってきて、食堂に入るとすでに良い匂いがしている。

この匂いは分かるぞ。麦粥の匂いだ。後は、またスープかな。それっぽいな、すでに二人食事をしているし。

「すみません、食事を下さい」

「おう。ちょっと待ってな。――――ほい、おまちどおさん」

ここの旦那さんかな。またこっちも恰幅の良い旦那さんだ。子供がいるのかどうかは知らないが、夫婦でやってるのかな。

麦粥とスープ。麦粥には干し肉も入っているし麦の量が多い、スープも肉が入ってる。後なんかの葉っぱが入ってる。冬に葉物は珍しいね。


食事を終えると真っ先に錬金術ギルドへ。とりあえず、情報収集からだよね。

来年はラーラの沼地に行くから。少なくともピッタリ長靴はいるだろうし、夜通し眼鏡も邪魔にならないならもうかけたっていいしな。

説明通りだと、夜が昼みたいに見えるだけで、昼が眩しいとは書いてなかったからね。ならかけておいた方が何かと便利そうだ。

毎度の如く受付さんに聞いてみる。

「ラーラの沼地に行く予定なんですが、ピッタリ長靴って必須ですか？　後、他に有ればいいものを教えてください」

「そうですね。ピッタリ長靴はあった方が楽だと思います。それ以外というと、特には思い……あぁ、夜通し眼鏡はあると便利ですよ。沼地と言っても木が生えてますからね、暗いんですよ。それにレールの林もそのうち行かれるんでしょう？　であれば先に作っておいて損は無いと思います。後はあったか布も有ればいいかなと思いますね。沼なので、水に浸かりっ放しになりますから、体温が下がります。夜に冷えない様にあったか布を持っていくといいですよ」

「ありがとうございます。ピッタリ長靴の素材と夜通し眼鏡の素材を売ってください。魔力茸と闇属性の魔力茸はあるので、それ以外を」

「それであれば、光属性の魔力茸を二つと火吹きガエルの胃袋を二つお売りしましょう。眼鏡はこちらでは取り扱っていませんので、鍛冶屋さんにでも作って貰ってください。代金は大銀貨二枚です」

「分かりました。素材の方も保存瓶にお願いします」

「用意しますので少々お待ちください」

やっぱり内臓系統か。火吹きガエル、恐らくジェマの塩泉の魔物だろうな。塩泉なのに火と風属性なんだよな。水は無いんだよね。何でか知らないけど。

暫くすると受付嬢さんが戻ってきた。

「お待たせしました。こちらが光属性の魔力茸二つ、火吹きガエルの胃袋が二つです」

「ありがとうございます。あと質問なんですけど、錬金術ギルドって錬金術師が何処に滞在しているのかを把握していますか？」

「はい、把握しておりますよ。各支部の管轄内を大まかにですけれど。本部では、錬金学術院の方が詳しく把握しています。そういう錬金アイテムを持たされますので。それがあれば、各支部で手紙のやり取りをしなくて済むんですけれど、特秘アイテムらしいです。持つ方はあるんですが、それがどう作用しているのかが解らないので。——これですよ」

「？　ただの箱に見えますね。というか受付さんも錬金術師さんだったんですね」

「ええ、色んなところに派遣されることもあるんですよ。殆どの錬金術師が何かしらの職業に就きますからね。錬金術ギルドもその一つです。主に黎明派にいた人たちがギルドで働きますね。後は、鉄迎派は冒険者ギルドに、造命派は行商人に、永明派や幻玄派、幽明派はお店を持つことが多いです。もちろん一概には言えませんが、研究職に残り続けることも可能ですよ。……ただ、余り研究職はお勧めできませんね。平民ですとお金がかかりすぎるので」

「僕はお店を持とうと思っているのですが、何派に入ればいいんでしょう？」

「何派でも問題ないですよ。というよりかは、何派と区分付けるものが難しい者も居ますので。そんな人たちをまとめて庶性派とも言いますからね。私も庶性派の黎明派ですから。お店をやりたいと思っているなら何派に入っても入らなくてもいいんですよ。やりたいようにやればいいんです」

「分かりました。やりたいようにやってみます。後、鍛冶屋さんのおすすめはありますか?」

「特にありませんね。自由市で鍛冶場コーナーに居るものを捕まえて聞いてください」

「分かりました。行ってきます」

4

自由市へと足を延ばす。

ピッタリ長靴も眼鏡が手に入ってから一緒に頼みに行けばいいんだから先に眼鏡を頼んでおかないと。時間がかかるようなら後々面倒だからね。

前に来た時はこの辺りが鍛冶屋のコーナーだったと思うんだが。適当に物を見ながら誰に頼もうか決めよう。魔鉄じゃなくて鉄で作って貰いたいから鉄製の細々としたものを置いているところがいい。

「すみません、眼鏡はありますか?　度は入ってなくてもいいんですけど」

「眼鏡か?　一応作れるが、度は無しでいいんだな?」

「そうです。無しでいいです。あ、鉄製でお願いします」

「ああ、分かった。度無しなら二〜三日で終わらぁ。中金貨六枚だ。採寸だけすっぞ」

そう言われすぐさま採寸に、顔に合わない眼鏡をかけたってしょうがないもんね。定規を当て、メモを取り、ささささっと作業をしていくのを見ると流石プロだなって思う。

「んじゃ二～三日したらここに来てくれ、大体はここにいるからよ」

「分かりました。────中金貨六枚です」

「おう、確かに。んじゃ俺は店じまいだな。じゃあまたな」

そう言って『エクステンドスペース』にほいほいと片付けて帰ってしまった。

二～三日経ったらまたここに来てみよう。多少は移動しているかもしれないが。顔は大体覚えたし、何とかなるだろう。

……というか眼鏡高え。レイピア、鉄の剣よりも高いのかよ。ガラスがヤバいのか？　度有りだったらもっと高いのか？　錬金アイテムになったら壊れない様にならんかな。


さてさて、錬金術ギルドに帰ってきた。やることは一つ。読書の時間だ。

書庫の中に入り、ラーラの沼地の本を取り出す。さて中身はどうかな。

……やっぱり一〇ページ、一〇種類ずつしか書いてくれていない。まあ、安い素材を一杯書かれてても覚えられないからいいんだけど。

じっくりと舐めまわす様に細かいことまで暗記していく。

次の行先、ラーラの沼地では、高いのは実らしい。いや、最後の方のページにあるからってだけなんだけど。それにしても実か。今まで実って無かったんだよな。草か苔かキノコだったからな。

後、保存瓶の扱いが難しいぞ。そのままはいいとして、綺麗な水に入れないといけない奴もあれば、泥水に入れないといけない奴もある。

……乾燥させる奴はダメだ。面倒だからな。それにこの泥濘蔓苔はヨルクの林でも採ったからな。

……家族に捨てていいかと言われたのを強制的に却下して集めた素材なんだから。

そして保存瓶当たり大銅貨二枚と高くない。苦労の割に合わない素材なんだよなあ。

5

気付けばいい感じの時間、明日だって明後日だって来ていいんだから別に根を詰めなくたっていい。明日やろう。そうしよう。

という訳で、宿屋に帰ると美味しそうな匂いがしている。

今日のメニューは何だろな。硬パンにシチューかな。牛の乳の匂いが若干する。今世では牛の乳の匂いなんぞ嗅いだこともないが。多分そうだと前世の僕が言っている。

だがしかし、一応聞いてみたいじゃん？　初めて食べる料理だし。

「あの、今日のこれは何ですか？」

「牛の乳を使ったスープだ。パンに浸けると旨いからな」

「へえー、ありがとうございます」

前世のシチューでいいみたいだが、スープらしい。とろみが無いからか？

パンをスープに浸ける。おおー何ともクリーミーな味わい。前世の記憶とは違うさらりとしたスープ状のものだからパンによく浸みる。……この美味さを伝えられない語彙力が憎い。

あっという間に食べてしまったので、食器を返して自分の部屋へ。窓は開けっぱなしていったから空気の入れ替えはできているだろう。長いこと閉め切っていると空気が淀むからな。それに雪が降ってきたらそんな真似はできまい。今の内だけだ。

窓を閉めて、普通に就寝。もうやることもないし、おやすみなさい。


朝、やっぱりベッドはいい。寝袋と違って疲れが取れる。

朝のメニューは、昨日の乳のスープを使った麦粥だ。

昨日のパンとは違い、麦の一粒一粒に牛の乳の旨味が濃縮されたような味わい。良いね良いね、毎日違うメニューっていうのも。


錬金術ギルドでしっかりと調べもの。今日は昨日読んだラーラの沼地の本の復習をしてからあの大きな地図を出す。

手前の町と村の名前くらいは覚えとかないと徒歩になってしまうからね。

外周の一番近くの村の名前はアングロ村か。アングラみたいにアウトローな村じゃないといいな。

近くの町は、ブラス町か。ブラス町まで五日、アングロ村まで三日ってとこだろう、村の数的に。なんでまた村を徒歩で一日、馬車等で半日の所に置いたんだろうな。下手に野営するよりは、村の教会前広場を使った方が安全だから、いいんだけどさ。昔の人は何を考えて村を配置したんだろう。

次の次に行くレールの林の村と町も把握しておこう。

どれどれ、ネラ町までが七日、そこから一日の所にルイス村がある。こっちはネラ町までいいな。一日なら走って行っても問題ない。

レールの林の本も読んでしまうか。まあ、来年も読む羽目になるだろうが、暇よりはいい。来年覚えなくともいいくらいには読み込んでしまおう。

本って熱中すると時間を忘れる。宿に帰って、晩御飯は……ん？　これは夏野菜のあれでは？

トマトのスープだ。

「ご主人、このトマト、もしかして保存瓶に入れて保管しているんですか？」

「おう、冬の間は野菜が減っちまうからな。野菜に使ったって問題あるまい」

トマトの酸味が硬パンに浸みこんで幾らでも入りそうだな。

保存瓶は本当に万能だな。野菜も美味しく、冬場に食べられるんだから。

保存瓶を売ってもらえるということは、ここの宿の二人は読み書き計算ができるってことだ。町の人間は皆文字を習うのか？　鍛冶屋のおっちゃんもメモ取ってたしな。

6

朝、今日も清々しい目覚めだ。

昨日のトマトスープで作った麦粥と肉と野菜のスープを食べる。トマトの甘みと酸味が麦の甘さにマッチしている。スープは鶏ガラかな、濃厚で美味しい。

昨日で錬金術ギルドでやることが終わってしまったから、今日は冒険者ギルドを冷やかしに行こうかな。何かいい依頼があれば受ければいいし。無ければ……どうしようかな。まあ、その時考えればいいか。

冒険者ギルドには、殺気だった冒険者の群れはもうない。受けた依頼をこなしに方々に散っている。

一応クエストボードを見る。……うわぁ、やりたくねぇ。汚物処理場の掃除に自由市のネズミ捕り、ゴミ捨て場のスライムの燃料の回収か。

金額は……一〇個回収で鉄貨二枚。安すぎる。普通に持っていった方がまだお得感あるよ。

……スライム燃料余ってんなら沢山回収していってもいいってことだよな。ちょっと受付で聞いてみよう。

「すみません、スライム燃料の事で気になることがあるんですけど」

「はい、どのような事ですか？」

「依頼じゃなくて普通に持っていく分には制限は無いんですか？」

「はい、特に制限は設けられていませんね。直ぐに沢山できるので」

「そうなんですね。ありがとうございます」

そうと決まれば早速行動。どうせ余っているんなら持っていってみようじゃないの。

ここのゴミ捨て場には数百のスライム燃料がある。それを片端からっていうのは流石にマナー違反だから、一〇分の一だけ残して次のゴミ捨て場に。

ゴミ捨て場を八か所回って大量のスライム燃料を確保。……全部で中銅貨四枚分位集まったぞ。

時刻はまだ正午だ。

……自由市のネズミ捕りもやってみるか。どうせ出来高。一匹当たり鉄貨五枚となっていた。

露店を冷やかしながら、マンゴーシュを片手にネズミ探し。食べ物を置いて売っているわけでもないし、ネズミなんかいるのかね？

……いたなあ。直ぐ走って逃げたけど。マンゴーシュを投げるまでもなくすぐさま逃亡、でも逃げ足はそこそこだから投げれば討伐出来そうよね。しかし、大きかったなネズミ。二〇cm位なかったか？

夕方までにネズミは二六匹捕れた。生死関係なしだから楽でいいよね。値段にして中銅貨一枚と小銅貨三枚。

半日にしては頑張ったんじゃないか？　マンゴーシュの投げる練習にもなったし。

冒険者ギルドに戻り、依頼表を取って個室へ行く。

未使用の部屋に入ってベルを鳴らす。このベルも錬金術大辞典に載ってなかったんだよなあ。どうやって作るんだろうな。

奥から職員が入ってくる。まあ簡単な依頼だし、出来高だし、サクサクッと終了。

で、少し疑問に思ったことを口にしてみた。

「このネズミってどう処分するんですか？」

「食べるんだよ？　君はネズミを食べたことがないのかね？　冒険者ギルドに売っている保存食はネズミの事も多い。そんなに美味いもんじゃないが、食べられない訳でもないよ」

「あ、そうなんですね。分かりました」

ネズミは食用だったのか。あんまりいいイメージないなあ、ネズミ。一般常識みたいだったが、農村では食べなかったからな。

……猟師は食べてたのかもしれないが、貰った肉は多分鶏肉だったと思うんだよね。味的に。

もしかすると知らない内にネズミも食っていたのかもしれないが。まあ、肉は肉として考えよう。

養殖の鶏も兎もいるんだ。ネズミだって食えるんだろう。多分知らない内に食ってるんだろうなあ。

一仕事終えて宿屋へ、今日の夕飯は兎肉がゴロゴロと入ったスープだ。

兎肉って鶏肉よりもさっぱりした感じ。多分香草とかを塗り込んであって、先に焼いてあるんだろうな。香ばしくて美味い。

……まあ、この世界の兎が前世基準の兎とはもう思っていないよ。どうせ役に立たない前世の知識。兎も巨大化してたり、羽が生えてたり、角があったりするんだぜ、きっと。

自分の部屋に帰って、窓の方に干してあった布を取り込みベッドに掛ける。

一応干してみたんだけど、日が暮れてからも置いてあったのが駄目だったか。冷たい布団になっている。

服の洗濯とかもしたいし、明日は早めに宿に帰ってこよう。服の洗濯は井戸水に浸けて揉み洗い、洗剤はなしだが、多少は綺麗になる。

霊地にいるときも偶にやってたんだが、服の洗濯って文化は農村にもちゃんとある、でも洗剤はない。

洗剤が作れたら一財産できるんでは無いかと思ったりもした。だが、洗剤の作り方も凡そでしか知らないし、なんといっても油が必要だった気がする。

油なんて高級品、お貴族様位か裕福な家庭でしか使っていないだろう。そうなると、裕福な家庭にはすでに石鹸くらいはありそうだ。

金にならない話はここまでだ。

7

朝、窓を開けると雪がチラついていた。

寒いけど、習慣だから顔を洗うのは止めない。

今日は洗濯をしよう。雪がチラついてても太陽は出てる。多分昼には止んでる。窓に掛けておいたらちゃんと乾くさ、……乾くよな？

「今日は鶏の卵粥に昨日のスープの残りだよ」

毎日聞いてたからかな。何も言ってないのにメニューを言われた。

お腹が膨らんだから早速洗濯だ。って言っても井戸に置いてある共用の桶で洗濯ものを揉み洗いするだけなんだけどさ。

しかし、この桶、木製なんだよね。この世界、錬金術師の影響が強いせいか、必要最低限の物は土と石でできているから、木製の物って比較的珍しい部類に入る。

……あ、井戸の釣瓶も土と石か。でも村だとそれくらいなんだよね。木製の物って。桶以外だと何があるだろう。刈り取り用の大鎌だってあれはフルで魔鉄製なんだよね。

重くないのかなと思って聞いてみたけど、なんと身体強化しながら持つのだそうだ。身体強化も子供の頃から井戸汲みで覚えさせるんだってさ。……だから長男と長女の仕事は井戸の水汲みだったのか。

因みに次男次女の仕事はゴミ捨てと燃料の回収。僕の扱いだけ酷くね？　と思ってしまったのも仕方ないと思うんだ。まあ、臭い以外は楽だったけどさ。

……そういやあの糞尿処理の大八車、あれも土と石でできてたんだよね。錬金術師は何処にでも何にでも関わっている。

洗濯はそんなに服も何枚もないし、毎日洗う訳じゃない。でも、偶にはね、洗わないとね。気持ち悪くなるからさ、気分的に。

時間もそんなにかからないし、ちょっと冬場はきついけど、水が冷たくて。

さて、今日は眼鏡を取りに行く日です。剣よりも高かったんだから、大切にしないとね。

そんな訳で、自由市に行く。

「おお、坊主か。出来とるよ。一度掛けてみてくれ。なんか具合が悪いなら言ってくれ。直すからな」

「はい。――――問題ないと思います。ありがとうございます」

「いいってことよ。こっちも仕事だしな。代金はこの間先に貰ったからな。じゃあまたな」

次に錬金術師の店に突貫だ。北通りの西側、確かマリアージュって言ってたようなどうだったような。そんな名前だったような気がする。

「いらっしゃい。マリアージュへようこそいらっしゃいました。ご用はなんですか？」

「えっと、ピッタリ長靴と夜通し眼鏡、指方魔石晶の首飾りの作製をお願いします。素材と材料は用意してきています」

「あらあら、それじゃあ素材を出してくれるかしら。眼鏡はそちらよね、預かるわ」

「――素材はこれで良かったですよね？」

「……ええ、問題ないわ。早速作ってくるけど、お店で待つかしら？　それともお仕事の後で取りに来る？　そんなに待たせるわけでは無いけれども」

「ここで待ちます」

「じゃあ急いで作ってくるわね」

……このお店って簡素だけど整っているような印象を受ける。この辺の装飾はセンスなんだよね。才能は関係なし。

待つこと一五分位。錬金術師さんがカウンターの所に出てきた。

「終わったわよー。代金は中銀貨一枚と小銀貨四枚よ。――はい、確かにいただきました。またいらっしゃいね」

時刻はまだまだ午前中。今日も冒険者ギルドに冷やかしに行きましょうか。そしてネズミ捕りでもして小銭稼ぎといきましょうか。なんだかんだとマンゴーシュを投げる訓練になるんだよね。他にレイピアを振り回していても怒られないし、訓練には最適なんだよね、ネズミ捕り。

さてさて、今日は何匹のネズミが犠牲になることやら。

第十九話　八歳　冒険者よネズミを狩れ、やってきましたラーラの沼地

1

長い冬がようやっと過ぎ去り、種をまく春が扉を叩こうとする季節になった。

この冬はなんというか、ネズミ捕りに精を出した冬だった。

ネズミには冬眠という概念が無いのだろう。無限に湧いて出てくるかの如く捕れた。本当に沢山捕れた。

一日に五〇匹ぐらいは処分したのに尽きないんだもの。無限に湧いて出てきているんじゃないかと思うほどに捕れたのだ。

マンゴーシュを投げるだけでなく、レイピアで斬りつける事もやった。才能を正しく使えばネズミなんぞゴブリンとそう変わらない。的がちょっとばかし小さいのと、こっちに向かってこないことが違う事かな。

それでも二日に一回は錬金術ギルドに行ってラーラの沼地の本の復習をしていたし、他の霊地や

魔境の本も読んだ。

……それほどに暇だったのだ。

冬にできることが殆どない町、本を読んで分かったことだが、ジェマの塩泉も夏場がピークで冬場は魔物もおとなしいとのことで、魔境を出ていく魔物も少ないのだ。

当然の如く、魔境付近に行く乗合馬車も減る。そうすると乗合馬車で狩りをしていた冒険者が余る。

……そして冒険者ギルドに詰め掛ける訳だ。

朝早くに行ってみた冒険者ギルドは戦争だった。殴り合いをしながら依頼表を受付に持っていき、読んでもらっては一喜一憂し、何が楽しいのか依頼表の奪い合いだ。

お前さんら全員ネズミ捕りに精を出せばこの町のネズミもいなくなるんじゃないかってくらいには冒険者が余っている。

……それなのにネズミ捕りは受付で返されるのかいつも余っているんだよなあ。一日頑張れば中銅貨二枚位にはなるんだぞ？　他の依頼はそんなに割が良いものなのか？

一度買い取り窓口で聞いたことがある。何で冒険者がネズミ捕りをしないのかと。そうすると返って来た言葉は、普通の冒険者はネズミに追いつけないから一日数匹しか捕ってこられないのだという。

投げろよ、何の為の投擲武器だ。マンゴーシュでさえ体に当たれば痛さで悶絶している間に首を例ねる事くらいはできるってのに。それほど冒険者は戦う系の才能が無いのかと思うくらいには驚いている。

同じ宿に泊まっている冒険者とも少しは話はしたが、僕がネズミ捕りの仕事をしていると言ったら驚いていた。ここに泊まれるくらい稼いでいるなら休めばいいのにと。

怠惰になる気はないけど、休めるときは休みなさいって言われてしまった。先輩冒険者の言うとおり来年からは休みを入れてみよう。

本を読んだり調べものをしたりってのは休みの内に入らないそうだ。二日に一度は休んでると言ったらそれは違うと否定されてしまった。

2

でもそんな鬱屈した日々もこれまで。今日からまた採取への旅ですよ。

今回の行先はラーラの沼地。準備は万全、ブラス町までだが馬車も見つかった。近くには魔境は無いらしいから僕一人しか乗っていないが、暫くは馬車旅を満喫しよう。

……馬車に飽きたんじゃなかったかって？　そんなのネズミ退治よりはマシだよ。ネズミ退治より退屈じゃないしさ。初めて見る景色だし、飽きが来るまでには到着するさ。多分ね。

そんな訳でやってきましたラーラの沼地。

馬車旅で唯一あったイベントって言ったら、御者さんがブラス町までの所をアングロ村まで延ばしてくれたことくらいだよ。

僕一人だったし、次の行先も決まってないって言ってたから延ばせるなら延ばして欲しいとお願いしてみたら通っちゃったんだよね。

でも行先変更はままあるらしく、特に決まった行先のない馬車なら融通が利くということが分かったのは収穫だった。

王都まで行くのに何回乗り継がないといけないのかハラハラしてたから、これで少し悩んでいたことも解決した。

ラーラの沼地にも冒険者が一人もいない。

沼なんだから冬場は寒いんだろう？　だから人気が無いのはわかる。

でも今は春。……今年は独りぼっちなんてことはないよな？　霊地なんだから採取に来る冒険者はいるよな。……いて欲しいなあ。

テントも張り終わって、下見にでも行くか。

長靴に履き替えて、夜通し眼鏡も掛けて準備よし。さて行ってみようか。

外見は普通の林だが、足元が沼。マングローブらしきものの根が水の中にあるので、知らない内に蹴躓くな。それにピッタリ長靴よりも深い。半ズボンだからいいものを、膝まであるよ沼の深さ。

泥水だから、採取した物を入れる際は綺麗な水を井戸から汲んでおかないといけない。

でも……こんな土地にも魔力茸ってのは生えるんだな。しかも泥の上に。水っぽい泥じゃなくて土っぽい泥だから生えてもおかしくないのか？　よく解らん。

今日の調査はこれくらいにしておこう。思ったよりも進みづらいから、奥に行ったら注意しないと。

夜通し眼鏡のせいで昼か夜かの区別が直ぐには付かないんだよね。外しても昼か夜かは分かりづらいんだけど。しっかりと魔械時計で時間を確認する。

3

ラーラの沼地から出てきて、井戸で足を洗う。

ピッタリ長靴は本当に体にぴったりと張り付くから靴の中に泥が入らないのが良いな。

ただ、この時期でも流石に寒い。後であったか布で足を温めないといけないね、風邪なんてひいてられないからね。

買った布を切ったやつで足を拭く。これは拭き布は毎日干した方が良さそうね。テントの上に掛けておけば一日あれば十分乾くでしょ。

後はカンパノの森の時と同じように、トイレの予約だけは先に取っておこう。一々払うのが面倒だから受け入れてくれると有り難いな。

「ごめんください」

「はいはい、今出ます。――――はい、ご用件は何でしょうか」

「次の冬までここに泊まるので、トイレの代金を先払いさせてもらいたくて、大銅貨五枚でどうでしょうか？」

「ええ、いいですよ。先払いなんて珍しいですが、いいのですか？　損をするかもしれませんよ？」

「いいえ、多少の損よりも手間の方が面倒なので」

「そうなんですね。冒険者も色々なんですね」

先払いの方が珍しいのは確かだろうな。カンパノの森と同じく、不人気であろう霊地。長期滞在の予定の冒険者の方が珍しいだろう。

ましてや僕みたいに一年いる方が稀だろう。

僕はお金じゃなくて素材が欲しいからこうしてるけれど、普通はある程度採ったら移動したり、売りに行ったりするだろうし。この村に錬金術師が居れば知らないけど、普通は保存瓶の補充が必要だからね。

トイレの契約も終わったし、時間は少し早いけど晩御飯の準備だ。

基本的に保存食だけだし、宿屋のご飯が美味しかったから食事が寂しいのは悲しいことだ。


翌日。今日から本格始動だ。

朝食を食べ、ピッタリ長靴も履き、夜通し眼鏡も掛けて、準備は万全だ。

今日は深いところに行くのは止めて、近場で採取だ。いきなり深いところに行って万が一のことがあったら嫌だからね。まずは様子見、慎重さが大事。

でも不人気採取地は、浅い所でも貴重な素材に巡り合える確率は十分にある。さてさて、一日でどれくらい収穫できるだろうか。

沼地の少し奥、水の湧き出ている所なんだろうか。水が澄んでいる場所がある。霊地だけ地下水位が別なんだろうか。

この澄んだ水の中にも素材がある。……というかそういう場所でないと泥の中にある素材は判らない。キノコや何かを踏んづけた感覚はあるんだが、それが素材なのかどうかが判別がつかない。

こうした水の湧きポイントでしか見られない、採れない素材もありそうだ。本ではそこまでは教えてくれはしないからな。現地で情報収集しながらだ。


夕方、体は芯から冷えて凄く寒い。

これは冬場の採取は地獄だな。それに食べられるかもわからない素材を相手にする冒険者も少ないはずだ。

沼地から上がってからがまた大変だ。足を綺麗に洗わないといけないし、それがまためんどくさい。

何度も井戸から水を汲みだし、足の泥を洗っていく。足を洗うのだけでもめんどくさい。これから毎日何度も井戸汲みか、嫌だなあ。

第二十話　雨の日、村の子供たちと交流

1

雨の日。

流石に雨の中採取する気にはなれない。寒いし、水冷たいし、眼鏡の視界悪くなるし。

本を読むにも、読む本が無い。本は貴重品なので、娯楽用の本なぞ無い。だからこその吟遊詩人だし、芸者だったりする。

吟遊詩人などの旅芸人は、基本的には町での興行でお金を稼ぎ、村々を渡って小銭を稼ぐ。時には魔物を倒す冒険者としての側面もある。殆どの旅芸人は冒険者登録をしているため、戦えたりするわけだ。

乗合馬車に乗っている時なんかも、積極的に魔物を倒している。サーガを謡う吟遊詩人も、自分の戦いの経験を交えて謡うものもいるくらいだ。その方が臨場感が出るし、いいんじゃないかとは

思うけど。

そういう旅芸人なんかが村に来るのは珍しいから子供たちが寄ってくる。

寄ってきたら旅芸人も分かっている場合が多いので、一芸披露してくれたりする。決して金にならないが、場馴れをするには丁度いいお客だったりするわけだ。

そうして場数をこなし、大きな町での興行に備える。こういうサイクルで旅芸人というのは成立しているわけだ。


娯楽の無い村、来る冒険者の少ない村では訪問客というのが珍しいらしく、雨の中焚火をしながらあったか布に包まりながら暖まっていると、建物の陰からこちらを覗く子供たちの姿が見えた。

雨に濡れて寒くは無いのだろうかと心配するが、それ以上にこちらに興味があるんだろう。

しかし、何時までこっちを見ているんだろうな。びしょ濡れだぞ。土砂降りじゃないにしても結構な雨量なんだし、直ぐに飽きてどっかに行くと思ってたんだがなあ。

「冒険者さん冒険者さん、お話聞かせて」

こっちに来たと思えばお話か。まあ、暇つぶしにはいいか。

「じゃあ教会に行こうか。濡れちゃうからね」

「「「「はーい」」」」

こうして子供四人と教会に来た。

奥に行って神父様にお願いをする。

「すみません、子供たちに話を聞かせてあげたいので、部屋を貸して欲しいのですが、あ、これ寄付金です」

「ええ、構いませんよ。こちらの説教室を使ってください」

「ありがとうございます」

部屋も確保して、子供たちを呼びに行き、説教部屋へ。

「さてさて、何の話を聞きたいのかな?」

「冒険の話!」

「戦いの話!」

「はいはい、お兄さんも戦いはそんなにしてないから簡単なお話になるけどいいかな?」

「「「はーい」」」

初めてのゴブリン退治の話をしてやろう。後は、馬車で見学した時の冒険者の話でもしてやろうかな。それくらいしか戦いの話、冒険者っぽい話が無いもんな。基本採取メインですから。

2

三〇分ほど、ゴブリン退治の話を面白おかしく話したら、話の種が無くなってしまった。

創作でもいいんだが、生まれてこの方吟遊詩人なぞ見たこともなし、どうすればいいのやら。

「次はどんなお話がいいかなー？」

「どうしたら冒険者になれるの？」

「僕も冒険者になりたい」

「わたしもー」

次々に冒険者になりたいという子供たち。そうかー、冒険者になりたいのか。ならばすることは決まっているな。

「冒険者になりたいならば、まずは読み書き計算ができる様になることだ。これが一番大事だぞ」

「文字の読み書きってどうするの？」

「計算って何？」

「それは教会で教えて貰えるぞ。ちょっと待ってなさい」

先ほどの神父様を捕まえる。

「すみません。ここの教会は文字の読み書き計算を教えていますか？」

「ええ、希望者が居れば教えておりますよ。お習いになられますか？」

「いえ、僕じゃなくてこの村の子供たちです。良ければ明日からでも教えてあげてください」

「分かりました」

そういうと、神父様は説教部屋へと入っていった。

「文字の読み書き計算を習いたいというのはあなたたちですか」

「そう！　冒険者になるには大事なんだって！」

「僕も冒険者になりたい！」

「わたしもー！」

「では、明日の朝からこの教会に来てください。ここでお勉強をしましょう」

「「「はーい」」」

「良い返事です。お父様お母様に何処に行くかを言っておくのですよ」

とりあえず、文字の読み書き計算ができればいっぱしの冒険者にはなれる。これで冒険者広場に屯している冒険者行きは避けられるだろう。

後はお祈りだな。冒険者になりたいと、それらの才能をくださいと祈らなければならない。

エドヴィン兄やマリー姉だって祈って自分の欲しい才能を得ていたんだ。祈りの力は偉大だろう。

「神父様、このまま礼拝堂に行ってもいいですか？　子供たちが欲しい才能を貰えるように祈らせたいので」

「それは良いことです。一緒に行きましょう」

神父様に先導してもらい礼拝堂へ。ここで両膝をついてお祈りだ。

「僕が手本を見せるから、真似して祈るんだぞ。真剣に自分の欲しい才能を祈れ」

そう言って祈りの構えをとる。

周りを見ると、そこには真剣に才能を祈る四人がいた。

「いいか？　ここに読み書き計算を習いに来る時に毎日するんだ。星振りの儀が終わるまで毎日だ。今日の様に雨の日や、家族の用事があるときはそっちを優先していいからできるだけ多くの日にお祈りするんだ。それがいい冒険者となる第一歩だ」

「「「「はい」」」」

「よし、いい返事だ。……雨も上がったようだし、今日はここで解散だ。明日から真剣に学べよ」

いつの間にか上がっていた雨。もう少し早く上がってくれていればわざわざ教会に来なかったかもしれないな。

そう思うと、雨がこの子らをここへ導いたのかもな。この世界、神様がまじでいる世界だから、神様が何かしたんじゃないかと思ってしまうな。

第二十一話　霊地に漂う大水蓮、幻獣タルタランドラン

1

暑さが突き抜ける晩夏になった。

ラーラの沼地の結構奥まで入ると、水が木ほど高く立ち上っている。

本当、ここの地下水源どうなってんの？　それとも魔力？　霊力？　かなんかが働いてるのか知らんけど、不思議光景過ぎる。

それよりも不思議が目の前にある。なんかどでかい蓮の花みたいな花が咲いてるんだけど、こんなの図鑑に無かったよ？　素材になるのかなこれ。というか乗れそう。

この村錬金術師さん居るかな？　予備の指方魔石晶の首飾りをここに置いておいて、明日錬金術師さん居たら連れてこよう。


帰ってくるのに三時間半掛かった。

まずは村長の所へ向かう。

「あらどうも、トイレかしら？」

「いえ、この村に錬金術師さんはいるのかなって思いまして」

「錬金術師様なら村をあちらの方向に歩いて行ってもらえばお店がありますよ。一軒だけ離れていますから簡単に判るはずです」

「ありがとうございます。いってみます」

村長夫人から錬金術師さんの店を聞き出し、そちらの方へ歩いて行く。

……村を歩いて少し、錬金術師のお店らしき建物を発見した。

……らしきというのは、確かに一軒だけ離れているんだけど、看板が無いから一応らしきだ。

「いらっしゃい、ポーションかしら？」

「いえ、ちょっと聞きたいことがあって、このラーラの沼地の大きな花について教えて欲しいんです。本にも載ってなかったので」

「〝漂う大水蓮〟の事ね。見つけたの？」

「はい。でもどの部分が素材か分からなかったので帰ってきたんですが、どう採取すればいいんですか？」

「素材にはならないと思うわ。誰も採取したことが無いから判らないけれど、強力な水属性だって事くらいしか解ってないわ。それにもう一度同じ場所に行っても無駄よ。〝漂う大水蓮〟ていう呼び名通り、移動するのよ」

「この沼地の木って移動するんですか？」

「一日に二〜一〇メートルくらい動くわ。霊地の魔力が噴き出している地点、水が溢れているのを見たことない？」

「あります。不思議に思ってたんです。井戸の水位よりも高い水位の地下水がないと溢れないですよね？」

「そうよ。普通じゃあり得ない、この霊地特有の現象ね。その水の溢れ出る場所が時間によって変わるのよ。だから木と木の間を移動してしまって、その場所にはもうその花はないわ」

「でも見つけることはできると思うんです。昨日と同じ時間かどうかまでは解りませんけど」

「どうしてよ？　誰も何処に行くか解らないから〝漂う大水蓮〟なのよ。その場所が解れば苦労はしていないわ」

「その花の花弁に指方魔石晶の首飾りを掛けてきたんです。なので移動距離は解りませんが、〝漂う大水蓮〟の場所には行けるはずです」

「そうか！　そんな手があったのか！　少年、明日朝早くにその場所に向かって歩くわよ。日が昇る前に私の所へ来なさい。日の出前に直ぐ出発するわよ」

「解りました。明日早めにここに来ます」

「ええ、待っているわ。……漸く私にも運気が巡ってきたようね」

なんだかよく解らないが、何かが動き出した予感がするぞ。

こういう時は、流れに身を任せるのが一番いいっていう事くらい僕にだって解る。

今日は早めに寝よう。

2

朝、というかまだまだ夜中といってもいい時間。

早起きをして早速昨日作っておいた飯を食べて錬金術師のお店へ。

扉の前にすでに僕を待つ人影、うんヤル気十分だね。

「おはよう少年。今日は道案内を頼むぞ」

そうして、まだ日も昇らぬ時間に沼地の中へ、僕も錬金術師さんも夜通し眼鏡を掛けているから暗いのは何も問題ない。

ただひたすらに指方魔石晶の首飾りの指す方向へ歩く。若干の早足なんだが、それでも遅いとせっつかれそうな殺気。

ラーラの沼地に入って四時間半、遂に目的の物を見つけた。

「少年の言う通り、指方魔石晶の首飾りの先にあったな」

「ちょっと昨日よりも中に入ってきてしまったようですけど」

「〝漂う大水蓮〟の行先を知れるというだけで儲けものだ。礼を言うぞ少年。ああ、報酬は別途払う。安心してくれ給えよ」

「ありがとうございます」

「ここには四つの〝漂う大水蓮〟があるわけだが、念のためにこれら全てに指方魔石晶の首飾りを掛けてしまおう」

「本当に素材にならないんですか？　これ」

「なるとは思うが、保存瓶に入っても花弁の欠片だけだろう。それだけなら竜宮之使の実だけでも十分だからな」

「……なんでこの〝漂う大水蓮〟を追いかけていたんです？」

「こいつの蜜を幻獣タルタランドランが吸いに来るのさ。タルタランドランの研究がわたしのテーマだからね。ほら、あそこにいるだろう。あれがタルタランドランだ」

そういう前方には水色と虹色のアゲハ蝶が何匹もいる。多分五〇㎝くらいありそうだ。

マルマテルノロフは黄金色に白の縞模様だったが、こっちのは目が痛くなるような配色だ。

「そして、〝漂う大水蓮〟にこれを付けて引っ張るという訳だ」

『エクステンドスペース』から取り出したのはかなりの量巻き込まれた糸だ。何に使うんだそんなもん、と思っていたら、四つの〝漂う大水蓮〟を連結し始めた。

「まさか〝漂う大水蓮〟を持っていく気ですか？」

「ああ、今日明日には無理にでも、時間をかけて外縁部に引っ張ってこようって寸法さ。この糸も昨日作った特注品だしね。土属性と水属性の糸で硬度と耐久性を持たせたから、ちょっと素材を使い込んじまったが、〝漂う大水蓮〟を持っていくことに比べれば安いもんさ」

マジかよ、この花持ってくるとかやべーこと言い始めましたよ。

あの後作業してたのか、この高いテンション、寝てないなんてことないだろうな。

そのあと糸を張りながら錬金術師さんのお店まで帰った。糸は井戸の支柱に括りつけた。

「いやあ、今日は少年のおかげでいい収穫だったよ。これで何年かすれば論文が書けそうだよ。

――これ今回の報酬ね」

「……!?　いいんですか、大魔金貨五枚ですよ!?」

「ああ、私にとってはその位価値のあるもんなのさ。タルタランドランの論文なんて長命種でもやらないほどには難しい研究なんだ。まずは〝漂う大水蓮〟を見つけるところからが勝負だからね。四つも外縁部まで運ぶっていう手段に出る奴なんてそうそう居ないはずさ。これで私も論文作成の下準備が整ったという訳さ」

「でも、枯れたりとかはしないんですか？　あの花」

「枯れたら枯れたでいいのよ。その様に論文を書けばいいんだから。それにタルタランドランの生態に一歩近づくだけでも大きな進展よ。少年は霊地が沢山あるのは知っているわよね？」

「はい、この子爵領でも五か所の霊地がありますよね」

「その霊地にそれぞれ幻獣が住んでいるんだけど、違う霊地に同じ幻獣が住んでいることもあるの。餌が同じだったり、環境が似ていたりとそれぞれ特徴があるんだけど、タルタランドランは水属性の霊地で沼地であることが条件なの。タルタランドランともなると餌を用意できないから捕まえることはできないし、まずは〝漂う大水蓮〟を見つけないといけない。研究もなかなか進んでないのよ。だから少年には感謝しかない訳よ。これである程度の結果が出れば、他のタルタランドランの研究者にも伝えることができるし、何よりも一歩以上他の研究者よりも先にいけるもの」

錬金術師の話だからとりあえず聞いとこうかなと思ったけど、だんだんとヒートアップしてきたぞ。

「これで私の研究も漸く進む！　あの時、短命種がタルタランドランの研究なんてって言っていた奴らの鼻を明かしてやるわ。見てなさい！　こうして「ありがとうございましたー！」」

話がもう一度ヒートアップし始めたので、強制ストップを入れて店を出てきました。

ジュディさん曰く、錬金学術院には極まった人たちが沢山いる、傲慢やその他諸々に呑まれた人たちが沢山いるって話だったし、この人も一部極まっているタイプなんだろう。

今日はこのままテントに戻って、……ちょっとどころか大分早いけど、夕飯にして寝よう。そして夕飯は沢山食べよう。まだお肉も残っているし、ちょっと豪勢に食べちゃおっかな。

まだ明るい道を少しだけ遅い足取りで帰るのだった。

第二十二話　村人襲来、良い冒険者になるには

1

麦畑が黄金色に輝く秋になった。

あれからもちょくちょく錬金術師さんの所に行った。主に〝漂う大水蓮〟の関係で。

素材を探していて、〝漂う大水蓮〟を見つけるたびに、報告していた。

そうしたら錬金術師さんは、一個見つけるたびに大魔金貨一枚くれる。

ここの素材の値段はそんなに高くないらしく、霊地の採取物としてはいい所じゃ無いみたい。でも、僕にとっては属性素材があればあるほど嬉しいから、関係ないんだけどね。

そんな訳で、思うがままに採取していると、他の冒険者が意外と来る。

夏は涼しいから、両手で数えられないくらいのテントがあった時もあった。

採取は順調に進み、素材が合っているのかこの村の錬金術師さんに確認できたことは大きい。向

こうは〝漂う大水蓮〟の情報が貰えるんだから、win‐winの関係だもんね。

それと、冒険者になりたいって言っていた子供たち。あれからちゃんと毎日お祈りとお勉強をしているようだ。

文字の読み書き計算は立派な冒険者になろうと思ったら必須だからね。ちゃんと約束を守っているようで何よりだ。お祈りも、来た時と帰るときにやっているらしい。

ところがある日、村の大人衆がテントにやってきた。

「子供たちに良い冒険者になるにはどうしたらいいかってのを教えたのはお前か?」

「そうですが、それがなにか?」

「……良い冒険者になるには文字の読み書き計算ができないといけないというのは、本当の事か?」

「本当の事ですよ。文字の読み書き計算ができないと冒険者ギルドの資料が読めませんからね。資料が読めないということは、適切な採取の方法も知らないということです。そんなことを冒険者ギルドでは教えてくれません。自分で学ぶしかないのです」

「文字の読み書き計算ができない冒険者は軽く見られるってことか?」

「そうですね、ここに来ているのは、殆どが文字の読み書きができる冒険者です。だから見た目もマシだし、普通の人に見えるでしょうね」

2

……どうも話の先が見えない。こちらを責める気はなさそうだが、何故冒険者の内情を聞きたがるのだろう？　この人たちは農家のはず。でなくても長男であることには変わりないでしょう。

「冒険者の行く末はどんなもんなんだ？」

「魔境で一旗あげられる才能もちなら、魔境で稼いだ資金を基に家庭を築くこともできるでしょう」

「……文字の読み書きができない奴はどうなるんだ？」

「焼死か餓死か、碌な死に方をしないでしょう。恐らく四〇歳までに死ぬと思います」

自分の弟や妹の心配をしているのか、だから遠回しの聞き方をするのか？

「文字の読み書き計算さえできれば良い冒険者になれるのか？」

「それを覚えても、それを使おうとしなければ最底辺の冒険者行きですよ。でも、読み書き計算ができれば冒険者ギルドも助けを入れるでしょうけど」

「毎日祈れって言ってるのはどうしてだ？　何故祈らせる必要がある」

「星振りの儀の前までに神様に自分の欲しい才能を祈っておくと、その才能に星が振られやすくなるんです。現に私も、私の兄姉たちも自分の欲しい才能に星を振られています。願いが強いほど、叶えられる確率は上がるはずです」

「それは、長男長女の農家の才能でもか？」

「私の長兄は農家に星が五つ振られました。祈っていた期間こそ短かったですが、恐らく振られる星が増えると思います」


「なあ、他の子供たちには教会に行くように言った方が良いかもしれん」

「だな。冒険者という名の雑用係では何のために町に出すのか解らんぞ」

大人衆があああでもないこうでもないと僕を放っておいて話し合いを始めてしまった。

まあ言いたいことは分かる。祈れば欲しい才能が手に入るなんてこんな美味い話、なんで教えてくれなかったんだってとこだろう。

しかし、それはしょうがない。祈れば確実に欲しい才能が貰えるかどうかは、実際の所、傾向があるだけで、本当かどうかは判らないからだ。

祈ったのに貰えなかった事例は僕は知らないが、確実にあるだろう。それは祈り方がまずかったのかどうかまでは判らないから判断のしようがないのだ。

「なあ、冒険者さんよ。今からでも今年の子は間に合うと思うか？」

「星振りの儀の話ですか？　間に合うかどうかは本人次第です。祈りの強さによって効果は変わってくると思いますので」

「間に合う可能性があるならやらせてみよう。文字の読み書き計算の方はどうだ？」

「文字の読み書き計算の方は、できない奴は村から出さない様にすればいいだけじゃないですか？　農民でも大鎌や鍬の修理や行商人に快命草を売ったりしますよね？」

「……それもそうだな。農民でもできる事には越したことはない。……村長に相談だな」

「ああ、それがいいだろう」

「結論を俺たちが出すのは早いな。村長とこに行ってみよう」

そんな訳で、ぞろぞろと大人衆が村長の家に入っていった。

読み書き計算はできて損は一切ない。むしろ得しかない。

今まで農民としてだけやってきた人たちなら別にいらないかもしれないが、町に行くのならできないとやっていけない。

この村も、家の村の様に変わっていくのかもしれないな。

第二十三話　領都セロニアに帰りたい、才能を超えた先に技がある

1

麦の刈り取りも早々に終わり、そろそろ寒くなってきたので、セロニアに帰りたいんだが、都合のいい乗合馬車が来ない。

ブラス町まで歩いて行ってもいいんだけど、歩き旅は勘弁願いたいので乗合馬車を待つつもりだ。

季節は晩秋か初冬、寒いったらありゃしない。

流石の不人気霊地、こんな季節にラーラの沼地で採取やってる奴なんてどんな物好きだって話だ。

寒いのを我慢しながらも採取をし帰ってきたら、念願の乗合馬車が来てくれていた。

……まだだ、まだ喜ぶんじゃない。行先がセロニアとは限らんだろう。

「こんにちは。この馬車は何処行きですか？」

「セロニア行きだよ。やっぱりまだいたみたいだね。覚えてる？　ここに乗って来た時にも挨拶しただろう」

「ああ！　ここに来た時の御者さん！」

「ネラ町からセロニアに帰る予定だったんだけどね。そういえばラーラの沼地に晩秋までいるって言ってた冒険者がいたなあって思ってね。とりあえず予定もなかったし、帰るついでだと思って寄ってみたんだ」

いやー、有り難い。まさかここに来るときにお世話になった御者さんにまたお世話になるとは。

それに一度しかあってないのに覚えてくれていたのはちょっと嬉しかった。

お客を沢山乗せるのが仕事の乗合馬車だ。一々覚えていられないと思うんだよね。まあ、ラーラの沼地に晩秋まで行くっていう特徴がなければ僕のことなんて覚えてなかっただろうけど。

「そんな訳で、どうする？　セロニア行きだけど、乗るかい？」

「乗ります！」

「じゃあ大銅貨八枚だ。明日の朝出発するからそれまでに準備をよろしくね」

見た目は怖いけど、優しい御者さんが来てくれて本当に助かったよ。

これで明日にはセロニアに向かって帰れる。漸く帰る用意というか伝手というかが揃ったから今日は豪勢に肉を全部使い切ろう。……最近は麦粥ばかりで寂しかったんだよね。


翌朝、後片付けをしてテントを片して馬車に乗り込む。

……今回も僕だけだから襲撃が有ったら出動しないといけない。でもこの辺には魔境がないから魔物も基本はいないんだけどね。

そんな訳で何事もなく、前の宿屋に戻った。

今回は三〇六号室、最後の部屋だって言われたよ。良かったたまだ空いてて。

朝、久々にベッドで寝たから気持ちよくて熟睡した気がする。

今日はちょっと鍛冶屋のコーナーに用事がある。今使っているレイピアとマンゴーシュのメンテナンスだ。

突き重視、切れ味重視のレイピアだ。メンテナンス回数は普通よりも多い気がする。重量で叩き斬る訳じゃなく、切れ味が物を言う武器だ。幾ら『エクステンドスペース』で保管しているからって、切れ味が鈍らないとは限らない。

そしてもう一つの目的は、予備の武器を持っておきたいと思ったからだ。

今はレイピアとマンゴーシュを使っているわけだが、二つとも剛の武器ではなく、どちらかといえば柔の武器。幅広肉厚の剛剣ならともかく、幅狭肉薄の柔剣だと折れる危険性もある。

念のためにもう一本同じ武器を持っておいた方がいいと思う。この際、レイピアをもう二本とマンゴーシュを九本仕入れておきたい。

2

鍛冶屋コーナーをぐるっと回ったが、鉄の武器を扱っているところが少なかった。冒険者の質のせいか、安い魔鉄製が売れ筋なんだろう。

細剣をメインで扱っていた三軒が候補に上がった。その三つで一番いいのが何処かは解らないから、一番細い剣、ブロードソードがあった店にしよう。ブロードソードも切れ味重視の剣だからね。

ブロードソードを売っていたお店に行き、もう一度品ぞろえを見る。

体格が追いついてないから今はレイピアの方が使いやすいが、ある程度大きくなったらブロードソードに切り替えるかもしれないし。予備の武器だし、もう一本はブロードソードにしてみようか。片手剣だし、切れ味重視の剣だからやっぱり手元に重心がある方が取り回しがいいんだよね。うーん、思ったよりも重心が先にある。もうちょっと手前の方が手首の使い勝手がいいんだよな。

後はパリィングダガーだが、主に投げナイフだな。これは沢山の種類がある。

……とりあえず一種類ずつ買ってみて使い勝手を確かめるか。九種類選んでみて使い勝手の悪い物は最悪売ればいいんだし。

「すみません、この剣とこの投げナイフを九個お願いします」

「おお、色々確かめていたが、納得がいった感じか。そうさなその剣は小金貨五枚だ。投げナイフは一律小金貨二枚だな。〆て小金貨二三枚だ」

「あと、これと同じ武器を打って欲しいんですが、出来ますか？」

「……やけに細い剣だな。重心は手元、切れ味も必要だな。主体は突きか。まあ打てるぞ、一日だな。どうする？」

「出来るなら同じ剣を打って欲しいです。あとメンテナンスもお願いします。この投げナイフもメンテナンスをお願いします」

「ああ。だが、投げナイフは分かるが、この細剣も研ぎ直すのか？　……まあやれってならやるが。研ぎ二本で大銀貨二枚。この細剣を打つのに小金貨三枚だ。坊主、結構稼いでんな。いい冒険者じゃねえか。広場に屯している奴らとは違うようだな」

「まあ、鉄製を買える程度には」

「鉄製を買えるなら十分立派な冒険者だ。この細剣を見る限り魔境に潜ってる感じはしねえしな。しっかりと採取してんならこれくらいの武器は当然持てるからな。それに予備の武器を持とうって考えは正しい。特にこんな細剣は折れたらどうしようもないからな」

「一応斬れるのも確認はしてますけど、斬るのは控えた方がいいですか？」

「いや、鉄製だし作りもしっかりしてるから斬るのも問題ない。ただ余り大物の相手はせんことだ。こいつじゃ体重を乗せた一撃には耐えられねえ。上手く斬らんと肉の途中で止まる羽目になる。こいつは叩っ切る武器じゃねえ。切り裂く剣だ。腕で振るうんじゃなく体全体を上手く使って裂く様に斬らんとな」

「解っているつもりですが、才能次第ですね。才能の思うように刃を当てていく感じで使ってますから」

「その歳で才能が剣筋を教えてくれてんのか。愛されてるな、才能に」

「そういえば前にも言われましたね。才能に愛されているって。そんなに違うもんなんですか？」

「俺らも少なからず鍛冶師の才能もちだが、鎚を振るうところが解るようになるには少し時間が掛かったってもんよ。いい剣を打つには、才能で何処を叩けば思い通りの武器になるかってのが判るときが来るんだ。それが出来て漸く半人前よ。そっから才能を上手く使いながら才能を超えた物を作れて一人前だ。剣士も同じだろうよ。……まあ、星の数が多ければ多いほど技の域まで達した道筋をつけてくれるんだがな。俺も受け売りだからよう、人のことを言えねえが、才能を超えたところに本物の技ってものが見えてくるらしいぜ。それもまずは才能に愛して貰わにゃ始まんねえんだ。坊主はもう才能に愛してもらえたんだから、後はそれをどう技に変えていくかだ。剣士の道に進もうってんなら極めんのは大変だ」

「アドバイスありがとうございます。でも、僕の道は錬金術師になることなので、剣の道には寄り道程度にしか進まない予定です」

「錬金術師は才能じゃ計れねえらしいからな。金が思っきり掛かるって話じゃねえか。極めるんなら貴族くらいの金持ちじゃないと難しいってくらいは知ってらあ」

「なので魔境でお店をやれるくらいにはなろうと思っています」

「魔境で店か、いい夢じゃねえか。応援してるぜ」

「ありがとうございます。剣は明日また取りに来ます」

「おう、明日またこの辺で待ってるぜ」

買い物だけじゃなくて色々な話が聞けたな。才能を超える技か。錬金術師の鉄迎派は多分技まで持っていくことを目標の一つとしているんだろうな。

……僕のやっていることって、鉄迎派に似ているというかそのまんまなんじゃなかろうか。じゃあ僕の入る派閥は鉄迎派になるんだろうか？　錬金学術院に行く楽しみがまた増えたような気がするな。

まあ、何派でも店はできるって錬金術ギルドで聞いているし、多分鉄迎派にはお世話になるだろう。魔境でお店をやるんだ。戦えないと素材採取も捗らないだろう。

……でも、魔境でお店って成り立つのかな？　ポーション売るだけになりそうな気もするが、錬金術師になってお店をやってみたいってのが一つの夢なんだが、なるべく錬金術でアイテムを作って生活したいよね。ポーション製造機にはなりたくないけど。

脱線を重ねて色んなところに思考が飛んで行ったが、ゆっくりと歩いている間に宿屋に到着した。

時刻はまだ午前中。冒険者ギルドを冷やかしに行って、ネズミ捕りでもしようか。

今来た道をまた戻り、冒険者ギルドへと歩いていった。

第二十四話　錬金術ギルドに駄弁りに来ました、初めて来ました代官屋敷

1

細剣の受け取りに自由市の鍛冶屋コーナーに行く。

「おう坊主、剣ならちゃんと出来てるぞ。……重心なんかも同じように作ったが違和感があれば言えよ。てめえの命を預ける武器なんだからよ」

「はい、ちょっと素振りさせてもらいますね」

そう言って何度か素振りをしてみる。……うん、問題なさそうかな。重心もちゃんと手元にあるし、取り回しも問題ない。

意匠が少し違うのはその鍛冶師の腕とセンスの問題だからな。悪趣味じゃなきゃ問題なし。

「……大丈夫そうです。ありがとうございます」

レイピア二本とマンゴーシュを受け取り、邪魔にならない様にさっさとその場を離れる。

……さあ暇になってしまったぞ。二日連続でネズミ捕りもなあ。……よし、錬金術ギルドに行っ

てみよう。

「こんにちは」

「ようこそいらっしゃいました。ご用件はなんでしょうか」

「駄弁りに来ました」

「あら、じゃあ私も休憩かしら。他のお客もいない」

聞くなら昨日疑問に思ったことを聞いていこう。

「町だと結婚ってどんな感じですか？」

村では結婚は親同士が決める。シャルロ兄にもリュドミラ姉にも許婚がいたんだよね。年回りが同じくらいで、農家の才能を持っているかどうか。村の結婚事情はこのくらいなのだ。

歳が一二歳を超えたら一緒に住むかどうかを決めたり、畑をどうしたりってのがあるが、基本はそんだけ。町でも知り合い同士で許婚とかがいるのだろうか。

「そんなの当人同士が合う合わないじゃないの？　私も旦那がいるけど、合うから結婚しただけで、別に大したことはしてないわよ」

「それ以前に出会いが無いじゃないですか、旦那さんとはどうやって出会ったんです？」

「出会いは普通に代官屋敷の書類からよ？」

「書類？」

「そうよ。代官屋敷にこの町に住むことに決めたら住民届をするでしょ？　税だって払わないといけないんだから。そこで結婚相手を探すのよ？　それ以外に何があるのよ」

ちょっと脳が追いついていない。結婚相手を代官屋敷で探す？　どういうことだよ？

代官屋敷は婚活会場か何かなのか？　何番って番号を振られてその番号と照らし合わせてどうですかってやるのか？　ちょっと意味が判らない。

「代官屋敷で結婚相手を探すんですか？　錬金術師も？」

「そうよ。仕事やなんかもそうでしょ？　基本は代官屋敷に求人なんかを出すのよ。それと同じじゃない。私は何処で働いています、旦那を募集してますって代官屋敷に届けるのよ。そうすれば私と結婚したい人がやってくるし、私だって条件に合いそうな人を探しにも行ったわ。それで今の旦那と会ったのよ。そりゃあ親同士が許婚を決めることもあるわよ。でも殆どが代官屋敷から合う人を探すんじゃないの？」

色々と衝撃過ぎて、前世の僕ですら絶句してるんだけど。

代官屋敷がハローワークみたいな機能を持っているのは、まあ解る。この世界は代官の屋敷が商業ギルド的な役割を果たしているんだろう。

でも、結婚相談所のようなことも代官屋敷がやってんの？　商業ギルドと結婚相談所を兼ねてるんだったら錬金術ギルド以上に人がいそうだな。

2

頭を落ち着ける意味でも、違う質問をしてみよう。

「税は皆一律なんですか？」

「職業で決まっているわよ。大体所得の半分くらいを目安に取っているんじゃない？　食べ物や生きるのに必要な産業からはそんなに税金は取ってないはずよ。畜産なんかから税金を高く取りすぎると肉の値段が上がっちゃうじゃない。その辺は領主様や代官が必死になって考えてるはずよ。税金は取れるところから取るのが基本って旦那が言ってたからね」

「旦那さんは代官屋敷で働いているんです？」

「ええ、毎日忙しそうよ。でも魔境の代官屋敷に比べたら仕事の量なんて半分だって。領都よりも魔境の外周の町の方が栄えてるっていう話だから。物価もその分高いのよねえ。冒険者でも乗合馬車で魔物狩りをする人たちがいるでしょう？　あれは魔境の町の物価じゃあ生活できないからそうやって稼いでいるのも多いって聞くわね。……ちょっと頭を使えばいいだけなのにね」

「魔境の方がやっぱり稼げるんですね」

「そりゃあそうよ。戦う方が、戦わない素材よりも高価ですもの」

「でも、レールの林の月光茸や満月茸もめちゃくちゃ高いですよね？」

「そんな例外と一緒にしちゃだめよ。月光茸と満月茸は超高級ポーションの材料だし。満月茸は錬金術ギルドに売ってくれるなら小魔金貨八枚で買い取るわよ。だから、一本採れれば楽に、二本採れれば遊んで暮らせるわ。……でも、採取の専門の冒険者でも知らない人は知らないし、夜目の利かない冒険者には採取できない代物だからね。夜通し眼鏡のような便利なアイテムを知っている人は、一山当てて何処かの町で隠居生活しているのも多いのよ。ただ、働かない人には高額の税金が課されるのよ。どうしても働くようにね」

「働かないとどれくらいの税金が取られるんですか？」

「魔境以外では大魔銀貨一枚って聞いたことがあるわ。魔境はまた違うらしいのよ。基本的に町に住んでも冒険者は職業とは見なされないから。冒険者ってのは働いていないのと一緒よ。宿屋や冒険者広場にいる冒険者は町民として見なしてないから無税だけど」

「魔境は戦えなくなった冒険者が住み着くからですか？」

「流石に魔境でも年に大魔銀貨一枚も取られれば干上がっちゃうだろうからね。そのあたりは魔境に合わせた値段設定になっているはずよ」

「でも、無職に無茶苦茶厳しいですね」

「当然ね。町を支えているのは町人だもの。因みに無職といっても一二歳までは許されるわ。一三歳からが税金の対象よ。まあ見習いなんかの税金なんて一応取ってるだけで本命は働いていない人からの税金よね。一番課税額が大きいって聞いてるわよ。無職でいられるってことはそれだけ金を持っている証拠ね」

「……税金を払わなかったらどうなるんですか？」

「そんなの死罪に決まってるじゃない。税金を納めに来なかったら死んだと判定されるわ。それで後で生きて町にいることが分かれば死罪決定よ。町から出て行っているなら別にいいんだけど、いたら死罪。覚えておきなさいよ」

「分かりました。後、錬金学術院にいる間の税金はどうなるんですか？　一三歳から税金を取られるなら錬金学術院に通っていても取られるんですよね？」

「その辺は学費が税金の代わりみたいなもんだから。星四つ以上は只よね。まあ、錬金術師になれば後で幾らでも徴収できるからいいんでしょ、それで。――――あら、お客さんね。駄弁るのはこれでおしまいよ」

「あら、じゃあ代官屋敷の看板を教えてください」

「開いた本にペンの看板よ。それじゃあね」

3

　次に向かうは代官屋敷、住民登録所兼職業斡旋所兼結婚相談所のようなお役所だ。この領地の貴族様の仕事場とも言える。

貴族様のお屋敷は代官屋敷から直ぐ近くの場所にある。東通りの北側にあるのがお貴族様のお屋敷だ。代官屋敷もそれに倣い、東通りと北東通りの間にある。

町民になる予定もないが、一度見たい。

「ごめんくださーい」

右左後の三方が掲示板で、右の掲示板は仕事の斡旋をしているようだ。宿の従業員やギルドの職員もここで募集しているようだ。

扉側も両面が掲示板で、左側が男が女を募集するもの、右側が女が男を募集するもの。……すっごく一杯張ってある。

入って左側の掲示板は税金関係の確認用紙や住民登録の手順などが書いてある。こっちは業務連絡用の掲示板だ。ここが一番少ない。

結婚相手募集掲示板はやけにカラフルだ。若干赤っぽい色や黄色っぽい色、青っぽい色もある。

……なんで色が分かれてんだ？　何もないはずが無いよな。聞いてみよう。

「なんであの掲示板の紙の色が違うんですか？」

「ああ、あれは税金が高い奴の紙だね。普通の色、黄色、青、赤の順番に税金が高くなっていくんだ。税金が高い奴の方が金持ちだという訳だね」

「赤なのに残ってるってことは、性格が難しいとかあるんですか？」

「あっはっは、そうだよ。今の時期に赤が残ってるってことは性格に難がある証拠さ。優良物件はすでに売れちまってるんだよ。今残ってるのは結婚が難しいかもしれないねえ。普通の色でも優良なのはすでに売れちまって後は数年後にどうかって所だろうさ」

「なるほど、これは自分で書かないといけないんですか？」

「ああ、そうだよ。町人には読み書きは必須さ。出来ない奴は冒険者しか道はないよ。町がパンクしないためにも篩は必要だからね」

「町人は何処で文字の読み書き計算を習うんですか？」

「基本的には自分のところである程度教えるだろう。忙しいところは教会にやるんだろうけどね」

「町人は子供全員に文字の読み書きを教えるんですか？」

「そこはまちまちだねえ。普通は教えるだろうが、教えない家もあるかもしれないねえ」

「……元村人が町人になることはありますか？」

「殆ど無いんじゃないかい。村人だったって人が来たってのは聞いたことないねえ」

「そうですか。ありがとうございました」

「そうかい、あんたはもう来そうも無いねえ。そういう顔をしてるよ」

まあ、もう来ないだろう。この町に住む予定はないし、別の町、魔境に面した町がいい。

このセレロールス子爵領じゃない可能性が高いんだよなあ。どうなることやら。

第二十五話　魔法使い・魔術師って何？　居なくならないネズミの秘密

1

初冬の一間、今日も暇で宿にいるのも退屈になってきたのでとりあえず冒険者ギルドに行ってみよう。

冒険者広場に来てみると、……なんだこれ？　昨日災害級の突風でも吹いたっけ？　テントも軒並みなぎ倒されているし、何があったんだ？

……情報収集も兼ねて冒険者ギルドに行こう。今日の冒険者たちは依頼どころじゃないのも多そうだし、冒険者ギルドの受付も暇してるだろう。

「冒険者広場で何かあったんですか？」

「？　別に何も無いわよ？」

「えっと、外が酷い事になってたんですけど」

「ああ、火事が起こりそうになったのよ。だからああなっているだけよ。しょっちゅうあることなんだから」

火事か、まあダーリング村の教会前広場でも偶にあったからな。でも、火事ではああはならんだろう。嵐が過ぎ去った様な惨状だぞ？　火砕流でも通りましたって感じで色々なぎ倒されてたんだけど。

「でも、火事だけでは、あんなテントがなぎ倒されて嵐が去った様にはならないと思うんですが……」

「火事は起こってないわよ。なりそうになっただけ。ちゃんと魔法使いが消火してくれたし、問題ないわ」

「魔法使いが消火ですか？」

「ええ、魔法使いがメイルシュトロームを使って消火したのよ。大火事になる前に消火出来てよかったわ。水属性の魔法が使えない魔法使いが魔術師ギルドに詰めていたらもっと被害が出ていたでしょうね。あれでも被害は軽微よ。ちょっと今晩荒れる人たちが出るでしょうけど、いつものことだもの」

「もうちょっとピンポイントで消火出来なかったんでしょうか」

「多分魔法使いもイラついてたんだと思うわ。毎年何回もあることだし」

「それにしても魔術師ギルドなのに魔術師じゃなくて魔法使いなんですか？」

「基本的には才能が違うのよ。魔法使いの才能っていうのは水魔法の才能、火魔法の才能、みたいに属性が指定されているの。だから基本六属性のどれかを持っているのが魔法使いね。偶に複数属性の才能を持っているのもいるけど基本は一つの属性使いが魔法使いって呼ばれているわ。それに対して魔術師の才能は属性に縛られないわ。ただし、魔法使いと違って魔法陣が無いと魔法が使えないのよ。その魔法陣も錬金術ギルドで扱っている属性素材や魔石なんかを使って一々準備をしなくちゃいけない。それが魔術師ね。それと、魔法使いは自分の中の魔力を使って魔法を発動させるけど、魔術師は自然界にある魔力を使うから、別物だっていう研究者なんかもいるわよ。魔法使いは手頃な分自分の魔力量に悩まされて、魔術師は自分の魔力を使わない代わりにお財布に悩まされるの。どちらも一長一短よね。昨日火事が起きる前に消火してくれたのは魔法使い。魔術師なら放置よね。魔法陣にお金が掛かるんだもの。しかも、使い捨ての魔法陣を使うのに報酬は無しなんだから、絶対に放置されるわ。良かったわよ、水魔法使いがいてくれて」

「なんだか色々複雑なんですね。……それにしても魔法使いと魔術師がいるのにギルドは一つなんですね」

「それもややこしい事情があって、立ち上げの時はそこまで研究が進んでなかったのもあって、一つのギルドになったんだけど、別物って判った時にはもうすでに共存しちゃってたのよ。今さら二つのギルドに分けることも出来ないし、魔術師学校だって、魔法使いも通えるのよ。昔に決めたことだから、今の時代に合わせて分けるべきだって言っている人たちもいるんだけど、国からのお金をどう分配するかで揉めて結局今のまま落ち着いたのよ。……お偉いさんの方はまだ揉めてるみたいだけどね」

「……お姉さん、魔術師や魔法使いに詳しいですね」

「そりゃあ魔術師学校の卒業生だし、一応貴族だったからねえ。土魔法の才能があったから通わされたのよ。別に魔法を使ってどうこうしたかったわけじゃないし、平民落ちするのも決まってたことだからね。魔術師学校を出たからって魔術師ギルドに入らないといけないなんて縛りも無いから、なんだかんだで冒険者ギルドに勤めることになったのよ。その辺も家との兼ね合いがあったりして、ほんと貴族って面倒よね。私たちみたいに平民落ちした娘の動向でさえ気を付けないといけないんだから。あ、子供は普通に平民として暮らしているんだけど、私は監視付きみたいな感じなのよ」

「貴族で思い出しましたけど、魔導爵ってあるじゃないですか。あれは魔法使いと魔術師に関係ありそうだと思うんですけど、なんなんですか？」

「それは一代限りの爵位よ。基本的に魔境で活躍した魔法使いや魔術師にその領地の貴族が与える事ができるものって言って解るかしら？」

「一代限りなんですか？」

「そうよ。子供が生まれても別に才能が子供に受け継がれるわけじゃないもの。魔導爵は例外なく一代限りよ」

「魔法使いでも、魔術師でもどっちでも魔導爵なんですか？」

「どっちでも同じよ。各魔境にこれを倒せたら爵位をあげるよってやつがいるのよ。国から貴族年金だって出るんだし、その領の貴族だって騎士爵や魔導爵を何人輩出したっていう名誉もあるんだから。でも余りここの領主はそれに積極的じゃないって噂だし、よく解らないけどね」

「それはここの領主が有能じゃないってことなんですか？」

「一概にはそうとは言えないけれど、こんだけ霊地や魔境を抱えてるのに伯爵じゃなくて子爵やってるあたり、余りやり手じゃないんでしょうね。もしかしたらそのうち、領地の剝ぎ取りが起こったりするかもね。隣の領の事情も関係するんだろうけど」

「この領だとサントの森とジェマの塩泉ですよね。魔境なのは」

「そうよ。よく勉強してるじゃない。正しくはこの領なのはジェマの塩泉だけで、サントの森は他領と跨がっているんだけどね。跨がっている魔境は、霊地も跨がっていることが多くて、騎士爵や魔導爵を与える関係で揉めるものなのよねえ。でも、この領の冒険者ギルドでそんな話を聞かないあたり、積極的じゃないって噂も本当なんだと思うわ」

　ふうん、貴族も色々あるんだなあ。ここの領主様は良くて平凡って評価なんだろうか。

2

「そういえば、あなたの用件を聞いてなかったわね。別に駄弁りに来た訳じゃないんでしょう？」

「いや、半分くらいは駄弁りに来てるんですよ。冬場の宿の中は暇なので。……もし迷惑ならネズミ捕りの仕事をしてきますけど」

「あらそうなの。別に今の時間帯はこっちも暇だからいい時間つぶしになるわ。……それにしても宿に泊まれているなら稼げているでしょうに。わざわざネズミ捕りなんてしなくても」

「体を動かしてないと、暇でどうにかなりそうなんですよ。余りじっとしているのって得意じゃなくて。いつもネズミ捕りの依頼が余っているのでそれにしている感じです」

「ネズミ捕りの依頼は何人受けようがいい依頼だからね。余り冒険者はやりたがらないけど」

「……ネズミって居なくならないんですか？」

「そうよ。居なくならないわ」

「何でですか？」

「何でって、魔力の淀みからネズミを発生させているからよ？」

「あれ？　錬金術師が魔力が淀まない様に結界を張ったんじゃ無いんですか？」

「そうよ？　その結界のせいでというかおかげというか、ネズミは減らないのよ」

「？　いまいち理解できないので一から説明お願いします」

「錬金術師が張ったのは、魔力の淀みを意図的に作り出してネズミを発生させる結界よ。なんでネズミかは当時の錬金術師に聞かないと判らないけれど、一説には魔力の淀みを食料に変換するためにネズミにしたって話よ。ゴブリンだと食べられないし、それ以上強い魔物を発生させると討伐が困難になっちゃうからね。ネズミは共食いし合うから一定数以上にはならないし、捕れるんなら食料になるしで発生させるのに丁度良かったんじゃないかしら。後は魔力では不浄の物しか発生させられないからネズミしか選択肢がなかったって説もあるわね。どちらにしろ、完全に淀みを失くしてしまうと結界の外で淀んでしまうから意図的に解消させるためにネズミを作り出しているのよ。だからネズミを狩れば狩るほど、町の外に魔力の淀みが出来ない仕組みになっているの。幾ら何でもネズミが増えすぎると町の外で淀んでしまうのと、自然的に淀むのはどうしても抑えられないらしくて、偶にゴブリン程度の魔物が発生しちゃうけど」

「ネズミ捕りをしている冒険者ってそんなに多くないんじゃないですか？」

「でも、年中一定数ずつでも狩ってくれていればいいのよ。狩りつくせたらそれはそれでいいんだけど、そんな事にはならないくらいには淀みが発生してしまうらしいの。私も錬金術師じゃないから詳しくは知らないけど、一年に一〇〇〇匹程度間引きできればいいらしいわ」

「……去年二日に一回五〇匹ずつネズミを狩ってたんですが、居なくならないのはその所為ですか」

「そうよ。居なくなる位のペースで狩っても、また淀みからネズミが出ちゃうからね。まあ、ネズミを狩ってくれるのは大歓迎よ。狩れば狩るほど、町の外にゴブリンが発生しなくなるんですもの。……ゴブリン以上の魔物が発生する事態になるまでネズミ捕りを放置されるのはまずいけどね。……でも、ネズミは自由市を使う人たちでも狩れるもの。おやつに狩る人もいるくらいだからね。まあ、何かしら才能が無いと追いかけまわすだけじゃ狩れないのよね、ネズミって。案外難しいそうよ」

「僕は才能のおかげで楽に狩れて有り難いんですけどね。体を動かすには丁度いいし」

「冒険者の殆どは何かしらの才能を持っているにもかかわらず、狩れない連中もいるんだから。ネズミ捕りだけやっていても生きていけるようにはなってるのよ。ギルドの方でも一応は考えているのよ。ただねえ、どうしても文字の読み書きを覚えようとする冒険者が少なくてねえ」

「なんで覚えようとしないんでしょうね？　覚えようとしない冒険者って村出身の冒険者ばかりでしょうけど」

「そうでもないわよ。継嗣でない町人でも覚えようとしない奴は多いし、町人の方が覚えようとする人数が少ないのよ。村だと七歳で外に出されることが多いでしょう？　だから素直に文字の読み書きを覚えようとする子たちも居るもの。町人は一三歳で家を出されるからそこから覚えろって言っても反抗期なのか覚えようともしないわ。だから稼げていない冒険者の多くは村人出身っていうのは当たっているけど、町人も結構な数居るわよ。でも、皆が皆文字の読み書きを覚えるのもまた問題でね。雑用係がいなくなっちゃうから。だからその辺は難しい所なのよ」

「ギルドって初めに注意するだけで、後は放置ですか？」

「そうでもないわよ。受付よりも買い取りカウンターで言われることの方が多いんじゃないかしら？　もっと稼げるようになりたいなら文字の読み書きを覚えろって毎回の如く言われていると思うわ。……ネズミ捕りで食っていけそうなら言われないかもね。だからあなたは言われていなかったのね。ネズミを五〇匹位納品していたら大部屋の宿くらいだったら泊まれるもの」

「基準は冬に大部屋に泊まれるかどうかなんですか？」

「一応大部屋もれっきとした宿屋の一つですからね。大部屋に泊まれるようなら文字の読み書きをとは言わないわね。それくらいの冒険者は幾らでも必要だもの。……雑用係としてだけど。今は雑用係だけが多すぎるのよ。もう少しどうにかならないかとは毎年思っているんだけどねえ」

「……なかなか難しそうですね。僕もヨルクの林の側の村出身ですけど、毎年いましたからね。年越をする冒険者」

「そうなのよ。冬場位は宿屋に泊まれるようになって欲しいものだわ。……凍死者を片付けるのは冒険者ギルドと教会の仕事なのよ。毎年絶対にいるから嫌になるのよね。テントの数も一年間減りもしないし、もうちょっと頭の悪い冒険者たちが何とかならないかしらね」

「テントの数って増えも減りもしないんですか？」

「増えるわよ。春から秋の間は宿に泊まっている人たちが出てくるのよ。でも言いたいのは冒険者ギルド前のテント群よ。別にギルドに入るのにテントの位置で変わるわけじゃないのに冒険者ギルド前に固まるから火事なんて起こすのよ。もうちょっと他のギルドの前の方に行けば広場も広く使えるし、火事も自分の所だけで済むのよ。なんで皆寄ってたかって冒険者ギルド前に集まるのかしら」

「そう言えば冒険者ギルドの依頼ってどんなのがあるんですか？　いつも取り合いになってるから

あまりよく解って無いんですよ」

「何でもあるわよ。多いのは領都の巡回よ。何処からどのルートを通ってって感じの見回りね。見回る対象が冒険者が悪さをしないかが主だったりするんだけど。後は子供が危ない所にいかない様にとか、空き家に誰か住み着いて無いかとかね。それが一番多いかしら。後は料理を出す店の野菜の下ごしらえとか、畜産家の家畜の餌やりなんかもあるわね」

「この町って料理屋があるんですね」

「あるわよ。町の人も使ってるし、冒険者なんかも使っているわよ。基本安い値段の物ばかりだけど、自分で作るときに面倒な事ってあるじゃない。そんな時に使っているわね。冒険者でも、大部屋に泊まれるような奴らはちゃんと店でも食べてるわよ。何？　あなたもしかしてずっと自炊してんの？」

「宿にいるときは宿のご飯食べてますよ。後は基本的に霊地にいるので自炊ですね」

「宿でご飯が出るくらいなら結構いいとこ泊まってんじゃない。個室宿でも素泊まりの所も多いのよ。でも、霊地でずっと採取できるくらい稼いでいるなら納得ね。ほんとに何でネズミ捕りなんかやってんのよ。もうちょっとゆっくり休みなさい」

「ネズミ捕りも休んでるうちに入っていると思ってたんですよ。基本的に自由市をぶらぶらするだけだし、ネズミも一杯捕まるしで」

「若いうちから仕事漬けだと反動が凄いわよ。いまから休む練習をしときなさい」

「だから今日は駄弁ってるんですよ。……話が無くなればネズミ捕りに行くつもりでしたけど」

「だったら今日一日駄弁ってなさいよ。私も今日これからは暇だったし丁度いいわ」

「ですか。じゃあ他になんの話をしましょうかね」

今日は冒険者ギルドの受付さんと話すだけで、一日終わってしまった。……まあ、冬場だし、稼いでいるんだし、休みはとってもいいよね。

the way of the
Reincarnated Boy
to be the Alchemist

書き下ろし

ヘルマンだけずるいぞ

「なあヘルマン。お前はいつも何をしているんだ？」

「何って何？　特に変わったことはしてないと思うけど」

「ヘルマンだけ勉強をしないなんてずるいぞ。何処で何して遊んでんだよ。ちゃんと言えよな。楽しい事ばかりしてずるいぞ。俺も遊びたい！」

「いや別に遊んでいる訳じゃないんだけど。それにエドヴィン兄はまだ文字の読み書きも計算も出来ないじゃん。まずはそれを覚えないといけないって」

文字の読み書きも計算も僕が母さんから言わせてやらせているだけなんだけど。一応だが、冒険者になろうと思ったら必要だろうとは思うよ？　多分だけど。

あの小汚い連中の仲間入りを果たしてほしいとは思わないんだよね。流石に可哀想じゃない？今はつまらない勉強かもしれないけど、きっと必要になるからさ。

お祈りもさせているんだから大丈夫だろうとは思うけど。まだ結果が解らないからなんとも言えないんだけど。そうした方が良いって言われただけだからな。

それに遊んでいるわけでも無い。ちゃんとお金稼ぎという明確な目的を持ってやっているんだよな。努力をしないといけないんだ。錬金術師になるんだからな。

教会前広場に集まっている冒険者の仲間入りはごめんだ。あれにはなりたくない。だから祈っている訳で。祈りの効果がどうなるのかが解らないけど。エドヴィン兄には良い実験台になってもらわないといけない。結果が出た方がこっちとしては有り難い。

「勉強ばかりはつまらないぞ。俺はサーガに謡われる冒険者になるんだからな。魔物をどんどん倒して強い冒険者になるんだ。ヘルマンばっかりずるいぞ」

「いや、遊んでいる訳じゃないし。それに冒険者になるために勉強をしているんでしょ？　母さんに言われたんじゃなかったっけ？　極意なんでしょ？　やらなきゃ」

「解ってるけど。母さんが本当じゃないことを言うはずないし。勉強はちゃんとやるよ。でもヘルマンだけ何か他の事をしていてずるい！　何やっているのか言え！」

「何って採取だけど。僕は錬金術師になりたいんだ。だから採取をしないといけないんだよ。それにエドヴィン兄がやっている勉強はもう終わったし。僕にはその極意はもう手に入っているんだよ」

文字の読み書きも出来ない様じゃあ依頼表すら読めないと思うんだよね。それに計算が出来ない様じゃあお金にも困るだろうし。冒険者になりたいんなら覚えないとね。

薄汚れた連中の仲間入りがしたいのであれば別なんだけど、そうでは無いんだろうし。僕もそれは望んでいる訳では無いしね。流石にちゃんとした冒険者になって欲しい。

まあ？　採取は出来た方が良いとは思うけども。採取が出来ないと武器すら買えないしな。冒険者には武器が必要だろう。星が何に振られるのかが解らないけど。

兎に角今は勉強するしかないだろう。それとちゃんと祈っているんだろうな？　ちゃんと祈らないと立派な冒険者になれないぞ。多分だけど。データが採れないじゃないか。僕の時には確定で星が振られるって解っていて欲しいんだけど。

「何でヘルマンだけ終わっているんだよ。俺が終わってないのにそんな訳が無いだろう。遊べるのはずるいぞ。俺だってサーガに謡われるような冒険者になるんだからな！」

「じゃあ勉強しないとね。母さんの言う通りにしないと、良い冒険者になれないよ。それに僕はエドヴィン兄よりも早くに勉強したんだから早く終わるって。終わったら教会にお祈りをしに行きながら、皆で冒険者ごっこをすればいいじゃん」

「だって、ヘルマンだけ何かしているんだぞ。ヘルマンも冒険者になるんだろう？　だったらヘルマンも勉強しないと駄目じゃないか。母さんに言われたんだから勉強しないといけないんだぞ！」

「いや、だから僕がなりたいのは錬金術師なんだって。それに勉強も終わってるし。エドヴィン兄も早く終わらせないと良い冒険者になる前に星が振られるよ？」

言いたいことがめちゃくちゃなのは仕方がないよな。普通はそうなるんだよな。別に僕に言っても、エドヴィン兄が勉強が出来る様になるわけじゃないんだけど。

ただなあ、エドヴィン兄には悪いかもしれないが、冒険者として大成するには武器が必要だよね。多分だけど。拳で戦う星が振られたりしたら違うのかもしれないけどさ。

武器ってさ、お金がかかるんじゃないの？　良い物を買おうと思ったらお金が必要だよねって話だよな。母さん、そこまでのお金を持っているんだろうか。

農家だよな。農家の主力な稼ぎは農業だよな。それに農家が金を使わない訳じゃないし。幾らかは使うんだよな。農具だってタダじゃないんだから。

まあ計算は出来ないんだろうけど、言われた金額を出すことは出来るんだろうな。そうしないと農具の修理も出来ないし。金は余ってないよなあ。餞別にくれる金なんてないよな。

……このまま行けば、エドヴィン兄って武器すら買えないんじゃないか？　それはちょっとどころじゃなくて問題があるよな。それは大丈夫なんだろうか。

「俺じゃなくてヘルマンの事だろう！　ヘルマンがずるいっていうんだよ。何で勉強しないんだよ。可笑しいだろ。俺だけ勉強するのは嫌だ！」

「いや、だから、僕はもう勉強を終えてるんだって。でも、エドヴィン兄。勉強が終わったら僕が何をしているのか教えるよ。そうしないとエドヴィン兄の武器も買わないといけないだろうし。でも先に勉強だよ？　勉強が終わった後に教えるよ」

「本当だな？　本当に教えてくれるんだな？　本当じゃないといけないんだからな。俺はサーガに謡われるような冒険者になるんだからな。だから勉強が終わったら教えろよな！」

「いいよ。エドヴィン兄がしっかりと勉強が出来る様になってからね。まさかエドヴィン兄が極意も覚えないうちに何かするなんてことはないよね？」

「あるわけないだろ！　母さんから言われたんだからちゃんとやってやるよ。でも約束だぞ。何をやっているのか教えてもらうんだからな」

　エドヴィン兄には採取の何たるかも教えておいた方が良いよな。武器が買えないからな。多分だけど、母さんからのお金じゃ足りないだろうし、自分で稼がないといけないだろうからな。

　その手伝いくらいはするか。良い冒険者になるようだし、少しくらいは手伝ってあげよう。やる気にもなったみたいだし、これで何か言われることも無いだろう。

　本当にサーガに成るのかは知らないけどな。成れればいいけど。サーガってどこまでが本当なのか解ったものじゃないからな。大分誇張されているんだろうな。

　知らないけどね。仲間たちと頑張ってくれればいいけど。教会前に集まっている小汚い冒険者にはなって欲しくないしな。その辺は教えてあげよう。

冒険者ヒューイのちょっとどころではないおかしな出会い

この村に来てって言ってもそんなに時間も経ってねえ。ヨルクの林はこの村が一番近い。拠点からの距離でな。まあ依頼分は確保していかないといけないからさっさと仕事に入るとするか。

ヨルクの林に来ているのは他でもねえ。闇属性の素材が欲しいっていう依頼で来ている。良い値段がするからな。稼ぎたい俺みたいな冒険者にはもってこいの依頼だ。

錬金術師が欲しがっているんだ。時期は不定期だが、殆ど常設依頼になってやがる。それだけ素材を使うんだろうな。結構な良い儲けになってるさ。

冒険者ももう少しだけ賢くなればなあ。まあ稼ぎが減るからこのままでも良いのかもしれないが、採取の冒険者が少なすぎるんだよな。負担の軽減にはならんのだよ。

使えねえ冒険者はどうしてもな。数が多いのはどうしても減らない。良い冒険者が増えないのはそいつらが悪いんだが、どうにもな。もうちょっと言う事を聞いてくれりゃいいんだけどよ。

文字の読み書きと計算を覚えるだけなんだがな。1年も頑張れば覚えられる。頭の出来が悪くとも二年もかかりゃ覚えるだろうさ。普通は子供のうちに覚える方が良いんだけどな。

歳が行くごとに頑固になっていきやがるからな。歳が若けりゃ素直に聞いてくれるとも思うんだが。ただ、それにしたって限度ってものがあるだろう。

どう見ても子供が林の中で採取してやがった。しかもエクステンドスペースも使いこなしていた……とまでは言えないが、使っていたからな。

しかも保存瓶に素材を入れて、採取をしてやがる。どう見ても子供って感じの子供だ。ハーフリングにしたってもう少し大きい。こいつは将来有望な冒険者になるだろうなとそう思った。

そうしたら、何と錬金術師になりたいと言っていた。錬金術師か。錬金術師も素材の採取が出来た方が良いだろうな。特にこんな村の出身ならなおさらだ。

金が幾らあっても足りねえ。素材に金を出していたらいつまでたっても駄目だろうな。錬金術師に金は必要だ。素材を買うだけでも結構な金になりやがる。

全部が全部自分で採取に行ければいいんだろうが、そんな訳にもいかないだろうからな。当然ながら店もやらないといけないだろうからな。採取だけで何日も使えないだろう。

まあ良いことだよな。良いことではあるんだが、こんな小さな子供に出来ることが、他の冒険者が出来ないといったら……。情けねえ話ではあるんだがよ。

しかもいっちょ前に錬金アイテムも持ってやがったからな。知らない錬金アイテムだった。今度依頼主の所で作ってもらう事にするか。便利そうだったからな。

しかし、この村にも錬金術師が居たのか。保存瓶は結構な数を用意してきたが、足りなくなれば買いに行けるな。まあそれまでには素材の方も集め終わっているとは思うけど。

だが、あんな子供が目的を持って採取出来ているというのに、あそこにいる連中ときたらなってねえ。なんとも不甲斐ない。ちょっとばかり頭を使うだけでいいんだがな。

あそこにいる奴らは、教会前広場に屯している奴らは、本当に情けねえ。冒険者ギルドのいう事を少しでも聞いていれば、あんなことにはならねえってのによ。

才能が振られて、欲しい才能が手に入らなくて。それで腐っちまうんだろうな。俺だって本当は魔境に行くための才能が欲しかったさ。でも腐りはしなかった。

才能なんて、何が振られるのか解ったものじゃねえからな。考えても無駄なんだ。神様が決めることだからな。俺にはそんな才能が振られなかったからな。

碌な才能が無かった。それも仕方ねえことではあるんだがよ。どうしたって運が絡む。あの坊主にしても運でどうにかなるのかは知らねえけどな。

あの坊主は錬金術師になりたいと言っていた。それは良い。皆憧れるのは一緒だ。何かに憧れることは悪い事じゃねえ。子供の特権って奴だな。強く憧れただけ反動は大きいんだが。

錬金術師に才能が振られりゃ良いけどよ。あそこまで頑張っているんだから神様も振ってやりゃあ良いとは思うんだが、神様ってのは解んねえもんだからな。

どうすりゃ才能が貰えるのかは解っているんだが、欲しい才能があった場合、どうやったって運になっちまうんだよな。あの坊主が運がいいかはあの坊主次第だ。

星が一つでも振られりゃ良いんだろうがなあ。あそこまで強く思っている坊主が錬金術師になれなかったらどうなるのかだよな。良い冒険者にはなるとは思うが。

冒険者になって生きていくしかないだろうな。錬金術師は確かに才能が振られやすい才能ではあるが、それでも、星が振られるのかは運だからな。

……ここにいる連中の中には錬金術師の才能に星を振られた冒険者もいるんだろうな。そういう奴らから星を盗れればいいんだろうが、そんな訳にはいかないからな。

欲しい才能が手に入るのであれば、言う事は無いんだが、無理だからな。教会が握っているのかもしれないし、貴族が握っているのかもしれないが、平民である俺らには回ってこねえからな。

頑張れよ、坊主。何を頑張るのかについては解らねえが、何とかなるんじゃねえかな。なんとなくだが、あの坊主には錬金術師になるという執念すら感じる。

俺みたいなのにそんなことは無かったからな。なりたいなってだけだったが、坊主からは絶対になってやるという執着を感じてしまう。そこまで本気なんだろうな。

それでも前途は明るいがね。あれだけ採取が出来るんなら、何処に行っても通用するだろう。ただ、それであの坊主が納得するのかは別問題だろうな。荒れねえと良いけどな。

運はどうしても必要だ。星を手繰り寄せるだけの運があるかだよな。なんとなくだが、あの坊主は錬金術師になるような気がしているがね。ただの勘だが。

しかも、何かしらやらかしそうな感じがしている。それが良いのか悪いのかは解らねえ。俺には判断が付かねえが、あの坊主は何かやってくれそうな気がしている。

何の根拠もないがね。何もないが、大成しそうな気がしているよ。あれだけ出来るんだから錬金術師になって、何とかするんだろうな。解らんけど。

ただなあ。普通はもうちょっと年齢を重ねてからの話になるだろう？　あの年頃の子供にしてはしっかりしすぎな気がするんだよな。もうちょっと、なんか、こう、あるだろう？

年だけとって小さいだけか？　そんなことは無いとは思うんだが。発育の悪い子供の可能性もあるよな。あれだけしっかりとしていたら、もう少し大きい子供になっているとは思うんだが。

流石に可笑しいよな？　この感覚は間違っていないはずなんだよ。大人の冒険者を相手に話をしていたと言った方が正しいような会話だったからな。

まあ賢い子供も居るって事なんだよな。あれだけ話せる子供にどうしたらなるんだろうかって思いはあるが、現に居るんだから、そうなんだろうな。

この村に居るときはちょっと注意してみてやるかな。教会前広場にいる冒険者が悪さしないとは考えづらいからな。絡みに行くかもしれねえ。それくらいは阻止してやろうかね。

あとがき

この度は『転生少年の錬金術師道』の一巻をお買い上げいただき、真にありがとうございます。

読者の皆様にこうして物語を届けられたことを嬉しく思います。

また、この書籍を刊行するに当たって尽力してくださった皆々様、素敵なイラストを描いてくださった赤井てら様にこの場を借りて感謝申し上げます。本当にありがとうございました。


さて、私も三十一歳となりまして、こうして書籍を出版することになったのですが、一体何故に小説を書こうかと思ったのかと言いますと、少しばかり重い話がございまして。普通に考えたら良い歳をしたおっさんがなんでまた小説書きなんかになろうと思ったのかと思う所だろうと思います。

私のメインとなる仕事はサラリーマンです。決して、小説家がメインではなく、他にお給料を貰って生活しております。

ただ、その生活で私の体は無理をしていたようでして、うつ病になってしまいました。うつ病とは脳の病気でして、脳がもう働きたくないと悲鳴を上げてしまったわけです。

そんな訳でして、会社の方を一年近く休職しておりました。

その間はうつ病との戦いでした。病院に行く事も脳が拒否するんです。行かないといけない。そう解っていても、足が病院に向かってくれないんです。自殺しようかと思ったことも一度や二度ではありません。そういう極限状態になってしまっていたんです。

そんな中、私が今も別の作品を投稿している「小説家になろう」さんで小説を読むのが、日々の癒やしでした。

ただ、読むにも集中力が必要なんです。私の罹ったうつ病という病気は集中力が欠如したり、やる気が起きなかったり、注意力が散漫になったりする病気なんです。

一つの作品を何時間も読むというのは出来ませんでした。十分読んだら五分休憩といったように、毎日少しずつ読んでいくようになり、日々うつ病と戦ってきたわけです。

そして、投薬の甲斐があって、なんとかうつ病の症状が軽くなっていきました。色々な薬を試しましたし、主治医とも色んな事を話しました。そうやって治療をしてきた中で、主治医の方から、提案がありました。新しい趣味を始めてみてはいかがですかと。

うつ病の治療にはかなり良いことなんです。新しい趣味を始めるという事は、ある程度調べごとをしたり、準備をしたりするため、脳が活性化しやすいんだそうです。なので、刺繍や革細工、パッチワーク、折り紙、ハンドメイド。と何でも良いから始めてみませんかと言われました。

ただ、私にとって主治医が言ってくれた趣味は正直な所、興味が全く湧きませんでした。何かを作る趣味の方が良いと言われたので、その方向で考えていたんですけど、何かを作るとなると、お金が必要になってくるんですよね。


私の貯金額は、仕事をしていない関係上、社会保障でなんとか減りを抑えている所でした。趣味に使うお金が無かったんです。

そんな訳で、何か無いかと考えていたんです。そしてふと思ったことが、小説を書いてみる事でした。

読んでいて気が付きました。この「小説家になろう」に投稿している人たちはあくまでも素人。プロになりたいと思って書いている人も居るだろうけれども、大半が素人なんだろうと思ったんです。

なら自分はどうか。どう考えても、今まで文章を碌に書いたことも無い素人です。そんな素人でも、小説ならば書けるのではないか。読むことが出来るのだから、書くことも出来るのではないか。

そう思い立ったがために小説を書き始めました。

そして、碌に調べもせずにとりあえず、自分の読みたい作品を書こうと思い、筆を執った訳です。

当然ながら上手くいくはずもなく。思ったように書けないのは当然で、物語も思った方向にいかないという事が起こりました。

それもそのはず。プロットなんて言葉も知らず、ただ単純に頭の中に湧いて出てきたことを文章化していくだけの小説。至極当たり前の様な設定も後付け。そんな文章でも一万字を書くのに十日以上もかかりました。

そして、読み返して思ったことは、読みたかった物語と違う、です。何が言いたいのかも解らない小説が出来上がりました。

それが私の初めての作品であり、没になった作品でもあります。当然没です。私が読んでも面白く無かったんですから。

面白い作品が書きたい。自分が読んで納得できる作品を書きたい。そう思いながらも、失敗作は出来上がりました。我ながら酷い作品だったと思います。当然の様にゴミ箱行きになりました。むしろ順当だったんだろうと思います。

そこで初めて調べものをしました。プロットという言葉もそこで初めて知った言葉です。小説の書き方には順序があるんだと初めて知りました。

当然ながら、皆が皆、そういったことは調べてから書くんだろうと思います。私の場合は違ったんですよね。衝動的に書き始めたから。

そして、その衝動のままに「小説家になろう」に投稿を決意します。自分では何が悪かったのかが解らなかったんです。何が悪いんだろうと考えても解らなかったんです。なので外部の人に教えて貰おうという事に何故か結論づきまして、「小説家になろう」に投稿を始めた次第です。

賞に応募するのは、何が駄目なのかを教えて貰いたくて応募しておりました。賞に応募するにはタグを付けないといけないんですけど、そのタグを付けておいた方が読まれやすくなるんじゃないかなって思ってタグを付けていました。

その結果、三作品目で何故か書籍化の話が始まり、今回の書籍が出来上がった訳です。

小説家を目指していた訳でも無い。ただうつ病の治療目的で始めた事が、知らない内に大きな事になっていって驚きを隠せていないのは私自身なんです。小説の事について教えて貰うために小説を書いていたら、何故か書籍化する運びになっておりました。何故なんでしょうね？

なので、ここからはお願いなんですが、ここまで読んでくれた人には是非とも感想を頂きたく思います。こういう所が面白かったよ。こういったところが読みにくかったです。ここはこうやって書いた方がいいのでは無いですか？等々教えて欲しいんです。

面白かった。次回も楽しみにしています。等々でも構いませんので、お時間がある時にでも、私宛にメッセージを頂けたらなと思います。

ツイッター（現X）もやっておりますし、「小説家になろう」の方からメッセージを送っていただいても構いません。アース・スターノベルさんの方に手紙やメールを送って貰っても多分私にまで届くと思います。是非とも何かしらの感想を頂きたいです。

皆さんの貴重な時間を頂くのですから、何かしらの形で小説の方に反映出来たらなと思っております。

流石にもう直せない部分もあるでしょうが、次巻以降に反映出来たらなと思っております。率直な意見でも構いません。うつ病になったお陰で私のメンタルは鋼メンタルしておりますので。厳しいお言葉でもしっかりと受け止められます。

最後に、もう一度お礼を。

ここまで読んでくれてありがとうございます。皆さんに少しでも楽しい時間を届けられたと思うと、嬉しい気持ちになります。

楽しんで読んで頂けたでしょうか？　それとも思った物とは違ったでしょうか？　皆さまの貴重な時間を使っていただきありがとうございます。

できれば、次のお話でも会えることを期待しております。

才能がないと言われ、
磨き上げた最底辺スキルの
防御技【パリイ】で
無自覚最強は
危機に陥った王国を救えるか!?

EARTH STAR NOVEL

転生少年の錬金術師道 1

発行 ―――― 2023年12月15日　初版第1刷発行

著者 ―――― ルケア

イラストレーター ―――― 赤井てら

装丁デザイン ―――― 大原由衣

発行者 ―――― 幕内和博

編集 ―――― 古里 学

発行所 ―――― 株式会社アース・スター エンターテイメント
〒141-0021　東京都品川区上大崎3-1-1
目黒セントラルスクエア　7F
TEL：03-5561-7630
FAX：03-5561-7632

印刷・製本 ―――― 図書印刷株式会社

ISBN 978-4-8030-1878-3